O ÚNICO E ETERNO REI - VOLUME I

A ESPADA NA PEDRA

O ÚNICO E ETERNO REI - VOLUME I

A ESPADA NA PEDRA

T. H. WHITE

Tradução de Maria José Silveira

Lafonte

Título original: *The Sword in the Stone*
Copyright © Editora Lafonte Ltda., 2013

Edição brasileira

Diretor editorial *Pedro Almeida*
Coordenadora de produto *Daniella Tucci*
Editor-assistente *André Fonseca*
Tradução *Maria José Silveira*
Preparação *Andréia Moroni*
Revisão *Marilena Vizentin e Rinaldo Milesi*
Capa e projeto gráfico *Osmane Garcia Filho*
Ilustração de capa *André BDois*
Ilustrações de miolo *Erica Guilane-Nachez / Alexey Pavluts / Fotolia.com*

Dados Internacionais de Catalogação na Publicação (CIP)
(Câmara Brasileira do Livro, SP, Brasil)

White, T. H., 1906-1964
A espada na Pedra / T. H. White ; tradução de Maria José Silveira – São Paulo: Hamelyn, 2013.

Título original: The Sword in the Stone
ISBN: 978-85-8186-112-8

1. Ficção. 2. Arthur, rei. 3. Romances Arturianos. 4. Fantasia. 5. Cavaleiros e cavalaria I. Título.

03-5699 CDD-028.5

Índice para catálogo sistemático:
1.Arthur, Rei: Litaratura infanto juvenil 028.5

1ª edição brasileira: 2013
Direitos de edição em língua portuguesa, para o Brasil, adquiridos por Editora Lafonte Ltda.

Av. Profa. Ida Kolb, 551 – 3º andar – São Paulo – SP – CEP 02518-000
Tel.: 55 11 3855-2294 / Fax: 55 11 3855-2280
atendimento@editoralafonte.com.br • www.editoralafonte.com.br

SUMÁRIO

INCIPIT LIBER PRIMUS

Ela não é terra comum
Água, madeira ou ar,
Mas Gramarye, ilha de Merlin
Onde você e eu havemos de chegar

1

Segundas, quartas e sextas eram dias de Beija-Mão e *Summulae Logicales* e, no resto da semana, Princípios de Investigação, Recapitulação e Astrologia. A preceptora sempre se atrapalhava com o astrolábio e, quando ficava especialmente atrapalhada, ela o tomava das mãos de Wart, batendo-lhe nos nós dos dedos. Não batia nos nós dos dedos de Kay porque Kay, quando crescesse, seria Sir Kay, o senhor da propriedade. Wart era chamado de Wart porque rimava mais ou menos com Art, e era uma abreviatura de seu verdadeiro nome. Kay lhe dera esse apelido. Kay era chamado apenas de Kay, pois era muito importante para ter apelido, e imediatamente teria um ataque se alguém tentasse lhe dar um. A preceptora tinha cabelos ruivos e uma ferida misteriosa com a qual conseguia grande prestígio ao mostrá-la, a portas fechadas, para todas as mulheres do castelo. Diziam que estava no lugar onde ela se sentava, e que fora causada por ter se sentado, por engano, sobre uma armadura em um piquenique. Ela acabou se oferecendo para mostrá-la a Sir Ector, que era pai de Kay, teve um ataque histérico e foi mandada embora. Depois descobriram que ela havia passado três anos em um hospício.

De tarde o programa era: segundas e sextas, torneio e equitação; terças, falcoaria; quartas, esgrima; quintas, arco e flecha; sábados, a teoria da Cavalaria, com as maneiras adequadas de se receber um golpe em qualquer situação, terminologia da etiqueta da caça e perseguição. Se, por exemplo, fizessem a coisa errada no toque de "mort" ou no "desmanche", eram curvados sobre o corpo do animal morto e recebiam um golpe com o lado cego da espada. Isso era chamado de ser laminado. Era uma grosseria, uma espécie de brincadeira, como ter o cabelo raspado ao cruzar pela primeira vez a linha do Equador. Kay, no entanto, nunca fora laminado, embora errasse com frequência.

Quando se livraram da preceptora, Sir Ector disse:

— Afinal de contas, maldição, os meninos não podem ficar correndo o dia todo como desordeiros... afinal de contas, maldição? Deveriam ter uma educação de primeiro grau. Quando eu tinha a idade deles, tinha toda essa coisa de Latim e o resto às cinco, toda manhã. O tempo mais feliz de minha vida. Passa o Porto.

Sir Grummore Grummursum, que ficou para passar a noite porque fora surpreendido no meio de uma Busca depois de uma corrida especialmente longa, disse que, quando tinha a idade deles, desaparecia toda manhã porque ia atrás dos falcões em vez das lições. Atribuía a essa fraqueza o fato de nunca ter conseguido passar do futuro simples de Utor. Ficava na metade inferior da coluna esquerda, ele disse. Na página noventa e sete, achava. Passou o Porto.

Sir Ector perguntou:

— Teve uma boa Busca hoje?

— Oh, nada má — Sir Grummore disse. — Um dia esplendidamente bom, na verdade. Encontrei um camarada chamado Sir Bruce Saunce Pité cortando a cabeça de uma donzela em Weedon Bushes, corri atrás dele até a Mixbury Plantation, em Bicester, daí ele fugiu de novo, e o perdi em Wicken Wood. Deve ter sido uns bons quarenta quilômetros.

— Uma perseguição das boas — comentou Sir Ector. — Mas quanto a esses meninos e todo esse Latim e tudo isso — acrescentou o velho cavalheiro. — *Amo, amas,* entende?, e ficarem nesse corre-corre de desordeiros: o que você aconselharia?

— Ah — disse Sir Grummore, colocando um dedo no nariz e dando uma piscadela para a garrafa —, isso requer que se pense bem a respeito, se você não se importa que o diga.

— De jeito nenhum — disse Sir Ector. — Muito gentil de sua parte dizer seja o que for. Muito amável, com certeza. Sirva mais Porto.

— Bom esse Porto.

— Ganhei de um amigo.

— Mas quanto a esses meninos — disse Sir Grummore. — Quantos eles são, você sabe?

— Dois — respondeu Sir Ector —, isto é, contando ambos.

— Eles não poderiam ser enviados a Eton, suponho? — perguntou Sir Grummore cautelosamente. — Muito longe e tudo isso, bem sabemos.

Não era exatamente Eton que ele queria dizer, pois o Colégio da Sagrada Maria só seria fundado em 1440, mas a um lugar do mesmo tipo. Também, estavam bebendo hidromel e não Porto, mas mencionar o vinho moderno dá uma ideia melhor.

— Não é tanto a distância — disse Sir Ector — mas aquele gigante, qual-é-mesmo-o nome-dele?, que está no caminho. Tem de passar pela terra dele, você sabe.

— Qual é mesmo o nome dele?

— Não consigo me lembrar no momento, por nada neste mundo. É aquele que vive perto de Burbly Water.

— Galapas — disse Sir Grummore.

— Exatamente esse.

— A única outra possibilidade — disse Sir Grummore — é ter um tutor.

— Você quer dizer um camarada que ensina.

— Isso mesmo — disse Sir Grummore. — Um tutor, você sabe, um camarada que ensina.

— Sirva mais Porto — disse Sir Ector. — Você precisa, depois de toda essa Busca de hoje.

— Dia esplêndido — disse Sir Grummore. — Só que, atualmente, parece que nunca se mata. Corre-se quarenta quilômetros e então, ou se cai no chão, ou você o perde completamente. O pior é quando se começa uma busca nova.

— Matamos todos os filhotes de nossos gigantes — comentou Sir Ector. — Depois disso, eles o fazem correr, mas logo somem.

— Perdem o faro — disse Sir Grummore —, ouso dizer. É sempre a mesma coisa com esses grandes gigantes em um território grande. Perdem o faro.

— Mas mesmo se fosse para ter um tutor — disse Sir Ector —, não vejo como conseguir um.

— Anúncio — disse Sir Grummore.

— Já anunciei — disse Sir Ector. — Publiquei no *Humberland Newsman* e no *Cardoile Advertiser.*

— A única outra maneira — disse Sir Grummore — é começar uma Busca.

— Você quer dizer uma Busca de um tutor — comentou Sir Ector.

— Isso.

— *Hic, Haec, Hoc* — disse Sir Ector. — Tome mais desta bebida, seja qual for o nome que ela tenha.

— *Hunc* — disse Sir Grummore.

Assim ficou decidido. Quando Grummore Grummursum voltou para casa no dia seguinte, Sir Ector deu um nó no lenço para se lembrar de começar uma Busca por um tutor assim que tivesse tempo para isso e, como não tinha certeza de como proceder, contou para os meninos o que Sir Grummore sugerira e os advertiu para não serem desordeiros nesse entretempo. Depois, todos foram trabalhar no feno.

Era julho, e todos os homens e mulheres capacitados da propriedade trabalhavam no campo durante esse mês, sob a direção de Sir Ector. Naquele momento, de qualquer maneira, os meninos teriam sido dispensados de receberem qualquer Ilustração.

O castelo de Sir Ector ficava numa enorme clareira em uma floresta ainda maior. Tinha um pátio e um fosso com peixes. O fosso era cruzado por uma ponte de pedra fortificada que terminava no meio do cruzamento. A outra metade era coberta por uma ponte de madeira levadiça que era içada toda noite. Assim que se atravessava a ponte levadiça, estava-se no topo da rua da aldeia — existia somente uma rua —, que se estendia por cerca de oitocentos metros, com casas de taipa e telhado de colmo grosseiramente pintados, de ambos os lados. A rua dividia a clareira em dois campos enormes, o da esquerda sendo cultivado em centenas de leiras compridas e estreitas, enquanto o da direita descia até um rio e era usado como pasto. A metade do campo da direita era proibida para feno.

Era julho, com um clima verdadeiro de julho, como os que se tinha na Velha Inglaterra. Todo mundo estava bronzeado, como índios pele-vermelha, com dentes faiscando e olhos brilhantes. Os cachorros passavam com a língua de fora ou se deitavam ofegantes nas pontas das sombras, enquanto os cavalos da fazenda suavam, chicoteavam os rabos e tentavam escoicear as mutucas da barriga com suas grandes patas traseiras. Nos campos de pastagem, as vacas perambulavam e podiam ser vistas galopando com os rabos levantados para o ar, coisa que enfurecia Sir Ector.

Sir Ector ficava de pé no alto de uma meda, de onde podia ver o que todo mundo fazia, gritando ordens por todo o campo de duzentos acres e ficando com o rosto cada vez mais vermelho. Os melhores ceifeiros ceifavam em uma faixa onde a relva ainda não fora cortada, as foices bramindo sob a forte luz do sol. Com ancinhos de madeira, as mulheres juntavam o feno seco em faixas compridas, e os dois meninos seguiam de cada lado da faixa, com forcados, virando o feno para dentro para que ficasse em ordem para ser recolhido. Então vinham as grandes carroças, ressoando com as rodas de madeiras guarnecidas de pontas de ferro, puxadas por cavalos ou bois brancos vagarosos. Um homem ia em pé na carroça para receber o feno e dirigir as operações, enquanto outro ia caminhando em um dos lados e pegando, com um forcado, o que os meninos tinham preparado, e jogando-o para o outro homem. A carroça era conduzida ao longo da trilha entre as duas faixas de feno e carregada metodicamente da frente para trás, o homem em pé na carroça gritando com voz severa onde queria que cada forcado fosse arremessado. Os carregadores resmungavam com os meninos por eles não terem arrumado direito o feno e ameaçavam dar-lhes uma surra quando os pegassem, se eles fossem deixados para trás.

Quando o vagão ficava cheio, era levado para a meda de Sir Ector e ali descarregado. A carga caía facilmente porque tinha sido carregada com método — não como o feno moderno — e Sir Ector, desajeitado, trepava até o topo, atrapalhando seus assistentes que verdadeiramente faziam o trabalho, e batendo e transpirando e arranhando com seu forcado, tentando fazer a meda ficar firme, e gritando que tudo cairia assim que os ventos do oeste chegassem.

Wart adorava apanhar o feno, e era bom nisso. Kay, que era dois anos mais velho, geralmente ficava muito perto do feixe que tentava pegar e, em consequência, trabalhava duas vezes mais do que Wart com apenas metade do resultado. Mas odiava ser vencido em qualquer coisa e costumava labutar com o maldito do feno — que abominava como veneno — até ficar completamente exausto.

O dia seguinte à visita de Sir Grummore foi sufocante para os homens que trabalharam de ordenha a ordenha, e depois outra vez até o pôr do sol, na batalha contra o elemento opressivo. O feno, para eles, era um elemento, como o mar ou o ar, no qual se banhavam e mergulhavam e até respiravam. As sementes e palhinhas grudavam-se-lhes nos cabelos, nas bocas, nas narinas e ficavam fazendo cócegas dentro de suas roupas. Não usavam muitas roupas, e as sombras entre seus músculos flexíveis pareciam azuis nas peles bronzeadas como nozes. Os que temiam trovões tinham se sentido apreensivos naquela manhã.

À tarde, a tempestade irrompeu. Sir Ector manteve-os trabalhando até que os grandes relâmpagos estavam sobre suas cabeças, e então, com o céu tão escuro como noite, a chuva veio arremessando contra eles, deixando-os imediatamente ensopados e sem conseguir ver quase nada à sua frente. Os meninos agacharam-se debaixo das carroças, enrolados no feno para manterem os corpos molhados aquecidos contra o vento agora frio, e todos brincavam uns com os outros enquanto o céu desabava. Kay estava tremendo, embora não de frio, mas brincava como os outros, pois não queria mostrar que estava com medo. Com o último e maior dos trovões, todos os homens involuntariamente se assustaram e cada um viu o susto do outro, então começaram a rir para afastar a vergonha.

Aquele foi o fim do trabalho com o feno e o começo das brincadeiras. Os meninos foram para casa mudar de roupa. A velha dama que fora ama-seca dos dois rapidamente foi buscar jaquetas de couro secas, ralhou com eles por estarem brincando com a morte e censurou Sir Ector por ter demorado tanto. Então eles enfiaram as roupas limpas cabeça abaixo e correram para o pátio fresco e reluzente.

— Eu voto para pegarmos Cully e ver se conseguimos caçar alguns coelhos — gritou Wart.

— Os coelhos não saem no molhado — disse Kay com sarcasmo, encantado por pegá-lo em História Natural.

— Ora, vamos! Logo vai estar seco.

— Então, eu carrego Cully.

Kay insistia em carregar o açor e fazê-lo voar quando iam falcoar juntos. Tinha o direito de fazer isso, não so por ser mais velho que Wart, mas também porque era filho legítimo de Sir Ector. Wart não era filho legítimo. Ele não entendia isso direito, mas sentia-se triste por que Kay parecia achar que isso, de alguma forma, o tornava inferior. Também era diferente não ter pai e mãe, e Kay lhe dissera que ser diferente era errado. Ninguém falava com ele sobre isso, mas Wart pensava nisso quando estava só, e sentia-se angustiado. Não gostava que as pessoas trouxessem o assunto à baila. Como o outro menino sempre tocava no assunto quando uma questão de precedência surgia, ele pegou o hábito de imediatamente ceder, antes que o assunto precisasse ser mencionado. Além disso, admirava Kay e era um seguidor nato. Era um "adorador de heróis".

— Então vamos — gritou Wart, e partiram precipitadamente para as Gaiolas, derrubando alguns carrinhos de mão pelo caminho.

As Gaiolas eram uma das partes mais importantes do castelo, perto dos estábulos e dos canis. Ficavam em frente ao solárío, viradas para o sul. As janelas que davam para fora tinham que ser pequenas, por razões de fortificação, mas as janelas que davam para o pátio interno eram grandes e ensolaradas. As janelas tinham ripas verticais pregadas bem juntas, mas não horizontais. Não havia vidros, e para evitar as correntes de ar para os falcões, havia lamelas de chifres nas janelas pequenas. No fundo das Gaiolas havia uma pequena lareira e um tipo de recanto, como o lugar onde, no quarto dos arreios, os cavalariços se sentam para limpar seus apetrechos nas noites úmidas depois da caça às raposas. Ali havia alguns tamboretes, um caldeirão, uma banqueta com todos os tipos de facas pequenas e instrumentos cirúrgicos e algumas prateleiras cheias de potes. Os potes estavam etiquetados Cardamono, Gengibre, Açúcar de Cevada, Disputa, Para o Resfolego, Para a Prisão de Ventre, Vertigem etc. Havia pedaços de couro pendurados, que eram cortados à medida que se tiravam pedaços para fazer peias, caparão ou trelas. Em uma fileira bem arrumada de pregos havia campainhas indianas, tornéis e anilhas de prata, todos com um "Ector" gravado. Em uma prateleira especial, e a mais bonita, estavam os caparões: uns muito antigos e gretados que tinham sido feitos para as aves antes de Kay nascer, outros minúsculos, para os esmerilhões, ou pequenos, para os falcões machos, excelentes, novos, feitos para as noites longas de inverno. Todos os caparões, exceto os destinados aos filhotes recém-capturados, tinham as cores de Sir Ector: couro branco com baetas laterais vermelhas e um tufo de plumas cinza-

-azuladas no topo, feito das penas do pescoço da garça real. Na bancada, havia uma mixórdia de bugigangas como as encontradas em toda oficina, pedaços de corda, arame, metal, ferramentas, pedaços de pão e queijo por onde os camundongos já tinham passado, uma garrafa de couro, algumas manoplas desgastadas de armaduras para a mão esquerda, pregos, pedaços de saco, um par de chamarizes e alguns entalhes toscos feitos na madeira, onde se lia: Coreias 11111111, Arnes 111 etc. Não estavam escritos corretamente.

Por todo o comprimento da sala, com a luz do sol da tarde incidindo sobre eles, estavam os poleiros onde os pássaros ficavam amarrados. Havia dois esmerilhões pequenos que mal tinham sido tirados da liberdade parcial, uma velha falcoa peregrina que não tinha muita utilidade nessa terra de florestas, mas era mantida pelas aparências, um gavião peneira com o qual os meninos aprenderam os rudimentos da falcoaria, um gavião que Sir Ector tinha a gentileza de manter para o pároco e, engaiolado em um compartimento especial todo seu no canto, ficava o açor macho Cully.

As gaiolas eram mantidas bem arrumadas, com serragem no chão para absorver os excrementos, retirados todos os dias. Sir Ector visitava o lugar toda manhã às sete horas e os dois tratadores ficavam em posição de sentido do lado de fora da porta. Se tivessem se esquecido de pentear os cabelos, ele mandava encarcerá-los nos quartéis. Não se incomodavam com isso.

Kay calçou uma das manoplas da mão esquerda e chamou Cully do poleiro — mas Cully, com todas as suas penas fechadas e de mau humor, encarou-o com um olho enraivecido e se recusou a obedecer. Então Kay o pegou.

— Você acha que devemos fazê-lo voar? — perguntou Wart, em dúvida. — Assim tão mal-humorado como está?

— Claro que podemos fazê-lo voar, seu boboide — disse Kay. — Ele só quer ser carregado um pouco, só isso.

Então atravessaram o campo de feno, notando como o feno cuidadosamente revolvido estava outra vez encharcado e perdendo sua excelência, e entraram no campo de caça onde as árvores começavam a crescer, ainda bastante esparsas como em um parque, mas gradualmente se compactando em direção à sombra da floresta. Os coelhos tinham centenas de tocas debaixo dessas árvores, tão próximas umas das outras que o problema não era achar um coelho, mas achar um coelho longe o bastante de seu buraco.

— Hob diz que não devemos fazer Cully voar se antes ele não tiver se levantado pelo menos duas vezes — disse Wart.

— Hob não sabe nada disso. Ninguém pode dizer se um falcão está pronto para voar exceto o homem que o está carregando.

De qualquer maneira, Hob não é mais que um enxerido — acrescentou Kay, e começou a desaprender a trela e o tornel das peias.

Quando sentiu que os arreios estavam sendo tirados e que, portanto, ele estava com ordem de caça, Cully realmente fez alguns movimentos como se fosse se levantar. Ergueu a crista, as penas dos ombros e a penugem macia das coxas. Mas, no último momento, pensou melhor ou pior, e aquietou-se sem estrépito. Esse movimento do falcão fez Wart se coçar de vontade de carregá-lo. Ansiava por tirá-lo de Kay e prepará-lo, ele mesmo, para voar. Tinha certeza de que poderia fazer Cully ficar de bom humor coçando seus pés e eriçando-lhe suavemente as penas do peito, se pelo menos lhe fosse permitido cuidar dele, em vez de ter que se arrastar atrás com a isca estúpida. Mas sabia o quanto devia ser chato para o amigo mais velho ser permanentemente alvo de recomendações e, assim, resolveu ficar quieto. Da mesma maneira como no tiro ao alvo moderno, nunca se deve criticar quem está no comando, assim também na falcoaria era importante não permitir que conselhos de fora prejudicassem o julgamento do falcoeiro.

— O-Ooo! — gritou Kay, jogando os braços para o alto para permitir ao falcão uma melhor decolagem, um coelho passou em disparada pela relva toda roída à frente deles, e Cully estava no ar. O movimento surpreendeu Wart, o coelho e o falcão, e todos os três pararam um momento, pela surpresa. Então, as grandes asas do assassino aéreo começaram a cortar o ar, mas de modo relutante e indeciso. O coelho sumiu em uma toca escondida. E o falcão voou, subindo como uma criança e lançando-se alto num balanço, até as asas se fecharem e ele pousar no galho de uma árvore. Cully olhou seus mestres lá embaixo, abriu o bico em raivosa arfada de frustração e permaneceu imóvel. Os dois corações pararam.

2

Um bom tempo depois, quando cansaram de assobiar e colocar iscas e seguir de árvore em árvore o falcão perturbado e amuado, Kay perdeu a calma.

— Deixe-o ir, então — disse. — Não tem mesmo utilidade alguma.

— Ah, não podemos deixá-lo ir — disse Wart. — O que Hob vai dizer?

— O falcão é meu, não do Hob — exclamou Kay, furioso. — Que importa o que Hob diga? Ele é um servo.

— Mas foi Hob quem treinou Cully. E fácil para nós perdê-lo, porque não tivemos que ficar em pé com ele três noites e carregá-lo o dia todo e tudo isso. Não podemos perder o falcão de Hob. Seria abominável.

— Ele merece. É um tolo e esse é um falcão estragado. Quem quer um falcão estúpido e estragado? Se você está tão interessado nisso, então você fica. Eu vou para casa.

— Eu fico — disse Wart, com tristeza —, se você mandar o Hob quando chegar lá.

Kay começou a voltar para casa na direção errada, com ódio no coração porque sabia que fizera o falcão voar quando não estava com a disposição apropriada, e Wart teve de lhe gritar a direção certa. Depois, este sentou-se debaixo de uma árvore e pôs-se a olhar para Cully lá em cima, como um gato olhando um pardal, com o coração batendo rápido.

Era fácil para Kay, que não era realmente fã de falcoaria, exceto como ocupação adequada para um menino de sua condição, mas Wart tinha um pouco da sensibilidade de um falcoeiro e sabia que um falcão perdido era a pior calamidade possível. Sabia que Hob trabalhara com Cully catorze horas por dia para lhe ensinar o ofício, e que seu trabalho fora como a batalha de Jacó com o anjo. Se Cully se perdesse, uma parte de Hob também se perderia. Wart não queria enfrentar o olhar de reprovação que estaria nos olhos do falcoeiro depois de tudo que ele tentara lhes ensinar.

O que deveria fazer? O melhor era ficar sentado quieto, deixando a isca no chão, até Cully se acalmar e se aproximar em seu próprio tempo. Mas Cully não tinha a menor intenção de fazer isso. Tinham-lhe dado uma ração generosa na noite passada, por isso não estava com fome. O dia quente o deixara de mau humor. Os acenos e assobios dos meninos lá embaixo e o fato de terem vindo atrás dele de árvore em árvore perturbaram seu cérebro um tanto fraco. Agora, não sabia exatamente o que queria fazer, mas não era o que os outros queriam. Pensou que talvez fosse legal matar algo, por despeito.

Longo tempo depois disso, Wart estava na orla da verdadeira floresta, e Cully estava dentro dela. Em uma série de mudanças enfurecidas de pouso, foram chegando cada vez mais perto da floresta, até estarem mais distante do castelo do que o menino jamais estivera, e agora tinham chegado lá.

Wart não ficaria atemorizado com uma floresta da Inglaterra dos dias de hoje, mas a grande selva da Velha Inglaterra era bem diferente. Não apenas porque nela havia javalis selvagens, cujas manadas naquela estação estariam furiosamente fossando por ali, nem porque um dos lobos sobreviventes poderia estar se escondendo atrás de alguma árvore, com seus olhos mortiços e beiços escorrendo baba. Os animais selvagens e cruéis não eram os únicos habitantes da povoada escuridão. Quando os próprios homens se tornavam maus, eles também procuravam refúgio ali, foras da lei astutos e sanguinários como o corvo e tão perseguidos quanto. Wart pensava especialmente em um homem chamado Wat, cujo nome os aldeões usavam para assustar seus filhos. Antes, ele vivia na aldeia de Sir Ector, e Wart lembrava-se dele. Era vesgo, não tinha nariz, e era fraco das ideias. As crianças atiravam-lhe pedras. Um dia, correu atrás das crianças, pegou uma, deu um rugido e lhe arrancou o nariz com uma mordida. Depois, fugiu para a floresta. Agora, eles atiravam pedras na criança sem nariz, mas Wat supostamente ainda estava na floresta, correndo como se tivesse quatro pés e vestido de peles.

Naqueles tempos lendários, também havia magos na floresta e animais estranhos não mencionados nos livros modernos de História Natural. Havia bandos regulares de foras da lei saxões — não como Wat —, que viviam juntos e se vestiam de verde e atiravam com flechas que nunca erravam o alvo. Havia também alguns dragões, que eram pequenos, viviam debaixo das pedras e assobiavam como uma chaleira.

Além disso, ainda havia o fato de que estava escurecendo. A floresta não tinha trilhas e ninguém da aldeia sabia o que havia no outro lado. A quietude da noite começara a cair e as altas árvores olhavam imóveis para Wart, sem fazer um único som.

Ele achou que seria mais seguro ir para casa, enquanto ainda sabia onde estava — mas era corajoso e não queria desistir. Sabia que se Cully passasse uma noite inteira em liberdade, tornar-se-ia selvagem outra vez e irrecuperável. Cully era uma ave em trânsito. Mas se o pobre Wart conseguisse pelo menos marcar onde ele estava pousado, e se Hob pelo menos chegasse com uma lanterna, ainda poderiam pegá-lo essa noite trepando na árvore, enquanto ele estivesse sonolento e confuso com a luz. O menino conseguia mais ou menos ver onde o falcão pousara, cerca de cem metros para o interior das árvores grossas, porque as gralhas que procuravam abrigo à noite estavam aglomerando-se no lugar.

Fez uma marca em uma das árvores da orla da floresta, na esperança de que o ajudasse a encontrar o caminho de volta, e então começou a tentar abrir caminho entre a vegetação rasteira, da melhor maneira possível. As gralhas lhe avisaram que Cully imediatamente se movera mais para dentro.

A noite caiu silenciosa enquanto Wart tentava passar entre as sarças. Mas ele prosseguiu teimosamente, escutando com toda atenção, e as fugas de Cully foram se tornando mais sonolentas e mais curtas até que, finalmente, antes que a completa escuridão caísse, ele pôde ver seus ombros levantados contra o céu, numa árvore acima dele. Wart sentou-se embaixo da árvore para não perturbar ainda mais a ave até que dormisse, e Cully, imóvel sobre uma perna, ignorou sua existência.

"Talvez", Wart disse a si mesmo, "mesmo se Hob não vier, e não vejo como ele poderia me seguir muito bem nessa floresta sem trilha, eu poderia subir sozinho por volta da meia-noite e pegar o Cully. Ele deve estar ali por volta da meia-noite, porque já estará dormindo a essa hora. Eu poderia chamá-lo suavemente pelo nome, para ele pensar que é a pessoa que normalmente vem pegá-lo quando está encapuzado. Vou ter que subir sem fazer barulho. Depois, se conseguir mesmo pegá-lo, tenho de achar o caminho de casa, e a ponte levadiça estará levantada. Mas talvez alguém esteja esperando por mim, pois Kay vai lhes dizer que fiquei fora. Qual será o caminho? Seria tão bom se Kay não tivesse ido embora."

Aconchegou-se junto às raízes da árvore, tentando encontrar um lugar confortável onde a madeira dura não espetasse suas costelas.

"Acho que o caminho é atrás daquele abeto grande com um espigão no topo. Tenho que tentar me lembrar de que lado o sol está se pondo, assim, quando ele nascer, posso seguir pelo mesmo lado para ir para casa. Será que alguma coisa se moveu debaixo do abeto? Ah, tomara que eu não encontre o velho louco do Wat e não perca meu nariz a dentada! Como o Cully está irritante, apoiado ali em uma perna só como se não existisse problema algum no mundo."

Nesse momento, houve um zunido rápido e um estalo, e Wart viu uma flecha enfiada na árvore entre os dedos de sua mão direita. Puxou a mão, pensando que tinha sido atingido por alguma coisa, antes de ver que era uma flecha. Depois, tudo aconteceu lentamente. Ele teve tempo de verificar muito cuidadosamente que tipo de flecha era, e como havia entrado três polegadas na madeira sólida. Era uma flecha preta com listas amarelas em volta, como uma vespa, e a pena do topo era amarela. As outras duas eram pretas. Eram penas de ganso tingidas.

Wart descobriu que, embora tivesse medo dos perigos da floresta antes que acontecessem, agora, que estavam acontecendo, não sentia medo. Levantou-se rápido — mas parecia devagar — e foi para trás, do lado oposto da árvore. Enquanto fazia isso, outra flecha passou zunindo e sumiu, mas a seguinte enterrou-se quase toda na relva, menos o penacho, que ficou ali, imóvel, como se nunca tivesse se movido.

Do outro lado da árvore havia um matagal de uns dois metros de altura. Era um ótimo esconderijo, mas denunciava seu paradeiro pelo farfalhar da folhas. Escutou um outro silvo de flecha passando pelas frondes e o que parecia a voz de um homem praguejando, mas não estava muito perto. Então escutou o homem, ou seja lá o que fosse, correndo de um lado para o outro no matagal. Relutava em lançar mais flechas porque elas eram valiosas e poderiam se perder na vegetação. Wart movia-se como uma cobra, um coelho, uma coruja silenciosa. Era pequeno, e a criatura não tinha chance contra ele nesse jogo. Em cinco minutos, estava a salvo.

O assassino procurou suas flechas e foi embora resmungando — mas Wart percebeu que, embora tivesse escapado do arqueiro, perdera o caminho e o falcão. Não tinha a menor ideia de onde estava. Ficou deitado por meia hora, espremido debaixo da árvore caída onde se escondera para dar tempo de a coisa ir embora, e para seu próprio coração parar de retumbar. Tinha começado a bater quando ele percebeu que havia escapado.

"Ah, agora estou realmente perdido", pensou, "e agora praticamente não há outra alternativa exceto ver meu nariz arrancado a dentadas, ou ser perfurado bem no meio por uma dessas flechas-vespa, ou ser comido por um dragão sibilante ou por um lobo ou por um javali selvagem ou por um mago — se é que magos comem meninos, e acho que comem. Agora bem que eu gostaria de ter sido bonzinho, não ter enfurecido a preceptora quando ela se atrapalhava com o astrolábio, e ter amado meu querido protetor Sir Ector como ele merecia".

Com esses pensamentos melancólicos, e especialmente com a lembrança do querido Sir Ector com seu forcado e seu nariz vermelho, os olhos do pobre Wart se encheram de lágrimas, e ele se viu completamente desolado, ali, deitado debaixo da árvore.

O sol enviou os últimos raios de sua demorada despedida, e a lua se ergueu em deslumbrante majestade sobre os topos prateados das árvores, antes que ele ousasse se levantar. Então levantou-se, limpou os gravetos de sua jaqueta de couro e começou a vagar sem esperanças, tomando o caminho mais fácil e se entregando a Deus. Já estava caminhando assim por quase meia hora, às vezes sentindo-se mais animado — porque realmente era mesmo fresco e agradável a floresta no verão sob a luz do luar —, quando se deparou com a coisa mais bonita que já vira em sua curta vida.

Havia uma clareira na floresta, uma ampla extensão de relva sob o clarão da lua, os raios brancos brilhando em cheio sobre os troncos das árvores do outro lado. Essas árvores eram faias, cujos troncos ficam sempre mais belos sob uma luz perolada e, entre as faias, havia um pequeníssimo movimento e um tilintar de prata. Antes do tilintar, havia apenas as faias, mas imediatamente depois havia um cavaleiro com sua armadura completa, parado imóvel, silencioso e sobrenatural, entre as árvores majestosas. Montava um enorme cavalo branco, que parecia tão embevecido quanto o dono. O cavaleiro empunhava na mão direita, com o cabo apoiado no estribo, uma lança de torneio alta e lisa, que se erguia entre o topo das árvores, mais e mais alta, até se delinear contra o veludo do céu. Tudo era iluminado pelo luar, tudo prateado, bonito demais para ser descrito.

Wart não soube o que fazer. Não sabia se seria seguro se aproximar do cavaleiro, pois havia tantas coisas terríveis na floresta que mesmo um cavaleiro poderia ser um fantasma. E ele parecia mesmo fantasmagórico, pairando assim para meditar no limiar da escuridão. No final, o menino acabou decidindo que mesmo se fosse um fantasma, seria o fantasma de um cavaleiro, e os cavaleiros eram obrigados por juramento a ajudar as pessoas em desgraça.

— Perdão — disse, quando estava bem embaixo da misteriosa figura —, mas poderia me indicar o caminho de volta ao castelo de Sir Ector?

Com isso, o fantasma deu um salto, quase caiu de seu cavalo, e soltou um *baaa* abafado através da viseira, como um carneiro.

— Perdão — Wart começou de novo, mas parou, aterrorizado, no meio da fala, pois o fantasma levantara a viseira, revelando dois enormes olhos frios como gelo; exclamou numa voz ansiosa, "O quê? O quê?"; tirou os olhos — que na verdade eram óculos com aros feitos de chifres, embaçados por estarem dentro do elmo; tentou limpá-los com a crina do cavalo — o que só piorou as coisas; levantou ambas as mãos sobre a cabeça, e tentou limpá-los com seu penacho; deixou cair a lança; deixou cair os óculos; desmontou do cavalo para pegá-los — a viseira se fechando no processo; levantou a viseira; abaixou-se para pegar os óculos; levantou outra vez quando a viseira se fechou de novo, e exclamou com voz queixosa: "Oh, vida!".

Wart pegou os óculos, limpou-os e entregou-os ao fantasma, que imediatamente os colocou (a viseira se fechou a seguir) e começou a escalar o cavalo para retomar sua vida. Quando se ajeitou, estendeu a mão para a lança, que Wart lhe entregou e, sentindo-se outra vez seguro, abriu a viseira com a mão esquerda e segurou-a aberta. Olhou o menino com uma mão levantada — como um marinheiro perdido à procura de terra — e exclamou:

— Ah-hah! A quem temos aqui, o quê?

— Por favor — disse Wart —, sou um menino cujo protetor é Sir Ector.

— Sujeito encantador — disse o Cavaleiro. — Nunca o encontrei na vida.

— Você poderia me indicar o caminho para o castelo dele?

— A menor ideia. Eu mesmo não conheço essas partes.

— Estou perdido — disse Wart.

— Coisa engraçada, essa. Eu já estou perdido há dezessete anos.

— Meu nome é Rei Pellinore — continuou o Cavaleiro. — Já escutou falar de mim, o quê? — A viseira fechou com um estouro, como um eco ao "o quê", mas foi imediatamente aberta outra vez. — Dezessete anos atrás, aconteceu a festa de São Miguel, e desde então ando atrás da Besta Gemente. Tedioso, muito.

— Imagino que seja — disse Wart, que nunca tinha escutado falar do Rei Pellinore, nem da Besta Gemente, mas achou que era a coisa mais segura a dizer nas circunstâncias.

— É a Sina dos Pellinores — disse o Rei, orgulhosamente. — Só um Pellinore pode agarrá-la — isto é, claro, ou o próximo da linhagem. Todos os Pellinores são treinados com essa ideia na cabeça. Educação limitada, na verdade. Excrementos e tudo isso.

— Eu sei o que são excrementos — disse o menino com interesse. — É o que uma fera perseguida vai deixando. O perseguidor os guarda na corneta para mostrar a seu senhor, e por eles é possível dizer se é uma fera autorizada ou não, e qual é o seu estado.

— Menino inteligente — comentou o Rei. — Muito. Eu agora carrego excrementos comigo praticamente o tempo todo — Hábito pouco higiênico — acrescentou, começando a parecer desalentado — e completamente inútil. Só tem uma Besta Gemente, sabe, portanto não há dúvidas sobre se ela é autorizada ou não.

Aqui sua viseira começou a cair tanto que Wart decidiu que era melhor esquecer seus próprios problemas e tentar alegrar seu companheiro, fazendo perguntas a respeito do único tema sobre o qual ele parecia qualificado a falar. Mesmo a conversa com uma realeza perdida era melhor do que ficar sozinho na floresta.

— Como ela é, essa Besta Gemente?

— Ah, nós a chamamos de Fera Glatisant, sabe — retrucou o monarca, assumindo um ar de entendido e começando a falar com loquacidade. — Agora, a Fera Glatisant, ou como falamos em inglês, a Besta Gemente (você pode dizer das duas maneiras) — acrescentou com graça —, essa Fera tem a cabeça de serpente, ah, e o corpo de leopardo, as coxas de leão e os pés de cervo. Onde quer que vá, essa fera faz um barulho com a barriga como se fosse o barulho de trinta parelhas de cães de caça em perseguição. — Exceto quando ela está bebendo, claro — acrescentou o Rei.

— Deve ser um tipo pavoroso de monstro — Wart disse, olhando em volta, preocupado.

— Um monstro pavoroso — repetiu o Rei. — A Fera *Glatisant*.

— E como você a persegue?

Esta parece ter sido uma pergunta errada, pois Pellinore começou a ficar ainda mais deprimido.

— Tenho uma cadela de caça — ele disse, com tristeza. — Ali está ela, ali.

Wart olhou para a direção que lhe foi indicada com um dedo desanimado e viu uma corda muito comprida amarrada em volta de uma árvore. A outra ponta da corda estava atada à sela do Rei Pellinore.

— Não a vejo bem.

— Está enrolada do outro lado da árvore, receio dizer. Ela vai sempre na direção contrária à minha.

Wart deu a volta na árvore e viu um grande cachorro branco se coçando, atrás das pulgas. Assim que viu Wart, começou a sacudir todo o corpo, abrindo a boca com ar apatetado e arquejando com o esforço de tentar lamber seu rosto, apesar da corda. Mas estava emaranhada demais para se mover.

— É uma cadela muito boa — disse o Rei Pellinore —, só que arqueja demasiado, e se enrola nas coisas, e vai para o lado oposto. E com isso, e com minha viseira, às vezes, fico sem saber para que lado ir.

— Por que não a deixa solta? — Wart perguntou. — Ela poderia seguir a Fera do mesmo jeito.

— Ela some, sabe, e às vezes fico semanas sem vê-la. — Fico muito solitário sem ela — o Rei acrescentou —, seguindo a Fera, e sem saber direito onde estou. É uma boa companhia, sabe.

— Ela parece ter uma natureza amigável.

— Amigável até demais. Às vezes fico na dúvida se ela está mesmo caçando a Fera ou não.

— O que ela faz quando a vê?

— Nada.

— Ah, bom — Wart disse. — Imagino que depois de um tempo ela acabará se interessando.

— De qualquer maneira, já faz oito meses que vimos a Fera pela última vez.

A voz do pobre sujeito ia se tornando cada vez mais e mais triste desde o começo da conversa, e agora, indiscutivelmente, ele começara a fungar.

— É a maldição dos Pellinores — exclamou. — A vida toda correndo atrás dessa abominável Besta. Que utilidade tem ela, afinal? Primeiro, é preciso parar para desenrolar a cadela, depois a viseira fecha, e já não consigo ver com os óculos. Sem lugar para dormir, sem nunca saber onde estou. Reumatismo no inverno, insolação no verão. Toda essa armadura horrenda leva horas para ser colocada. Depois, ou ela torra ou congela você, e além do mais enferruja. É preciso passar a noite inteira polindo o material. Oh, como eu gostaria de ter uma casa confortável de minha propriedade para viver, uma casa que tivesse camas e travesseiros e lençóis verdadeiros. Se eu fosse rico, era isso que compraria. Uma bela cama com um belo travesseiro e um belo lençol onde pudesse me deitar, e então eu soltaria esse cavalo abominável em um prado e mandaria essa abominável cadela ir embora se divertir, e jogaria essa abominável armadura pela janela, e deixaria a abominável Besta perseguir-se a si mesma — isso é o que eu faria.

— Se você me indicasse o caminho de casa — disse Wart, astutamente —, tenho certeza que Sir Ector lhe daria uma cama para passar a noite.

— Você está falando sério? — gritou o Rei. — Em uma cama?

— Uma cama de penas.

Os olhos do Rei Pellinore ficaram redondos como pires. "Uma cama de penas!", repetiu lentamente.

— Com travesseiro?

— Travesseiros fofos.

— Travesseiros fofos! — sussurrou o Rei, segurando a respiração. E depois, soltando-a de uma vez. — Que casa encantadora seu protetor deve ter!

— Acho que não deve estar mais do que a duas horas daqui — disse Wart, aproveitando sua vantagem.

— E esse fidalgo realmente mandou você aqui para me convidar? — [Tinha se esquecido que Wart estava perdido.] — Que gentileza a dele, que gentileza dele, eu acho, o quê?

— Ele ficará feliz em nos ver — Wart disse com sinceridade.

— Ah, que gentileza a dele — exclamou o Rei outra vez, começando a se atrapalhar com os vários arreios. — E que nobre encantador deve ser para ter uma cama de penas! — Suponho que terei de dividi-la com alguém — ele acrescentou, em dúvida.

— Poderia ter uma só para si.

— Uma cama de penas só para mim, com lençóis e um travesseiro — talvez até dois travesseiros, ou um travesseiro e um suporte — e sem hora de levantar para o desjejum! Seus protetores têm hora de levantar para o desjejum?

— Nunca — Wart respondeu.

— Pulgas na cama?

— Nenhuma.

— Ótimo! — disse o Rei Pellinore. — Parece bom demais para dizer com palavras, devo dizer. Uma cama de penas e tão cedo nada de excrementos. Quanto tempo daqui até lá, você disse?

— Duas horas — Wart respondeu, mas teve de gritar a segunda palavra, pois os sons ficaram sufocados em sua boca por um barulho que naquele momento se levantou bem perto deles.

— O que foi isso? — Wart perguntou.

— Atenção!

— Misericórdia!

— É a Besta!

E imediatamente o dedicado caçador esqueceu-se de tudo o mais, e se ocupou de sua tarefa. Limpou os óculos nos fundilhos de suas calças, o único pedaço de pano acessível, enquanto o maldito barulho de barriga inundava a redondeza. Equilibrou-os na ponta de seu comprido nariz, imediatamente antes de a viseira automaticamente se fechar. Apertou sua lança de torneio na mão direita e partiu a galope em direção ao barulho. Mas foi logo puxado de volta pela corda que estava enrolada na árvore — enquanto a cadela apatetada soltava um ganido melancólico — e caiu do cavalo com um tremendo barulho de metal. Em um segundo, já estava de novo em pé — Wart convencido de que os óculos certamente haviam se quebrado —, e pulando em volta do cavalo branco com um pé no estribo. A barrigueira suportou o teste e, fosse como fosse, lá estava ele de volta à sela, com sua lança comprida entre as pernas, e depois galopando ao redor e ao redor da árvore, na direção oposta à que a cadela se enrolara. Deu três voltas muito rapidamente, enquanto a cadela gania e corria no outro sentido e então, depois de quatro ou cinco tentativas, ficaram ambos livres da obstrução.

— Avante! O quê! — gritou o Rei Pellinore, brandindo sua lança no ar e agitando-se alvoroçado na sela. Depois, desapareceu dentro da escuridão da floresta, com o desventurado cão correndo atrás dele na outra ponta da corda.

3

O menino dormiu bem no abrigo onde se deitou, aquele tipo de sono leve mas reparador que as pessoas têm quando começam a dormir ao ar livre. No início, apenas mergulhou sob a superfície do sono e deslizou como um salmão em água rasa, tão perto da superfície que se imaginava no ar. Pensou que estivesse acordado quando já estava dormindo. Viu as estrelas sobre o rosto, girando silenciosas e sem descanso, e as folhas das árvores farfalhando debaixo delas, e ouviu pequenos movimentos na relva. Esses pequenos ruídos de passos e bater leve de pequenas asas e de ventres furtivos arrastando-se pelas folhas da relva ou farfalhando no matagal, a princípio o assustaram e interessaram, e ele se mexeu tentando ver o que era (sem conseguir), depois o acalmaram, e então ele já não se interessou em ver o que eram, mas confiou que eram eles mesmos, e finalmente se deixou ir, mergulhando cada vez mais e mais fundo, se aninhando na relva perfumada, no chão generoso, nas intermináveis águas sob a terra.

Foi difícil pegar no sono ao luar brilhante do verão, mas depois que dormiu não foi difícil continuar dormindo. O sol chegou cedo, fazendo com que se virasse em protesto, mas ao dormir aprendera a vencer a luz, e agora a luz não conseguia acordá-lo. Eram nove horas, cinco horas depois do alvorecer, quando ele rolou, abriu os olhos, e imediatamente despertou. Estava com fome.

Wart escutara falar de pessoas que viviam de bagas silvestres, mas isso não parecia prático no momento, porque era julho e não havia nenhuma. Achou dois morangos selvagens e os comeu com gula. Estavam mais gostosos do que qualquer outra coisa que já comera, e desejou que tivesse mais. Então, desejou que fosse abril, para que pudesse achar ovos de pássaros e comer alguns, ou que não tivesse perdido Cully, para que seu açor pudesse pegar um coelho que ele cozinharia esfregando dois gravetos um contra o outro, como os índios primitivos. Mas tinha perdido Cully, ou não teria se perdido ele próprio e, de qualquer forma, provavelmente os gravetos não pegariam fogo. Refletiu que não poderia ter se afastado mais do que cinco ou seis quilômetros de casa, e que a melhor coisa que poderia fazer era sentar-se quieto e escutar. Então talvez escutasse o barulho dos colhedores de feno se tivesse sorte com o vento e poderia assim escutar qual seria a direção do castelo.

Mas o que ele escutou foi um fraco estalido de metal que o fez pensar que o Rei Pellinore deveria estar atrás da Besta Gemente ali por perto. Só que o barulho era tão regular e intencional que o fez pensar que o Rei Pellinore estaria fazendo alguma ação especial, com grande paciência e concentração — tentando coçar as costas sem tirar a armadura, por exemplo. Seguiu em direção ao ruído.

Havia uma clareira na floresta, e nessa clareira havia um chalé bonitinho feito de pedra. Era um chalé que, embora Wart não pudesse ver naquele momento, estava dividido em duas partes. A parte principal era o saguão ou "sala-para-tudo", que era alta porque ia do chão ao teto e tinha uma lareira cuja fumaça saía por um buraco no telhado de colmo. A outra metade do chalé estava dividida em duas por um piso horizontal que transformava a metade de cima em quarto de dormir e escritório, enquanto a metade de baixo servia de despensa, depósito, estábulo e cocheira. Um asno branco vivia nessa dependência de baixo, e uma escadinha de madeira levava ao quarto de cima.

Havia um poço em frente ao chalé, e o ruído metálico que Wart escutara era provocado por um senhor muito idoso que estava tirando água dali com a ajuda de uma manivela e uma corrente.

Tlin, tlin, tlin, fazia a corrente, até o balde bater na borda do poço e "Arre essa coisa toda!" disse o velho.

— Era de imaginar que depois de todos esses anos de estudo, seria possível fazer melhor do que apanhar água nesse "poço-de-donzela", com um "balde-de-donzela", seja quem for a donzela. — Valha-me isso e valha-me aquilo! — acrescentou o velho, puxando o balde do poço com um olhar mal-humorado —, por que não colocam luz elétrica e água encanada aqui?

Estava vestido com uma roupa larga esvoaçante, uma estola de pele toda enfeitada com signos do zodíaco e vários sinais cabalísticos, como triângulos com olhos, cruzes estranhas, folhas de árvores, ossos de pássaros e outros animais e um planetário cujas estrelas brilhavam como pedaços de espelho refletindo o sol. Usava um chapéu pontudo, como o das "orelhas de burro", ou como os usados pelas damas da época, só que as damas costumavam ter um pedaço de véu flutuando a partir do topo. Também tinha uma varinha de condão de pau-santo, que deixara deitada na grama a seu lado, e um par de óculos com armação de chifre como os do Rei Pellinore. Eram óculos diferentes, pois não tinham a parte que se prende na orelha, e tinham mais a forma de tesouras ou de antenas de uma vespa-caçadora.

— Perdão, senhor — Wart disse —, mas saberia me indicar o caminho para o castelo de Sir Ector, se não se importar?

O velho cavaleiro desceu o balde e olhou para ele.

— Seu nome deve ser Wart.

— Sim, senhor, por favor, senhor.

— Meu nome é Merlin — disse o velho.

— Como está passando?

— Como está.

Quando terminaram essas formalidades, Wart teve tempo para observá-lo mais de perto. O mago olhava para ele, sem pestanejar, com uma espécie de curiosidade firme e benevolente, o que o fez achar que não seria de jeito algum grosseiro olhar ele também para o velho, não mais grosseiro do que seria fitar uma das vacas de seu protetor que, com a cabeça apoiada sobre a cerca, parecia matutar sobre quem seria ele.

Merlin tinha uma barba comprida e branca e bigodes compridos e brancos que desciam de ambos os lados. Uma inspeção acurada mostrava que estava longe de limpo. Não que tivesse unhas sujas, ou coisas assim, mas algum grande pássaro parecia ter feito o ninho em seus cabelos. Wart conhecia bem os ninhos de gavião e de açor, o conglomerado desconjuntado de gravetos e coisas avulsas tomados de esquilos e gralhas, e sabia como os galhos e raízes ficavam salpicados de dejetos brancos, ossos velhos, folhas enlameadas e restos. Essa foi a impressão que teve de Merlin. O velho estava riscado com sujeiras caídas sobre os ombros, entre as estrelas e triângulos da veste, e uma grande aranha descia, vagarosa, da ponta de seu chapéu, enquanto ele fitava atentamente, piscando um pouco, o menino à sua frente. Tinha uma expressão preocupada, como se estivesse tentando se lembrar de um nome que começava com Chol mas que se pronunciava de maneira completamente diferente, possivelmente Menzies ou seria Dalziel? Seus suaves olhos azuis, muito grandes e redondos sob os óculos de tarântula, aos poucos velavam-se e se nublavam enquanto ele fitava o menino, e então virou a cabeça com expressão resignada, como se tudo aquilo fosse demasiado para ele, afinal.

— Você gosta de pêssegos?

— Gosto muito, realmente — Wart respondeu, e sua boca começou a salivar e ficou cheia de um líquido doce e macio.

— São raros nesta estação — disse o velho, de maneira reprovadora, e se dirigiu ao chalé.

Wart seguiu atrás, já que essa era a coisa mais simples a fazer, e se ofereceu para levar o balde (o que pareceu agradar Merlin, que o deu a ele), e esperou enquanto ele contava as chaves — e resmungava e as confundia e as derrubava na relva. Finalmente, quando conseguiram entrar na casa branca e preta com tanto esforço como se a tivessem arrombando, subiu a escada atrás de seu anfitrião até a sala de cima.

Era a sala mais maravilhosa em que jamais entrara.

Havia um crocodilo verdadeiro pendurado nos caibros do teto, muito natural e horrível, com olhos de vidro e cauda escamosa esticada atrás. Quando seu dono entrou na sala, ele piscou um olho em saudação, embora estivesse embalsamado. Havia milhares de livros marrons com encadernação de couro, alguns presos com correntes às estantes e outros escorados uns nos outros, como se tivessem bebido demais e não confiassem muito em si mesmos. Esses tinham um cheiro denso de bolor e couro que dava confiança. Depois, havia os pássaros empalhados, papagaios, pegas e martim-pescador, e pavões com todas as penas exceto duas, e pássaros miúdos e besouros, e uma suposta fênix que cheirava a incenso e canela. Não poderia ser uma fênix autêntica porque só existe uma dessas em cada época. Sobre o consolo da lareira havia uma máscara de raposa, debaixo dela estava escrito GRAVTON, BUCKINGHAM A. DAVENTRY, 2 H 20 MIN, e também um salmão de uns dez quilos, com AWE, 43 MIN, BULLDOG escrito embaixo, e um basilisco parecendo vivo, com CÃES DE CROWHURST OTTER em alfabeto romano. Havia várias presas perfuradas e garras de tigres e leopardos montadas em padrões simétricos, e uma grande cabeça de *Ovis Poli*, seis cobras de relva vivas em uma espécie de aquário, alguns ninhos de vespa solitária bem-arrumados em um cilindro de vidro, uma colmeia comum cujos habitantes entravam e saíam pela janela sem serem perturbados, dois jovens ouriços em ramos de algodão, um casal de texugos que imediatamente começou a gritar Yik-Yìk-Yik-Yik em voz alta assim que o mago apareceu, vinte caixas contendo lagartas enfiadas e seis com borboletinhas, e até uma espirradeira que valia seis pences — todos se alimentando nas folhas apropriadas —, um estojo de armas com todo tipo de armas que só seriam inventadas dali a quinhentos anos, uma caixa com bastões idem, uma cômoda com gavetas cheias de iscas artificiais amarradas pelo próprio Merlin, outra cômoda cujas gavetas estavam etiquetadas Mandrágora, Mandrake, Barba de Velho etc., um punhado de penas de peru e de ganso para fazer canetas, um astrolábio, doze pares de botas, um dúzia de bolsas de malha, duas dúzias de tela para coelhos, doze saca-rolhas, alguns formigueiros entre duas placas de vidro, vidros de tinta com todas as cores possíveis do vermelho ao violeta, agulhas de cerzir, uma medalha de ouro para o melhor bolsista de Winchester, quatro ou cinco arquivos, um ninho de camundongos do campo todos vivos, duas caveiras, muitos vidros lapidados, garrafas de Veneza, garrafas de Bristol, um vidro de verniz de Mastic, porcelana de Satsuma e *cloisonné*, a décima-quarta edição da Enciclopédia Britânica (prejudicada como estava pelo sensacionalismo das ilustrações populares), duas caixas de pintura (uma a óleo, outra de aquarela), três globos do mundo geográfico conhecido, alguns fósseis, a cabeça empalhada de uma girafa, seis formigões, algumas retortas de vidro com bico, maçaricos de Bunsen etc., e um jogo completo de cartas de cigarros com ilustrações de aves selvagens feitas por Peter Scott.

Merlin tirou o chapéu pontudo quando entrou na sala, porque era muito alto para o teto, e imediatamente houve uma precipitação em um dos seus cantos escuros e um bater de asas suaves, e uma coruja amarelo-castanha pousada no solidéu que protegia o topo de sua cabeça.

— Oh, que coruja encantadora! — gritou Wart.

Mas quando chegou perto e estendeu a mão, a coruja se ergueu pela metade outra vez, ficou dura como um atiçador de brasas, fechou os olhos de maneira a ter apenas uma minúscula fenda através da qual espreitar — como se costuma fazer quando se tem de fechar os olhos na brincadeira de esconde-esconde — e disse com voz indecisa:

— Não tem coruja nenhuma.

Depois, fechou completamente os olhos e se virou para o outro lado.

— É só um menino — disse Merlin.

— Não tem menino nenhum — a coruja disse, esperançosa, sem se virar.

Wart ficou tão espantado ao ver que a coruja podia falar que esqueceu a educação e chegou ainda mais perto. Com isso, a ave ficou tão nervosa que fez uma trapalhada na cabeça de Merlin — a sala toda estava quase branca com os dejetos — e voou para pousar na ponta mais distante da cauda do crocodilo, fora do alcance.

— Temos tão pouca companhia que Archimedes fica acanhado com estranhos — explicou o mago, limpando a cabeça com a metade de um pijama velho que guardava com esse propósito. — Venha, Archimedes, quero lhe apresentar um amigo meu chamado Wart.

Aqui, ele estendeu sua mão para a coruja, que veio gingando como um ganso pelas costas do crocodilo — vinha com esse andar bamboleante para não danificar a cauda — e pulou para o dedo de Merlin, com todos os sinais de relutância.

— Estique seu dedo e coloque-o atrás das pernas dele. Não, levante-o por baixo da cauda.

Quando Wart fez isso, Merlin gentilmente moveu a coruja para trás, de maneira que o dedo do menino pressionasse suas pernas por trás, e ele ou tinha de dar um passo recuando, para cima do dedo, ou perderia completamente o equilíbrio. Ele deu o passo. Wart ficou ali parado, encantado, enquanto a pata felpuda apertava seu dedo e as unhas afiadas espetavam sua pele.

— Diga prazer em conhecê-lo, educadamente — disse Merlin.

— Não digo — respondeu Archimedes, olhando para o outro lado e apertando o dedo.

— Oh, ele *é mesmo* encantador — Wart disse outra vez. — Há muito tempo que você o tem?

— Archimedes está comigo desde pequeno, na verdade desde que tinha uma cabeça pequena como a de uma galinha.

— Queria que ele falasse comigo.

— Talvez se você lhe der esse camundongo aqui, com polidez, ele poderá começar a conhecê-lo melhor.

Merlin tirou um camundongo morto de seu solidéu.

— Sempre os guardo aqui, e minhocas também, para pescaria. Acho que é muito prático — e o passou para Wart, que o estendeu, um tanto cautelosamente, para Archimedes. O bico curvado como noz parecia capaz de provocar danos, mas Archimedes olhou atentamente o camundongo, piscou para Wart, aproximou-se mais pelo dedo, fechou os olhos e se inclinou para frente. Ficou assim com os olhos fechados e uma expressão de enlevo, como se estivesse dando Graças e então, com um mordisco lateral extremamente cômico, pegou o bocado tão gentilmente que não teria rompido uma bolha de sabão. Continuou inclinado para frente de olhos fechados, com o camundongo suspenso pelo bico, como se não estivesse seguro do que fazer com ele. Então levantou o pé direito — era destro, embora as pessoas achem que só os homens são — e agarrou o camundongo. Segurou-o como um menino seguraria um pirulito ou um policial seu cassetete, olhou-o, mordiscou-lhe o rabo. Virou-o para que a cabeça ficasse para cima, pois Wart tinha-o oferecido do jeito errado e ao contrário, e engoliu-o de uma vez. Com o rabo pendendo do canto de sua boca, olhou em torno para o público — como se fosse dizer, "Gostaria que não ficassem me encarando assim" —, virou a cabeça para o outro lado e polidamente engoliu o rabo, coçou sua barba de marujo com o dedo do pé esquerdo e começou a eriçar as penas.

— Deixe-o sossegado — disse Merlin. — Talvez ele não queira fazer amizade com você até saber como você é. Com corujas, as coisas nunca são muito fáceis.

— Talvez ele fique no meu ombro — disse Wart, e com isso, instintivamente, abaixou a mão, e a coruja, que gostava de ficar o mais alto possível, subiu o degrau e se postou timidamente ao lado da orelha dele.

— Agora, o desjejum — disse Merlin.

Wart viu que o mais perfeito desjejum estava posto caprichosamente para dois, numa mesa perto da janela. Havia pêssegos. Havia também melões, morangos e creme, biscoitos, truta dourada no ponto, perca grelhada que era ainda melhor, frangos condimentados a ponto de queimar a boca de alguém, rins e cogumelos em torradas, fricassê, caril e, em chávenas grandes, a alternativa de escolher entre café fervendo ou o melhor dos chocolates com creme.

— Ponha um pouco de mostarda — disse o mago, quando chegaram aos rins.

O pote de mostarda levantou-se e andou até seu prato sobre finas pernas de prata que gingavam como as da coruja. Então, esticou as asas e uma delas levantou a tampa com cortesia exagerada enquanto a outra lhe servia uma generosa colherada.

— Oh, adoro esse pote de mostarda — exclamou Wart. — Onde o conseguiu?

O pote sorriu exultante com todo o rosto e começou a se pavonear um pouco, mas Merlin deu-lhe umas pancadinhas na cabeça com uma colher de chá, fazendo-o sentar-se e se calar imediatamente.

— Não é um mau pote — disse, contrariado. — Só que é inclinado a se dar certos ares.

Wart estava tão impressionado com a gentileza do velho, e particularmente com as coisas encantadoras que ele possuía, que dificilmente pensava em lhe fazer perguntas pessoais. Parecia mais polido ficar quieto e falar só quando a palavra lhe fosse dirigida. Mas Merlin não falava muito e, quando falava, nunca era com perguntas, portanto, Wart tinha pouca oportunidade para uma conversação. Por fim, sua curiosidade levou a melhor, e ele perguntou uma coisa que o estava intrigando há algum tempo.

— Você se importaria se eu fizesse uma pergunta?

— É para isso que estou aqui.

— Como sabia e preparou um desjejum para dois?

O velho cavaleiro se inclinou para trás na cadeira e acendeu um cachimbo enorme de sepiolita. "Santa Misericórdia, ele respira fogo", pensou Wart, que nunca escutara falar de tabaco — antes de estar pronto para responder. Depois, pareceu confuso, tirou o solidéu — três camundongos caíram — e coçou o alto da cabeça careca.

— Você alguma vez tentou desenhar em um espelho?

— Acho que não.

— Espelho — disse Merlin, estendendo a mão. Imediatamente apareceu um pequeno espelho de toucador de dama em sua mão.

— Não desse tipo, seu tolo — disse, irritado. — Quero um suficientemente grande para fazer a barba.

O espelhinho desapareceu e, em seu lugar, apareceu um espelho de barba de cerca de 30 centímetros quadrados. A seguir, pediu lápis e folha em rápida sequência; conseguiu um lápis sem ponta e a *Folha da Manhã;* devolveu-os; conseguiu uma caneta tinteiro sem tinta e seis resmas de papel marrom, bom para fazer embrulhos; devolveu-os; teve um ataque de nervos no qual disse "pela virgem donzela" várias vezes e terminou com um lápis-carvão e papel para enrolar cigarros que ele disse que teriam que servir.

Pôs um dos papéis na frente do espelho e fez cinco pontinhos.

— Agora — disse — quero que você ligue esses pontos para formar um w, olhando só para o espelho.

Wart pegou o lápis e tentou fazer como lhe fora ordenado.

— Bem, não está mal — disse o mago, em dúvida — e de alguma forma parece um pouco com um M.

Então, começou a devanear, cofiando a barba, respirando o fogo, e fitando o papel.

— E o desjejum?

— Ah, sim. Como eu sabia que o desjejum seria para dois? Foi por isso que lhe mostrei o espelho. Agora as pessoas comuns nascem viradas para frente no Tempo, se entende o que quero dizer, e quase tudo no mundo também vai para frente. Isso faz com que seja muito fácil viver, para as pessoas comuns, assim como teria sido fácil para você juntar os cinco pontinhos em um w se pudesse olhar para eles de frente, e não só de trás para frente e ao revés. Mas eu, infelizmente, nasci no lado errado do tempo, e tenho que viver de frente para trás, cercado por uma quantidade de pessoas que vivem de trás para frente. Algumas pessoas chamam isso de ter segunda visão.

Ele parou de falar e olhou, ansioso, para Wart.

— Já lhe falei nisso antes?

— Não, nós nos conhecemos há cerca de meia hora apenas.

— Tão pouco tempo assim? — disse Merlin, e uma grande lágrima correu até a ponta de seu nariz. Limpou-a com o pijama e acrescentou, ansioso: — Vou ter que lhe contar de novo?

— Não sei — disse Wart —, a menos que você ainda não tenha acabado de me contar.

— Você vê, a gente se confunde com o Tempo, quando ele é assim. Para começar, todos os tempos de verbo se misturam. Se você sabe o que *vai* acontecer às pessoas, e não o que *já* aconteceu, fica difícil evitar que aconteça, se não quer que aconteça, será que você entende o que quero dizer? Como desenhar no espelho.

Wart não entendeu perfeitamente, mas ia dizer que sentia muito por Merlin se essas coisas o faziam infeliz, quando sentiu uma curiosa sensação no ouvido.

— Não se mexe — o velho disse, no momento em que já ia fazer isso, e Wart permaneceu quieto. Archimedes, que ficara esquecido em seu ombro durante todo esse tempo, estava gentilmente se encostando nele. O bico estava bem pertinho do lóbulo da sua orelha, que as cerdas faziam coçar, e de repente uma voz grossa e suave sussurrou, "Como tem passado?", soando bem dentro de sua cabeça.

— Oh, coruja! — exclamou Wart, imediatamente esquecendo os problemas de Merlin. — Olha, ele resolveu falar comigo!

Wart gentilmente encostou a cabeça nas penas macias, e a coruja amarelo-castanha, pegando-lhe a borda da orelha com o bico, rapidamente mordiscou ao seu redor, com os menores mordisquinhos possíveis.

— Vou chamá-lo de Archie!

— Sabia que você iria fazer algo no estilo — disse Merlin no mesmo instante, com voz severa e zangada, e a coruja se retirou para a ponta mais distante de seu ombro.

— É errado?

— Você poderia também me chamar de Ar ou Uja — disse a coruja, azeda — e pronto, dava no mesmo. Ou Amarelinho — resmungou com voz ainda mais azeda.

Merlin pegou a mão de Wart e disse gentilmente:

— Você é jovem e ainda não entende essas coisas. Mas aprenderá que as corujas são as criaturas mais delicadas, sinceras e leais. Você nunca deve ser atrevido, rude ou vulgar com elas, ou fazê-las parecer ridículas.

A mãe delas é Atenas, a deusa da sabedoria, e embora
estejam prontas a bancar o bufão para o divertir, essa
gativa do verdadeiro sábio. Nenhuma coruja, definitiv
chamada de Archie.

— Sinto muito, coruja — Wart disse.

— Eu também sinto muito, garoto — disse a coruja. — Posso entender perfeitamente que você falou por ignorância, e me arrependo amargamente por ter sido tão mesquinho a ponto de ver ofensa onde nenhuma intenção havia.

A coruja realmente estava arrependida, e parecia tão cheia de remorsos que Merlin teve que fazer uma cara alegre e mudar o rumo da conversa.

— Muito bem — ele disse —, agora que terminamos o desjejum, acho que já é mais do que hora de nós três pegarmos o caminho de volta para Sir Ector. — Desculpe-me só um momento — acrescentou como se tivesse se esquecido de algo e, virando-se para as coisas do desjejum, apontou-lhes um dedo nodoso e disse com voz firme:

— Lavem-se.

Com isso, toda a louça e os talheres desceram em rebuliço da mesa, a toalha sacudiu as migalhas pela janela, e os guardanapos se dobraram sozinhos. Todos desceram correndo a escada, até onde Merlin deixara o balde, e começou um barulho e uma gritaria como se um punhado de crianças tivesse saído da escola. Merlin foi até a porta e gritou, "Atenção, ninguém deve se quebrar", mas sua voz foi inteiramente abafada por guinchos esganiçados, pancadas na água e gritos de "Ai! está gelado!", "Não vou demorar", "Cuidado, você vai me quebrar!", ou "Vem, vamos dar um caldo no bule de chá!".

— Você vai mesmo comigo até minha casa? — perguntou Wart, que mal podia acreditar na boa notícia.

— Por que não? De que outra maneira posso ser seu tutor?

Com isso, os olhos de Wart esbugalharam-se mais e mais, até ficarem tão grandes como os da coruja que ainda estava sentada em seu ombro, e seu rosto foi ficando mais e mais vermelho, e sua respiração pareceu se juntar debaixo de seu coração.

— Caramba! — exclamou Wart, enquanto seus olhos faiscavam com a excitação da descoberta. — Então eu estava numa Busca!

4

Wart começou a falar antes de chegar à metade da ponte levadiça.

— Vejam quem eu trouxe — ele disse. — Vejam, eu estava numa Busca! Atiraram três flechas em mim! Tinham riscas pretas e amarelas. A coruja se chama Archimedes. Vi o Rei Pellinore. Este é meu tutor, Merlin. Estava na Busca dele. Ele estava atrás da Besta Gemente. Quero dizer, o Rei Pellinore. Foi terrível na floresta. Merlin fez os pratos se lavarem sozinhos. Oi, Hob. Veja, nós trouxemos o Cully.

Hob apenas olhava para Wart, mas com tanto orgulho que Wart ficou todo vermelho. Era tão bom voltar para casa outra vez, com todos os seus amigos e com tudo resolvido.

Hob disse com voz grave:

— Ah, senhor, ainda faremos do senhor um falcoeiro.

Veio buscar Cully, como se não conseguisse mais ficar longe dele, mas deu um tapinha em Wart também, afagando os dois porque não tinha certeza qual deles estava mais feliz em ver de novo. Pôs Cully em seu próprio punho, reapossando-se do falcão como um perneta coloca sua perna de madeira costumeira depois de a haver perdido.

— Merlin o pegou — contou Wart. — Ele mandou Archimedes procurá-lo quando estávamos vindo para casa. Então Archimedes nos falou onde ele estava e que havia matado uma pomba e a estava comendo. Chegamos perto e ele fugiu. Então Merlin colocou seis penas do rabo da pomba em círculo, e fez uma laçada com um pedaço de cordão rodeando as penas. Amarrou uma ponta em um bastão enfiado no chão e nos escondemos atrás de um arbusto com a outra ponta. Ele disse que não ia usar mágica. Disse que não se deve usar magia nas Grandes Artes, assim como seria desleal fazer uma grande estátua com magia. Você tem de esculpi-la com um cinzel, sabe. Então, Cully desceu para terminar de comer sua pomba, e nós puxamos o cordão, e a laçada deslizou pelas penas e o pegou pelas pernas. Ele ficou furioso! Mas nós o deixamos comer a pomba.

Hob fez uma mesura para Merlin que, cortesmente, a retribuiu. Olharam um para o outro com apreço circunspecto, um reconhecendo o outro como mestre no mesmo ofício. Quando pudessem se encontrar a sós, conversariam sobre falcoaria, embora Hob fosse por natureza um homem silencioso. Nesse ínterim, deveriam aguardar o momento.

— Oh, Kay — Wart gritou, quando este apareceu com a ama e outras pessoas que vieram, deliciadas, lhe dar as boas-vindas. — Veja, consegui um mago para ser nosso tutor. Ele tem um pote de mostarda que anda.

— Estou contente por você ter voltado — disse Kay.

— Ai de mim!, onde dormistes, Senhor Art? — exclamou a ama-seca. — Olhai como sua jaqueta limpa agora está toda suja de lama e rasgada. Que susto nos pregastes, realmente não sei não. E olhai vosso pobre cabelo todo cheio de gravetos. Oh, minha pobre sina, meu carneirinho travesso!

Sir Ector veio alvoroçado, com as grevas ao contrário, e beijou Wart em ambas as bochechas.

— Bom, bom, bom — exclamou comovido. — Aqui estamos de novo, hein? Que diabos andamos fazendo, hein? Pondo todo o castelo de pernas para o ar.

Mas no fundo estava orgulhoso por Wart ter ficado fora para procurar um falcão, e mais orgulhoso ainda por ver que conseguira trazê-lo, pois durante todo esse tempo Hob ficara levantando o pássaro no ar para todo mundo ver.

— Oh, senhor — Wart disse —, eu estava na Busca que o senhor disse de um tutor, e o achei. Por favor, ele é esse senhor aqui, e seu nome é Merlin. Ele trouxe texugos e ouriços e camundongos e formigas e outras coisas nesse burro branco aqui, porque não podíamos deixá-los para morrer de fome. É um grande mago, e pode fazer as coisas aparecerem no ar.

— Ah, um mago — disse Sir Ector, colocando seus óculos e olhando Merlin de perto. — Magia branca, eu espero?

— Seguramente — disse Merlin, que tinha ficado pacientemente no meio da multidão, com os braços cruzados sobre a veste nigromântica, enquanto Archimedes se sentava muito duro e alongado no topo de seu chapéu.

— Devemos ter testemunhos — disse Sir Ector, em dúvida. — É o usual.

— Testemunhos — ordenou Merlin, estendendo sua mão.

Instantaneamente, apareceram nela pesadas tabuinhas assinadas por Aristóteles, um pergaminho assinado por Hécate, umas duplicatas datilografadas assinadas pelo reitor do Trinity, que não se lembrava de tê-lo conhecido. Todas confirmavam a excelente reputação de Merlin.

— Estavam dentro da sua manga — disse Sir Ector, espertamente. — Poderia fazer outra coisa?

— Árvore — ordenou Merlin. Imediatamente apareceu uma amoreira enorme plantada no meio do pátio, com suas deliciosas frutas roxas prontas para serem colhidas. Isso era absolutamente notável, inclusive porque as amoras só se tornariam populares nos tempos de Cromwell.

— Eles fazem isso com espelhos — disse Sir Ector.

— Neve — ordenou Merlin. — E um guarda-chuva — acrescentou rapidamente.

Antes que pudessem se virar, o céu de cobre de verão foi assumindo um bronze frio e sem luz, enquanto os maiores flocos brancos jamais vistos começaram a flutuar no ar e a cair nas ameias. Uma polegada de neve caiu antes que eles conseguissem falar, e todos se puseram a tremer com a rajada invernal. O nariz de Sir Ector ficou azul, e com um pingente de gelo pendurado em sua ponta, enquanto todos, exceto Merlin, tinham uma camada de neve sobre os ombros. Merlin ficou no meio, segurando alto seu guarda-chuva por causa da coruja.

— Isso é feito com hipnotismo — disse Sir Ector, batendo os dentes.

— Como aqueles wallahs das Índias. — Mas é suficiente — acrescentou rapidamente —, é muito suficiente. Tenho certeza de que você será um tutor excelente para ensinar os meninos.

A neve parou imediatamente e o sol voltou.

— O suficiente para dar pneumonia num corpo — disse a ama — ou assustar os comissários elásticos — enquanto Merlin fechava seu guarda-chuva e o devolvia ao ar, onde o pegara.

— Imaginem o menino fazendo uma Busca dessas sozinho — exclamou Sir Ector. — Bom, bom, bom! Os prodígios nunca cessam.

— Não acho que foi exatamente uma Busca — disse Kay. — Afinal, ele só foi atrás do falcão.

— E voltou com o falcão, senhor Kay — disse Hob, reprovando.

— Ora, está bem — disse Kay —, mas aposto que foi o velho que pegou o Cully para ele.

— Kay — disse Merlin, subitamente terrível —, foste sempre um falador orgulhoso e maldizente, e um infeliz. Tua pena virá por tua própria boca.

Com isso, todo mundo se sentiu constrangido, e Kay, em vez de se enfurecer como seria normal, abaixou a cabeça. Ele não era realmente, de jeito nenhum, uma pessoa má, mas inteligente, perspicaz, orgulhoso, apaixonado e ambicioso. Era uma daquelas pessoas que não seriam nem um seguidor nem um líder, mas só um coração que aspira, impaciente dentro do corpo impotente que lhe serve de prisão. Merlin imediatamente se arrependeu de sua descortesia. Para endireitar as coisas, fez uma pequena faca de caça de prata aparecer do ar e a deu para ele. O puxador do cabo era feito com a caveira de uma doninha, azeitada e polida como marfim, e Kay adorou.

5

A casa de Sir Ector chamava-se O Castelo da Floresta Sauvage. Parecia mais uma aldeia ou vila do que a casa de um homem só, e realmente era uma aldeia nos tempos de perigo: essa parte da história trata de tempos inquietos. Sempre que havia um ataque de surpresa ou uma invasão de algum tirano vizinho, todo mundo na propriedade corria para o castelo, conduzindo os animais na frente para os pátios, e ali permaneciam até o perigo passar. As cabanas de palha e taipa por perto eram sempre queimadas e tinham que ser reconstruídas depois, entre muita blasfêmia. Por esse motivo, não valia a pena ter uma igreja na aldeia, pois teria constantemente que ser refeita. Os aldeões iam à missa na capela do castelo. Aos domingos, vestiam suas melhores roupas e marchavam pelas ruas da maneira mais respeitável possível, lançando olhares vagos e dignos em todas as direções, como se relutassem em revelar para onde iam, mas, nos dias de semana, iam às missas e vésperas com suas roupas normais, caminhando muito mais alegremente. Todo mundo ia à igreja naquela época e gostava.

O Castelo da Floresta Sauvage ainda está de pé e é possível ver suas lindas muralhas em ruínas, cobertas de hera, resistindo ao sol e ao vento. Lagartos vivem ali agora, e pardais famintos se abrigam na hera nas noites de inverno, e uma coruja-de-igreja a percorre metodicamente, pairando ao largo da congregação assustada e batendo na hera com as asas para afugentá-los. A maior parte da muralha de ligação já caiu, embora seja possível rastrear o alicerce das doze torres redondas que guardavam o castelo. Eram redondas e sobressaíam do muro sobre o fosso, para que os arqueiros pudessem atirar em todas as direções e controlar todas as partes da muralha. Dentro das torres há escadas em caracol. Descem dando voltas em uma coluna central, e essa coluna tem buracos abertos por onde atirar flechas. Mesmo se o inimigo conseguisse penetrar no interior da muralha e lutasse para abrir caminho até as torres, seus defensores poderiam se retirar pelas escadas e atirar naqueles que os perseguiam lá de dentro, através dessas frestas.

A parte de pedra da ponte levadiça com seus barbacãs e as ameias da torre de entrada estão em boas condições. Há muitas disposições engenhosas. Mesmo se os inimigos conseguissem atravessar a ponte de madeira, que era içada para que não conseguissem, havia uma grade de ferro lastrada com uma tora gigantesca que os esmagaria e também os prenderia ao chão. Havia um alçapão grande, escondido no piso do barbacã, que acabaria levando-os ao fosso. Do outro lado do barbacã, havia uma outra grade de ferro, de maneira tal que eles podiam ficar presos entre as duas e serem aniquilados a partir de cirna, enquanto as ameias, ou torreões suspensos, tinham buracos no piso através dos quais os defensores poderiam jogar coisas nas cabeças deles. Por fim, no interior da torre de entrada, havia um pequeno buraco, muito bem-feito, no meio do teto em abóbada, com arabescos pintados e relevos. Esse buraco dava para o cômodo de cima, onde havia um grande caldeirão, para ferver chumbo ou óleo.

Essas eram as defesas exteriores. Uma vez dentro da muralha, estava-se em uma espécie de grande aleia, provavelmente cheia de carneiros assustados, com outro castelo completo à sua frente. Era a fortaleza interior, com suas oito enormes torres redondas que ainda permanecem. É muito agradável subir na mais alta delas, acomodar-se e ficar olhando as fronteiras de onde vinham alguns desses perigos antigos, com nada além do sol acima e os turistas pequeninos caminhando lá embaixo, sem a menor preocupação com flechas nem azeite fervente. Pense em quantos séculos essa torre inconquistável resistiu. Mudou de mãos por secessão muitas vezes, por cerco uma vez, por traição duas vezes, mas nunca por ataque. Nessa torre o sentinela fazia a ronda. Daqui, ele guardava os campos azuis em direção ao País de Gales. Seus velhos ossos limpos descansam hoje embaixo do piso da capela, portanto você pode tomar o lugar dele.

Se olhar para baixo e não tiver medo de altura (a Sociedade de Proteção Disso e Daquilo colocou parapeitos excelentes para evitar que você caia), pode ver a anatomia completa do pátio interno estendida à sua frente como um mapa. Pode ver a capela, agora completamente aberta a seu Deus, e as janelas do grande saguão com o solário por cima. Pode ver as colunas das enormes chaminés e com que habilidade se arquitetou a entrada dos canos laterais, e as pequenas casinhas de banho privadas, agora públicas, e a enorme cozinha. Se você for uma pessoa sensível, passará dias aí, talvez semanas, tentando adivinhar por si mesmo, por dedução, onde estavam os estábulos, as gaiolas, o curral das vacas, o arsenal, os celeiros, o poço, a forja, o canil, as casernas, os quartos dos padres e os aposentos de Milorde e Milady. Então tudo reaparecerá à sua volta outra vez. As pessoinhas — elas eram menores do que você, e seria um esforço para a maioria de nós conseguir entrar nas poucas peças de armadura e manoplas antigas que sobraram — passarão apressadas sob a luz do sol, as ovelhas soltarão seus *baas* como sempre fazem, e talvez do País de Gales venha o *ziii-ffi* da flecha de tríplice penas que parecerá não ter se mexido.

Esse lugar, certamente, era um paraíso para um jovem viver. Wart corria por ali como um coelho em seu próprio labirinto complicado. Conhecia tudo, todo mundo, todos os cheiros especiais, bons locais para escalar, tocas macias, esconderijos secretos, lugares para saltar, para escorregar, cantos, despensas e lugares sagrados. Como um gato, sabia qual era o melhor lugar em cada estação, e gritava e corria e brigava e perturbava as pessoas e tirava uma soneca e sonhava acordado e fingia ser um cavaleiro, sem parar. Agora, ele estava no canil.

As pessoas naqueles tempos tinham ideias bem diferentes das que temos hoje sobre como treinar os cachorros. Elas o faziam mais com amor do que com rigidez. Imagine um M.F.H. (um Senhor de Cervos e de Cães de Caças) moderno indo para a cama com seus cães, mas Flavius Arrianus diz que "O ideal é que eles possam dormir com uma pessoa, pois isso os faz mais humanos e porque se alegram com a companhia dos seres humanos: também, se tiverem um noite inquieta ou estiverem internamente perturbados, você saberá e não os usará na caça no dia seguinte". No canil de Sir Ector havia um menino especial, chamado o Menino-Cão, que vivia dia e noite com os cães. Era uma espécie de chefe dos cachorros, e era sua tarefa todos os dias levá-los para caminhar, tirar os espinhos de suas patas, curar as feridas de suas orelhas, arrumar-lhes os ossos pequenos quando se deslocavam, purgá-los dos vermes, isolá-los e cuidar deles quando estavam infectados, arbitrar suas disputas e dormir enrolado entre eles à noite. Se ainda me permitem uma outra citação erudita, foi assim que, mais tarde, o Duque de York, que foi assassinado em Azincourt, descreveu um garoto desses em seu *Mestre da Caça*: "Também ensinarei o menino a passear com os cães de caça duas vezes por dia, de manhã e à tarde, enquanto o sol estiver no céu, especialmente no inverno. Então ele deverá deixá-los correr e brincar nos prados ao sol e depois pentear cada cão, um após o outro, e lavá-los com uma grande escova de palha, e deverá fazer isto todas as manhãs. E depois deverá levá-los para um lugar agradável onde cresça relva macia como trigo e outras coisas, e que lá eles possam se alimentar, pois isso é remédio para eles". Assim, como o "seu coração e suas tarefas estão com os cães", os próprios cães ficam "bonitos e gentis e limpos, contentes e alegres e brincalhões e agradáveis com toda a sorte de pessoas, exceto os animais selvagens com os quais devem ser cruéis, impetuosos e maus".

O Menino-Cão de Sir Ector não era outro senão aquele que teve seu nariz arrancado pela mordida do terrível Wat. Não tendo um nariz como os humanos e sendo, além disso, alvo das pedras jogadas pelas crianças da aldeia, sentia-se mais à vontade com os animais. Conversava com eles, não em linguagem de bebê como uma donzela, mas corretamente, com seus próprios rosnados e latidos. Todos o adoravam, e o veneravam por tirar os espinhos de suas patas, e iam imediatamente procurá-lo quando tinham problemas. Ele sempre entendia na hora o que estava errado e, em geral, conseguia endireitar as coisas. Era ótimo para os cachorros ter seu deus, de forma visível, entre eles.

Wart gostava do Menino-Cão e o achava muito inteligente por ser capaz de fazer tantas coisas com os animais — pois conseguia que fizessem quase tudo apenas mexendo suas mãos —, e o Menino-Cão adorava Wart quase da mesma maneira que seus cachorros o adoravam e achava que

Wart era quase santo porque sabia ler e escrever. Passavam muito tempo juntos, rolando no chão com os cachorros no canil.

O canil ficava no piso térreo, perto das estrebarias, com um celeiro em cima para que fosse fresco no verão e quente no inverno. Os cães eram alãos, de caça à vista, mestiços e de faro. Eram chamados de Canhestro, Trowneer, Phoebe, Colle, Gerland, Talbot, Luath, Luffra, Apolo, Orthros, Bran, Gelert, Bounce, Boy, Lion, Bungery, Toby e Diamond. O favorito de Wart chamava-se Cavall, e ele estava justamente lambendo o nariz de Cavall — não o contrário — quando Merlin entrou e o encontrou.

— Isso virá a ser considerado um hábito nada higiênico — disse Merlin —, embora eu mesmo não entenda por quê. Afinal, Deus fez o nariz das criaturas tão bem como fez sua língua.

"Se não melhor", acrescentou o filósofo, pensativamente.

Wart não sabia sobre o que Merlin estava falando, mas gostava quando ele falava. Não gostava dos adultos que se colocavam no nível dele, mas os que continuavam falando do jeito normal, deixando-o segui-los aos saltos, pulando alguns significados, adivinhando, agarrando-se às palavras conhecidas e rindo exultante das piadas complicadas quando de repente as entendia. Nesses momentos, sentia o júbilo dos botos, mergulhando e saltando por mares desconhecidos.

— Vamos sair? — perguntou Merlin. — Acho que já é hora de começarmos as lições.

O coração de Wart desfaleceu ao ouvir isso. Seu tutor estava ali havia um mês, e já era agosto, mas ainda não tinham tido nenhuma lição até o momento. Agora, de repente, lembrava-se de que era para isso que Merlin estava ali, e pensou com pavor na *Summulae Logicales* e na porcaria do astrolábio. Sabia, no entanto, que teria que se resignar e se levantou, obediente, depois de dar um último tapinha relutante em Cavall. Pensou que talvez não fosse tão ruim com Merlin, que seria capaz de fazer até o velho Princípios de Investigação interessante, sobretudo se fizesse alguma mágica.

Foram para o pátio, sob um sol tão escaldante que o calor do trabalho no feno parecia não ter sido nada. Estava um forno. As nuvens escuras de trovões que geralmente acompanham o clima quente estavam lá, colunas altas de cúmulos com bordas brilhantes, mas por enquanto não haveria trovoada. Estava demasiado quente até para isso.

"Se pelo menos", pensou Wart, "eu não tivesse que entrar numa sala de aula abafada, mas pudesse tirar minhas roupas e nadar no fosso".

Atravessaram o pátio, tendo que respirar fundo antes de o atravessarem correndo, como se tivessem passando rápido por dentro de um forno. A sombra da torre da entrada estava fresca, mas o barbacã, com seus muros fechados, era o mais quente de todos. Com uma última corrida pelo deserto, alcançaram a ponte levadiça — será que Merlin adivinhara o que ele estava pensando? — e ficaram olhando o fosso embaixo.

Era a estação dos nenúfares. Se Sir Ector não tivesse reservado uma parte livre deles para o banho dos meninos, toda a água estaria coberta. Assim, cerca de vinte metros de cada lado da ponte eram cortados todos os anos, e dava para mergulhar da própria ponte. O fosso era profundo. Era usado como viveiro, para que os habitantes do castelo pudessem comer peixe às sextas-feiras e, por esse motivo, os arquitetos tiveram o cuidado de não deixar os drenos e esgotos irem parar lá. Todos os anos era abastecido de peixes.

— Eu gostaria de ser um peixe — disse Wart.

— Que espécie de peixe?

Estava quase quente demais até para pensar nisso, mas Wart fitou as profundezas frescas cor de âmbar, onde um cardume de pequenas percas estava zanzando sem destino.

— Acho que gostaria de ser uma perca — ele disse. — São mais corajosas do que as tolas carpas e não tão assassinas quanto os lúcios.

Merlin tirou o chapéu, levantou sua vara de pau-santo no ar e disse lentamente:

— *Snylrem stnemilpmoc ot enutpen dna Iliw eh yidnik tpecca siht yob sa a hsif?*

Imediatamente escutou-se um forte barulho de ventania de conchas-marinhas, búzios e coisas assim, e um cavaleiro corpulento e bem-humorado apareceu sentado em uma nuvem rechonchuda sobre as ameias. Tinha uma âncora tatuada no estômago e, no peito, uma bonita sereia com o nome Mabel escrito embaixo. Cuspiu um pouco de tabaco, cumprimentou Merlin afavelmente com a cabeça e apontou seu tridente para Wart. Wart viu que estava sem roupas. Viu que tinha caído da ponte levadiça, pousando na água com um estalo de lado. Viu que o fosso e a ponte levadiça estavam cem vezes maiores. Viu que tinha se transformado em um peixe.

— Ah, Merlin — ele gritou —, por favor, venha também.

— Desta vez, eu vou — disse uma tenca grande e séria ao seu ouvido. — Mas no futuro você terá que ir sozinho. Educação é experiência, e a essência da experiência é a autoconfiança.

Wart achou difícil ser um novo tipo de criatura. Não dava certo tentar nadar como um ser humano, pois o fazia avançar em espiral e muito devagar. Não sabia nadar como peixe.

— Não é assim — disse a tenca, séria. — Ponha seu queixo no ombro esquerdo e dê saltos para frente. Para começar, não se preocupe com as barbatanas.

As pernas de Wart tinham se fundido com sua coluna dorsal, e seus pés e respectivos dedos tinham se transformado em uma barbatana caudal. Seus braços transformaram-se em mais duas barbatanas — de um rosa delicado —, e apareceram outras tantas em algum lugar perto do estômago. Sua cabeça estava de frente para os ombros, e assim, quando ele se dobrava ao meio, seus pés se dirigiam para a orelha e não para sua testa. Era de um bonito verde-azeitona, com placas laminadas riscadas por todo o corpo, e faixas escuras laterais. Não tinha certeza do que eram seus flancos e quais eram sua frente e costas, mas o que agora parecia ser sua barriga tinha uma atraente cor esbranquiçada, enquanto as costas estavam armadas com uma maravilhosa barbatana que podia se eriçar para batalhas e tinha espigões. Deu alguns saltos como a tenca orientou e viu que estava nadando verticalmente para baixo, direto para o lodo.

— Use os pés para girar para a esquerda ou para direita — disse a tenca —, e abra essa barbatana em sua barriga para manter a horizontal. Você está vivendo em dois planos agora, não em um.

Wart percebeu que poderia se manter mais ou menos no nível horizontal, alterando a inclinação das barbatanas do braço e da barriga. Saiu nadando ainda vacilante, mas divertindo-se muitíssimo.

— Volte — disse a tenca. — Você tem que aprender a nadar antes de poder adquirir velocidade.

Wart retornou até seu tutor em uma série de ziguezagues e observou:

— Parece que não consigo nadar reto.

— O problema é que você não está nadando com os ombros. Nada como se fosse humano, curvando os quadris. Tente dar seus saltos direto a partir do pescoço para baixo, e mexa o corpo exatamente o mesmo tanto para a direita e para a esquerda. Trabalhe também as costas.

Wart deu dois saltos espetaculares e desapareceu completamente em um tufo de cavalinhas, a vários metros dali.

— Está melhor — disse a tenca, agora fora da vista na água verde escura, e Wart conseguiu se desvencilhar do sargaço com esforço infinito, contorcendo suas barbatanas laterais. Ondulou de volta em direção à voz, com outro impulso espetacular, para se exibir.

— Ótimo —, disse a tenca, quando eles se chocaram rabo com rabo. — Mas direção é a melhor parte do valor. — Tente fazer assim — ele acrescentou.

Sem nenhum esforço aparente, nadou de ré, por baixo de um nenúfar. Sem nenhum esforço aparente — mas Wart, que era um aprendiz aplicado, observava o levíssimo movimento das barbatanas. Mexeu as suas em sentido contrário ao do relógio, deu um hábil impulso na ponta do rabo, e lá estava ele ao lado da tenca.

— Esplêndido — disse Merlin. — Agora vamos nadar um pouco.

Wart estava bem equilibrado agora e razoavelmente capaz de avançar. Estava relaxado o suficiente para examinar o universo extraordinário no qual o cavalheiro tatuado com tridente o mergulhara. Era diferente do universo com o qual estava acostumado. Para começar, o céu ou o firmamento acima era agora um círculo perfeito. O horizonte estava fechado. Para que você pudesse se ver na mesma posição de Wart, teria que imaginar um horizonte redondo, poucas polegadas acima de sua cabeça, em vez do horizonte plano que normalmente se vê. Por baixo desse horizonte de ar, teria que imaginar outro horizonte debaixo da água, esférico e praticamente de cabeça para baixo — porque a superfície da água atuava parcialmente como um espelho para o que estivesse debaixo dela. É difícil imaginar. O que torna ainda mais difícil de imaginar é que tudo que os seres humanos considerariam como estando acima do nível da água aparecia orlado com todas as cores do espectro. Por exemplo, se você estivesse tentando pescar Wart, ele veria você, na beira do pires que seria o ar exterior para ele, não como uma pessoa agitando uma vara com anzol, mas como sete pessoas, cujas silhuetas seriam vermelha, laranja, amarelo-esverdeado, azul, anil e violeta, todas agitando a mesma vara cujas cores seriam também variadas. Na verdade, você seria um homem arco-íris para ele, um farol de lampejos de cores irradiantes que se misturariam umas com as outras, com raios por todos os lados. Você teria flamejado acima da água como Cleópatra no poema.

A segunda coisa mais deliciosa era que Wart não tinha peso. Já não estava mais ligado à Terra e não tinha que caminhar pesadamente por uma superfície plana, comprimido pela gravidade e pelo peso da atmosfera. Podia fazer o que o homem sempre quis fazer, isto é, voar. Praticamente não existe diferença entre voar na água e voar no ar. O melhor de tudo é que ele não tinha que voar numa máquina, puxando alavancas e ficando sentado, mas podia fazê-lo com o próprio corpo. Era como os sonhos que as pessoas têm.

Quando eles iam começar a sair nadando no passeio de inspeção, uma carpinha tímida surgiu de entre duas moitas ondulantes de cavalinhas e parou ali perto, pálida de agitação. Fitou-os com olhos grandes e apreensivos e, evidentemente, queria alguma coisa, mas não conseguia se decidir.

— Aproxima-te — Merlin disse, sério.

Com isso, a carpa avançou agitada como uma galinha, caiu em lágrimas e começou a gaguejar sua mensagem.

— Po-po-por favor, doutor — gaguejou a pobre criatura, tão rápido que eles mal podiam entender o que ela dizia —, temos um ca-ca-so tão horrível de u-u-uma ou outra coisa em nossa família, e s-s-s-será que o s-s-s-senhor teria um tempinho? É n-n-nossa querida Mama, que está n-n-n-nadando só de cabeça pra cima, e e-e-ee-está de um jeito horrível e f-f-f-falando de um jeito tão esquisito, se n-n-não for incomodar? C-C-C-Clara disse para dizer isso, o ss-s-senhor entende o que quero dizer?

Aqui a pobre carpa começou a chiar tanto que com sua gagueira e sua disposição às lágrimas tornou-se quase incapaz de falar e só conseguia encarar Merlin com seus olhos pesarosos.

— Está bem, meu jovem — disse Merlin. — Vamos, vamos, me leve até sua querida Mama e veremos o que poderemos fazer.

Puseram-se a nadar todos os três em direção à escuridão sob a ponte levadiça, em sua incumbência de misericórdia.

— São neuróticas, essas carpas — sussurrou Merlin, por trás de sua barbatana. — Provavelmente, trata-se de um caso de histeria nervosa, assunto para um psicólogo e não para um médico.

Mama carpa estava deitada de costas, como o filho descrevera. Tinha os olhos semicerrados, as barbatanas dobradas sobre o peito, e de vez em quando soltava uma borbulha. Todos os filhos estavam à sua volta, formando um círculo, e toda vez que ela soltava uma borbulha, eles cutucavam um ao outro e suspiravam. A Mama tinha um sorriso seráfico no rosto.

— Bem, bem, bem — disse Merlin, assumindo sua melhor pose de médico —, e como está a Sra. Carpa hoje?

Deu umas palmadinhas nas cabeças das carpinhas e avançou com movimentos solenes em direção à paciente. Talvez deva ser mencionado que Merlin era um peixe pesado, grande sorriso, com uns dois quilos e meio, pele colorida, escamas pequenas, barbatanas adiposas, um tanto escorregadio e olhos brilhantes de cravo-de-defunto — uma figura respeitável.

A Sra. Carpa estendeu, lânguida, uma barbatana, suspirou enfaticamente e disse:

— Ah, doutor, finalmente o senhor veio.

— Hum — respondeu o médico, com seu tom mais grave. Depois, disse a todos que fechassem os olhos — Wart ficou espreitando — e começou a nadar em volta da doente, em uma dança lenta e imponente. Enquanto dançava, ele cantava. Sua canção era assim:

Terapêutico,
Elefântico,
Diagnóstico,
Buum!
Pancreático,
Microstático,
Antitóxico,
Fim.
Com catabolismo normal,
Lengaleguismo e tagarelismo
Isso, aquilo, aquilorum
Acabe seu abundonorum
Dispepsia,
Anaemia,
Toxaemia,
Um, dois, três
Lá vai de uma vez,
E tralali-traloló para o Pinto Pedrês.

No final da canção, ele estava nadando tão perto, em volta de sua paciente, que na verdade a tocava, roçando seus flancos marrons de escamas macias contra os dela, mais claros e ásperos. Talvez ele a estivesse curando com seu visco — pois dizem que todos os peixes procuram a tenca para se curar — ou talvez fosse pelo toque, por massagem ou por hipnotismo. De qualquer modo, a Sra. Carpa de repente parou de cerrar os olhos, virou-se do lado certo, e disse:

— Ah, doutor, querido doutor, sinto que poderia comer uma pequena minhoca agora.

— Nada de minhocas — disse Merlin — por pelo menos dois dias. Vou lhe dar uma receita para um caldo forte de algas a cada duas horas, Sra. Carpa. Temos que trabalhar para fortalecê-la, a senhora compreende. Afinal, Roma não foi construída em um dia.

Depois, voltou a dar palmadinhas em todas as carpinhas, disse-lhes que crescessem e se tornassem peixinhos valentes, e foi embora nadando com ar de importância em direção à escuridão. Enquanto nadava, inflava e desinflava a boca.

— O que você quis dizer com aquilo sobre Roma? — perguntou Wart, quando já não podiam ser escutados.

— Só os céus sabem.

Continuaram nadando. Merlin ocasionalmente lembrando Wart de trabalhar as costas, quando ele se esquecia, e o estranho mundo das águas começou a se mostrar ao redor, deliciosamente fresco depois do calor do ar de cima. As grandes florestas de ervas daninhas eram delicadamente traçadas, e dentro delas vários cardumes de esgana-gatas pairavam imóveis, aprendendo a fazer seus exercícios físicos em perfeita sincronia. À ordem de Um, todas se deitavam quietas; a Dois, viravam-se uma para a outra; a Três, disparavam todas juntas para formar um cone, cujo vértice era um pedaço de algo para comer. Caracóis aquáticos vagarosamente moviam-se pelos caules dos nenúfares ou sob suas folhas, enquanto mexilhões de água doce estendiam-se no fundo sem nada fazer de especial. Sua carne era cor rosa salmão, como um bom sorvete de morango. O pequeno cardume de percas — era uma coisa estranha, mas todos os peixes maiores pareciam ter se escondido — tinha circulação delicada, e elas ficavam ruborizadas ou pálidas tão facilmente quanto uma donzela nas novelas vitorianas. Só que o rubor delas era de uma cor verde-azeitona escura, e era o rubor da raiva. Sempre que Merlin e seu companheiro nadavam passando por elas, levantavam suas pontudas barbatanas frontais em ameaça, e só as baixavam quando viam que Merlin era uma tenca. Suas listras pretas laterais faziam com que parecessem ter sido grelhadas, e também podiam ficar mais escuras ou mais claras. Uma vez, os viajantes passaram por baixo de um cisne. A criatura branca flutuava acima como um Zeppelin, todo indistinto a não ser pelo que estava por baixo da água. Essa parte estava bastante clara e mostrava que o cisne flutuava levemente de um lado, com uma pata dobrada sobre as costas.

— Veja — disse Wart —, é o pobre cisne da pata aleijada. Só pode bater uma perna, e a outra fica dobrada.

— Bobagem — retrucou o cisne, vivamente, enfiando a cabeça dentro da água e fazendo-lhes uma carranca com as narinas pretas. — Os cisnes gostam de descansar nessa posição, e você pode guardar sua compaixão piscosa para você mesmo, ora bolas! — Continuou a encará-los de cima, como uma cobra branca de repente descendo pelo teto, até que eles saíram de seu raio de visão.

— Você vai nadando — disse a tenca — como se não houvesse nada para temer nesse mundo. Não percebe que este lugar é exatamente como a floresta que você teve de atravessar para me encontrar?

— É?

Wart olhou e, a princípio, não viu coisa alguma. A seguir, viu uma pequena forma translúcida imóvel perto da superficie. Estava fora da sombra de um nenúfar e claramente desfrutava o sol. Era um lúcio bebê, absolutamente rígido e provavelmente adormecido, e parecia o cabo de um cachimbo ou um cavalo-marinho achatado e esticado. Quando crescesse, seria um bandoleiro.

— Vou levar você para ver um desses — disse a tenca —, o imperador desses rufiões. Como médico, tenho imunidade, e acredito que ele respeitará também você como meu companheiro, mas é melhor ficar com o rabo dobrado, caso ele esteja se sentindo tirânico.

— Ele é o Rei do Fosso?

— É. Velho Jack é como é chamado, e alguns o chamam de Negro Peter, mas a maioria não o chama por nome nenhum. Dizem apenas Sr. P. Você verá o que é ser rei.

Wart começou a seguir um pouco atrás de seu condutor, e talvez tenha sido mesmo bom que o fizesse, pois antes que notasse já estavam chegando ao lugar de destino. Quando viu o velho déspota, começou a recuar com horror, pois o Sr. P. tinha bem um metro e vinte de comprimento e peso incalculável. O corpo enorme, sombrio e quase invisível entre os galhos, terminava em um rosto já devastado por todas as paixões de um monarca absoluto — crueldade, tristeza, idade, orgulho, egoísmo, solidão e pensamentos demasiado intensos para cérebros comuns. Ali ficava ou pairava, a grande boca irônica permanentemente voltada para baixo, em uma espécie de melancolia, as faces magras e bem barbeadas dando-lhe um ar de americano, como um Tio Sam. Era impiedoso, desiludido, lógico, predatório, cruel, implacável — mas o brilho intenso de um olho era o de um cervo ferido, grande, atemorizado, sensível e cheio de pesares. Não fez movimento algum, mas olhou para os dois com seu olho ruim.

Wart pensou consigo mesmo que não gostava do Sr. P.

— Senhor — disse Merlin, sem prestar atenção ao nervosismo dele —, eu trouxe um jovem professante que gostaria de aprender a professar.

— A professar o quê? — perguntou o Rei do Fosso lentamente, mal abrindo suas mandíbulas e falando pelo nariz.

— Poder — disse a tenca.

— Deixe-o falar por si mesmo.

— Por favor — disse Wart —, eu não sei o que deveria perguntar.

— Nada existe — disse o monarca —, exceto o poder que você pretende procurar: poder de triturar e poder de digerir, poder de procurar e poder de encontrar, poder de esperar e poder de exigir, todos os poderes e a implacabilidade brotando da nuca.

— Obrigado.

— O amor é uma peça que as forças da evolução nos pregaram. O prazer é a isca que nos jogam. Só existe o poder. O poder é da mente individual, mas o poder da mente não é suficiente. O poder do corpo no final decide tudo, e só a Força é Certa.

"Agora creio que é hora de você se retirar, jovem mestre, pois estou achando essa conversa desinteressante e cansativa. Creio que, realmente, você deve se retirar imediatamente, caso minha boca desiludida não determine de repente que eu deva lhe apresentar minhas grandes guelras, as quais têm também dentes. Sim, realmente acho que você devia ser sábio o bastante para ir embora já, neste momento. Realmente, acho que deve pôr suas costas para trabalhar. E, portanto, dê já seu longo adeus à toda a minha grandeza."

Wart sentiu-se quase hipnotizado por essas palavras pomposas e mal notou que a boca tensa estava cada vez mais e mais perto dele. Aproximava-se imperceptivelmente, enquanto o discurso distraía sua atenção e, de repente, assomou-se a pouquíssimos centímetros de seu nariz. Com a última frase, ela se abriu, horrível e enorme, a pele se esticando voraz de osso a osso e dente a dente. Dentro dela parecia só existir dentes, dentes afiados como espinhos em filas e serras por todo lado, como os cravos nas botas dos trabalhadores, e foi só no último segundo que ele conseguiu recuperar sua vontade própria, reassumir seu autocontrole, entender as instruções e fugir. Todos aqueles dentes se fecharam com estrépito atrás dele, bem na pontinha de seu rabo, enquanto ele dava o salto mais entusiástico que jamais daria outra vez.

Em um segundo, estava de novo em terra firme, de pé ao lado de Merlin na ponte levadiça, ofegante em suas roupas abafadas.

6

Uma quinta-feira à tarde, os meninos estavam treinando arco e flecha, como usual. Havia dois alvos de palha a uns quarenta e cinco metros um do outro, e depois que atiravam as flechas em um deles, só tinham que ir até lá, recolhê-las e atirar no outro alvo, depois de olhar em torno. O clima ainda era o mais agradável do verão, e no almoço teve galinhas portanto, Merlin retirara-se para o limite do campo de treino e se sentara debaixo de uma árvore. E com o calor e as galinhas e o creme que colocara em seu pudim, e o contínuo repassar dos meninos e o ruidinho das flechas nos alvos — que dava tanto sono quanto o barulho de um cortador de grama ou de uma partida de críquete na aldeia —, e com a dança das manchas do sol em forma de ovos entre as folhas da árvore, o velho logo caiu no sono.

A arte de manejar o arco era uma ocupação séria naquela época. Ainda não tinha sido relegada aos índios e aos garotos. Se você atirasse mal, ficava de mau humor, assim como ainda hoje ficam os ricos caçadores de faisão. Kay estava atirando mal. Estava se esforçando demais e puxando na hora de disparar, em vez de deixar por conta do arco.

— Ah, vamos embora — ele disse. — Estou farto desses alvos abomináveis. Vamos atirar no papagão.

Abandonaram os alvos e atiraram várias vezes no papagão — que era um pássaro artificial grande, bem colorido, preso na ponta de um bastão, parecido com um papagaio — e Kay também errou todas as vezes. Primeiro, pensou, "Bom, vou acertar nessa porcaria, mesmo se tiver que ficar sem meu chá até conseguir". Depois, foi ficando simplesmente chateado.

Wart disse:

— Vamos brincar de bandoleiros, então. Podemos voltar em meia hora e acordar Merlin.

O que eles chamavam de brincar de bandoleiros consistia em sair para uma caminhada com os arcos e atirar uma flecha a qualquer marca que encontrassem e concordassem que seria o alvo. Às vezes era um monte de terra levantado por alguma toupeira, às vezes uma moita de junco, às vezes um cardo grande quase a seus pés. Variavam a distância em que escolhiam esses objetos, às vezes escolhendo um alvo tão afastado quanto uns 110 metros — o que era mais ou menos a maior distância a que seus arcos de jovens conseguiam chegar — e à vezes tendo de apontar na verdade para baixo de um cardo próximo, porque a flecha sempre levanta uns trinta ou sessenta centímetros quando deixa o arco. Contavam cinco pontos para um tiro certeiro e um se a flecha ficava dentro do comprimento do arco, e depois somavam os pontos no final.

Nessa quinta-feira, eles escolheram seus alvos sabiamente. Além disso, a relva do campo fora cortada recentemente, e assim nunca tinham que procurar muito tempo pelas flechas, o que quase sempre acontece, como no golfe, se você atira imprudentemente perto de sebes ou lugares abandonados. O resultado foi que se afastaram mais do que o costume e se encontraram perto da beira da floresta selvagem, onde Cully se perdera.

— Eu voto para irmos caçar aí por essas tocas e ver se a gente pega um coelho — disse Kay. — Vai ser mais divertido do que atirar nessas bobagens.

Eles foram. Escolheram duas árvores a cerca de cem metros de distância uma da outra, e cada um postou-se debaixo de uma delas esperando que os coelhos tornassem a sair das tocas. Ficaram imóveis, com os arcos já levantados e as flechas prontas, de modo a fazerem o mínimo movimento para não perturbar as criaturas quando elas aparecessem. Não era difícil para nenhum deles ficar parado assim, pois a primeira prova que tinham que passar nas aulas de manejo de arco era permanecer de pé, parado, com o arco no braço esticado por meia hora. Tinham seis flechas cada um e poderiam atirar e perder todas antes de precisarem assustar os coelhos, tendo que ir recolhê-las. Uma flecha não faz ruído suficiente para incomodar mais do que aquele coelho em particular que está sendo flechado por ela.

No quinto tiro, Kay teve sorte. Calculou com precisão a força certa de vento e distância, e sua flecha pegou um jovem coelho na cabeça. O coelho ficara parado um tempão para observá-lo, tentando descobrir o que era aquilo.

— Ah, belo tiro! — gritou Wart, enquanto corriam para pegá-lo. Era o primeiro coelho que acertavam, e por sorte a flechada conseguira matá-lo de uma vez.

Depois que cuidadosamente o destriparam — para mantê-lo fresco —, com a faca de caça que Merlin dera a Kay, e passaram uma de suas patas traseiras sobre a outra atrás do osso tarso para conveniência ao carregar, os dois meninos se prepararam para voltar para casa com sua presa. Mas antes de desencordoar, tinham o costume de fazer uma cerimônia. Toda quinta-feira à tarde, depois que a última flecha fora lançada a sério, tinham permissão de colocar mais uma no arco e atirar direto para cima, no ar. Era em parte um gesto de adeus, em parte de triunfo, e era uma beleza. Eles o fizeram agora como uma saudação à sua primeira presa.

Wart viu sua flecha subir. O sol já estava se pondo a oeste, rumo ao anoitecer, e as árvores onde eles estavam os cobriam parcialmente com sua sombra. Assim, quando a flecha passou pelas árvores e subiu rumo à luz do sol, começou a incandescer contra o anoitecer como o próprio sol. Para cima e para cima, cada vez mais ela subiu, sem oscilar como poderia ter feito com um disparo brusco, mas se elevando, deslizando, almejando o céu, firme, dourada e soberba. Justo no momento em que esgotara sua força, justo no momento em que sua ambição fora turvada pelo destino e ela se preparava para fraquejar, desistir, voltar para o regaço da terra mãe, um prodígio aconteceu. Um corvo surgiu batendo as asas, cansado, frente à noite que se aproximava. Surgiu, não hesitou e levou a flecha. Voou para longe, pesado e alçando-se, com a flecha no bico.

Kay ficou amedrontado mas Wart ficou furioso. Adorara os movimentos de sua flecha, sua ambição de queimar à luz do sol e, além disso, era a melhor flecha que tinha. Era a única com balanço perfeito, afiada, as penas firmes, bem emplumada, a curvatura exata, e nem empenada, nem arranhada.

— Era um bruxo — disse Kay.

7

Duas tardes por semana, tinha torneio e equitação, porque esses eram os ramos mais importantes da educação de um cavaleiro naqueles tempos. Merlin resmungava contra as práticas atléticas, dizendo que hoje em dia as pessoas pareciam pensar que você era um homem educado se conseguisse derrubar outro homem do cavalo e que a mania pelos esportes era a ruína da erudição — ninguém estudava como antes, quando ele era pequeno, e todas as escolas públicas tinham sido forçadas a rebaixar seus padrões —, mas Sir Ector, que fora um velho membro da equipe azul de torneio, dizia que a batalha de Crécy fora vencida nos campos de batalha de Camelot. Isso deixou Merlin tão furioso que fez Sir Ector ter reumatismo duas noites seguidas antes de o aplacar. O torneio era uma grande arte e precisava de prática. Quando dois cavaleiros se enfrentavam em uma justa, empunhavam a lança na mão direita, mas dirigiam os cavalos um contra o outro de maneira que cada homem tivesse seu oponente no outro lado. De fato, segurava-se a base da lança no lado oposto do corpo ao que o inimigo atacava. Isso parece completamente ao contrário para quem tenha o hábito, digamos, de abrir cancelas com o cabo do chicote, mas tinha lá suas razões. Para começar, significava que o escudo estava no braço esquerdo, e assim os oponentes atacavam escudo contra escudo, totalmente cobertos. Também significava que um homem poderia ser derrubado de seu cavalo com o lado ou gume da lança, em uma espécie de pancada horizontal, se não tinha lá muito certeza de atingi-lo com a ponta. Esse era o mais simples ou o menos habilidoso dos golpes em um torneio.

Um bom justador, como Lancelot ou Tristão, sempre usava o golpe da ponta que, embora estivesse propenso a falhar em mãos inábeis, fazia o contato mais cedo. Se um cavaleiro atacava segurando firme sua lança de lado para derrubar da sela seu oponente, o outro cavaleiro com sua lança apontada diretamente para frente o derrubaria um comprimento de lança antes que sua pretendida derrubada se efetivasse.

Depois, havia a maneira certa de segurar a lança para o golpe da ponta. Não era bom se curvar na sela e segurar a lança com um aperto firme preparatório para o grande choque, pois se você a segurasse assim rigidamente, a ponta iria oscilar para cima e para baixo a cada movimento de sua retumbante cavalgada, e era praticamente certo perder a mira. Ao contrário, você tinha que se sentar relaxado na sela com a lança solta e equilibrada seguindo o movimento do cavalo. Só no momento exato do ataque é que deveria apertar os joelhos contra os flancos do cavalo, jogar o peso para frente, no assento, agarrar a lança com a mão toda em vez de com os dedos e o dedão, apertar o cotovelo direito contra o corpo para aguentar o tranco.

Outra coisa era o tamanho da lâmina. Obviamente, um homem com uma lança de cem metros acertaria um oponente com uma lança de três ou três metros e meio antes que esse último sequer chegasse perto. Mas seria impossível fazer uma lança de cem metros e, se fosse feita, seria impossível carregá-la. O justador devia descobrir o comprimento máximo que seria capaz de manejar com a máxima velocidade, e tinha que se fixar nisso. Sir Lancelot, que aparecerá algum tempo depois desta parte da história, tinha lanças de vários tamanhos e usava sua Grande Lança ou sua Lança Menor conforme a ocasião exigisse.

Havia os lugares onde o inimigo deveria ser ferido. No arsenal do Castelo da Floresta Sauvage havia um grande desenho de um cavaleiro com armadura, com círculos marcando os pontos vulneráveis. Estes variavam de acordo com o estilo da armadura, portanto, era preciso estudar o adversário antes de atacar e selecionar um ponto. Os bons armeiros

— os melhores viviam em Warrington e ainda vivem lá — tinham o cuidado de fazer com que todas as superficies salientes e as reentrâncias da armadura tivessem forma convexa, para que a ponta da lâmina resvalasse ao se chocar com elas. Curiosamente, no entanto, os escudos dos trajes góticos tendiam mais a ser côncavos. Era melhor que a ponta de uma lâmina permanecesse no escudo em vez de ricochetear para cima ou para baixo e, talvez, atingir um ponto mais vulnerável da armadura. O melhor lugar de todos para atingir uma pessoa era bem na crista do elmo, isto é, se a pessoa em questão era vaidosa o suficiente para ter uma grande crista de metal em cujas dobras e enfeites a ponta encontraria um lugar fácil para se alojar. Muitos eram vaidosos o bastante para ter essas cristas armoriais, com ursos e dragões ou mesmo navios e castelos como enfeites, mas Sir Lancelot sempre se contentava com um capacete simples, ou um punhado de penas que não aguentariam uma lâmina ou, em uma ocasião, a luva macia de uma dama.

Demoraria muito entrar em todos os detalhes interessantes de como deveria ser um torneio que os jovens precisavam aprender, pois naqueles dias você tinha que ser um mestre do oficio do começo ao fim. Tinha que saber qual madeira era melhor para as lanças e por quê, e até como torneá-la para que não lascasse ou empenasse. Havia milhares de questões controversas sobre armas e armaduras, e todas tinham que ser entendidas.

Logo do lado de fora do castelo de Sir Ector havia um campo de justas para competições, embora não tivesse acontecido nenhum torneio ali desde que Kay nascera. Era um prado verde, bem cortado, com uma grande encosta relvada em volta, na qual poderiam se erguer pavilhões. Havia uma grande tribuna de honra de madeira de um lado, construída sobre estacas, para as damas. No momento, o campo só era usado como campo de treinamento para justas, e um quintano foi instalado em uma ponta e uma argola na outra. O quintano era um sarraceno de madeira, enfiado em um mastro. Seu rosto estava pintado de azul claro, com barba vermelha e olhos brilhantes. Tinha um escudo na mão esquerda e uma espada de madeira achatada na direita. Se você o acertasse no meio da testa tudo ficava bem, mas se sua lança o acertasse no escudo ou em qualquer parte para a esquerda ou para a direita da linha do meio, ele então rodopiava com grande velocidade, e geralmente conseguia lhe dar uma pancada forte com a espada enquanto você galopava ao redor, tentando se esquivar.

Sua pintura estava um tanto arranhada e a madeira esgravatada sobre seu olho direito. A argola era só uma argola comum de ferro, amarrada a uma espécie de forca por um fio. Se conseguisse enfiar a ponta da lança na argola, o fio se rompia, e você saía galopando orgulhoso com a argola em sua lança.

O dia estava mais frio, como não ficava há tempos, pois o outono estava quase chegando, e os dois meninos estavam no campo de torneio com o mestre de armas e Merlin. O mestre de armas, ou sargento de armas, era um cavaleiro tenso, pálido, vigoroso, com bigodes encerados. Sempre caminhava com o peito empinado como um pombo de papo, e em todas as ocasiões possíveis gritava "Quando eu disser Um ...". Tinha que se esforçar muito para manter a barriga pra dentro e, com frequência, tropeçava nos próprios pés por que não conseguia vê-los sob o peito. Geralmente, ficava exercitando os músculos, o que aborrecia Merlin.

Wart estava sentado ao lado de Merlin, à sombra da tribuna de honra, e se coçava por causa dos percevejos da colheita. Só há pouco tempo as foices tinham sido postas de lado, e o trigo se levantava em medas, entre o restolho alto daqueles tempos. Wart ainda se coçava. Também tinha dores nos ombros e uma orelha latejando, por ter errado algumas vezes com o quintano — pois, evidentemente, o treino de torneio era feito sem armadura. Wart estava contente porque agora era a vez de Kay e descansava, sonolento, à sombra, dormitando, coçando-se, revirando-se como um cão e, em parte, se divertindo.

Merlin, sentado de costas para todo o atletismo, estava praticando um feitiço de que se esquecera. Era um feitiço para tirar a curvatura do bigode do sargento, mas até agora só conseguira desencurvar um deles, e o sargento nem notara. Distraidamente, enrolava-o para cima a cada vez que Merlin fazia o feitiço, e Merlin dizia, "Por mil virgens-donzelas!", e começava de novo. Uma vez, por engano, ele fez a orelha do sargento bater, e este lançou um olhar perplexo para o céu.

A distância, do outro canto do campo de torneio, a voz do sargento veio flutuando no ar parado.

— Na-nã-nã-não, Senhor Kay, não é assim de jeito nenhum. Não estás nada bem, não estás nada bem. Deveis segurar a lança entre o polegar e o indicador da vossa mão direita, com o escudo se alinhando com a sutura das pernas de vossa calça...

Wart esfregou a orelha dolorida e suspirou.

— Por que você está suspirando?

— Eu não estava suspirando, estava pensando.

— O que você estava pensando?

— Ah, em nada. Estava pensando em Kay aprendendo a ser um cavaleiro.

— E com razão pode suspirar — exclamou Merlin, irritado. — Um punhado de unicórnios sem cérebro se pavoneando e se chamando de homens educados só porque são capazes de empurrar um ao outro do cavalo com a ponta de um pedaço de pau! Isso me deixa cansado. Ora, acredito que Sir Ector ficaria bem mais contente se tivesse como tutor de vocês um desses velhos praticantes de justas, um sei-lá-o-quê! que saísse gingando, apoiado nas articulações, como um gorila antropoide, em vez de um mago de conhecida probidade e reputação internacional, com diplomas de honra de todas as universidades europeias. O problema da aristocracia normanda é que são maníacos por jogos, é isso que eles são, maníacos por jogos.

Calou-se, indignado, e deliberadamente fez as orelhas do sargento se abanarem devagar duas vezes, em uníssono.

— Não era bem nisso que eu estava pensando, — disse Wart. — Na verdade, estava pensando em como seria bom ser um cavaleiro, como Kay.

— Bom, você logo será um, não será? — perguntou o velho, com impaciência.

Wart não respondeu.

— Não será?

Merlin se virou e olhou de perto o menino através dos óculos.

— Qual é o problema agora? — inquiriu, grave.

Sua inspeção lhe mostrara que seu aluno estava tentando não chorar, e se lhe falasse com voz gentil ele certamente não resistiria e começaria mesmo a chorar.

— Eu não serei cavaleiro — respondeu Wart, com frieza. O truque de Merlin deu certo e ele já não queria chorar: queria bater em Merlin. — Não serei um cavaleiro porque não sou filho legítimo de Sir Ector. Eles farão de Kay um cavaleiro e eu serei seu escudeiro.

Merlin virou-se de costas outra vez, mas seus olhos estavam brilhando atrás dos óculos.

— Que pena — ele disse, sem compaixão.

Wart explodiu, deixando escapar todos os seus pensamentos.

— Ah, eu bem queria ter nascido de mãe e pai adequados, para poder ser um cavaleiro errante — exclamou.

— O que você faria?

— Teria uma armadura esplêndida e dúzias de lanças e um cavalo preto com um metro e oitenta de altura, e eu me chamaria O Cavaleiro Negro. E iria para perto de uma fonte ou de um vau ou de alguma coisa assim e faria todos os verdadeiros cavaleiros que passassem pelo caminho lutarem comigo pela honra de suas damas e pouparia a vida de todos eles depois de derrubá-los. E viveria ao ar livre, o ano todo em um pavilhão, e não faria nada a não ser lutar e sair em Buscas e levar o prêmio dos torneios, e nunca revelaria a ninguém meu verdadeiro nome.

— Sua esposa não iria gostar dessa vida.

— Ah, eu não teria esposa. Acho que elas são estúpidas. Mas teria uma dama favorita — acrescentou pouco à vontade o futuro cavaleiro — para poder usar seu penhor no elmo e fazer proezas em sua honra.

Uma abelha grande passou zunindo entre eles, sob a tribuna de honra, e seguiu para a luz do sol.

— Você gostaria de ver alguns verdadeiros cavaleiros errantes? — perguntou o mago devagar. — Agora, em favor de sua educação?

— Ah, claro! Nunca vimos nenhum torneio desde que estou aqui.

— Suponho que posso arranjar isso.

— Ah, por favor, arranje. Você poderia me levar a um, como fez com o peixe.

— Acredito que possa ser educativo, de certa forma.

— E muito educativo — disse Wart. — Não consigo pensar em nada mais educativo do que ver cavaleiros verdadeiros lutando. Ah, por favor, você faz isso?

— Você tem preferência por algum cavaleiro?

— O Rei Pellinore — ele respondeu, imediatamente. Tinha um fraco por esse cavaleiro desde o estranho encontro com ele na floresta.

— Esse servirá muito bem. Ponha suas mãos de lado e relaxe os músculos. *Cabricias arci thurum, catalamus, singulariter, nominati va, haec musa.* Fecha os olhos e mantenha-os fechados. *Bonus, bona bonum.* Lá vamos nós! *Deus Sanctus, est-ne aratio Latinas? Etiam, oui quare? Pour quoi? Quai substantivo et adjectivum concordat in geners numuerum et casus.* Cá estamos.

Enquanto esses encantamentos eram ditos, o paciente sentiu sensações estranhas. Primeiro, escutou o sargento gritando con Kay, "Na-nã-não assim, não assim, mantei vossos joelhos para baixo e balançai o corpo a partir dos vossos quadris". Então, as palavra foram diminuindo, diminuindo, como se ele estivesse olhando para os pés pelo lado errado de um telescópio, e começaram a girar com em um funil, como se estivessem na extremidade pontuda de um redemoinho que o estivesse sorvendo para o ar. Depois, não tinha mais nada a não ser um barulho como um ronco e assovio giratório ensurdecedores, que foram aumentando como um furacão, e ele achou que não aguentaria mais. Finalmente, houve um completo silêncio e Merlin dizendo, "Cá estamos". Tudo isso aconteceu mai ou menos no período que um foguete barato levaria para levantar com seu silvo de fogo, curvar depois do clímax e se dispersar en raios e estrelas coloridas. Abriu os olhos justo no momento em que se escutaria o bastão invisível chegando ao chão.

Estavam debaixo de uma faia na Floresta Sauvage.

— Cá estamos — disse Merlin. — Levanta e limpa suas roupas. E ali, suponho — continuou o mágico, com satisfação porque seu feitiço funcionou dessa vez sem nenhuma falha —, está nosso amigo, o Rei Pellinore, esporeando seu cavalo em nossa direção pela planície.

— Olá, olá! — gritou o Rei Pellinore, com sua viseira estalando para cima e para baixo. — É o jovem da cama de penas, não é?, eu diria, o quê?

— Sim, sou eu — Wart respondeu. — E estou muito feliz de rever o senhor. Conseguiu pegar a Besta?

— Não — respondeu o Rei Pellinore —, não consegui pegar a Fera. Oh, venha já aqui, sua cadela malvada, e deixe a moita em paz. Tcha! Tcha! Malcriada, malcriada! Ela faz o maior tumulto, está vendo, o quê? Gosta muito de coelhos. Já lhe disse que não tem nada aí, cadela abominável. Tcha! Tcha! Larga isso, larga isso! Ah, faça o que lhe digo, obedeça — e acrescentou: — Ela nunca me obedece.

Nisso, a cachorra fez um faisão macho sair da moita e subir como um foguete com tremendo estardalhaço, deixando-a tão excitada que ela correu ao redor do dono duas ou três vezes, na extremidade da corda, ofegando rouca como se tivesse asma. O cavalo do Rei Pellinore ficou parado, pacientemente, enquanto a corda rodeava suas pernas, e Merlin e Wart tiveram que pegar a cadela e desenrolá-la antes que a conversa pudesse continuar.

— Eu digo muito obrigado a vocês — disse o Rei Pellinore. — É o que devo dizer. Não vai me apresentar seu amigo, o quê?

— Este é meu tutor Merlin, um grande mago.

— Como tem passado? — disse o Rei. — Sempre gosto de conhecer magos. Na verdade, sempre gosto de conhecer qualquer pessoa. Ajuda o tempo a passar, o quê, numa Busca.

— Salve! — disse Merlin, no seu jeito mais misterioso.

— Salve! — respondeu o Rei, ansioso para causar boa impressão.

Apertaram-se as mãos.

— Você disse Salve? — inquiriu o Rei, olhando em volta, nervoso. — Pensei que estivesse a salvo, na verdade.

— Ele quis dizer como-tem-passado — explicou Wart.

— Ah, sim, como-tem-passado?

Apertaram-se as mãos outra vez.

— Boa tarde — disse o Rei Pellinore. — Como você acha que está o tempo agora?

— Acho que parece um anticiclone.

— Ah, sim — disse o Rei. — Um anticiclone. Bem, acho que já devo ir andando.

Com isso, o Rei tremeu muito, abriu e fechou a viseira várias vezes, tossiu, deu um nó nas rédeas, exclamou "Perdão?", e deu sinais de começar a sair a meio galope.

— Ele é um mago branco — disse Wart. — Não é preciso ter medo dele. É meu melhor amigo, sua majestade, e de qualquer forma, geralmente, seus feitiços se embaralham.

— Ah, sim — disse o Rei Pellinore. — Um mago branco, o quê? Como o mundo é pequeno, não é? Como-tem-passado?

— Salve! — disse Merlin.

— Salve! — disse o Rei Pellinore.

Apertaram-se as mãos pela terceira vez.

— Eu não iria embora, se fosse você — disse o mago. — Sir Grummore Grummursum está a caminho para desafiá-lo para uma justa.

— Não, você não diga! Sir seja-lá-qual-for-seu-nome está vindo para cá para me desafiar para uma justa?

— Com toda a certeza.

— É um homem com pontos em desvantagem?

— Eu diria que é um competidor à altura.

— Bem, devo dizer, ou vai se salvar um, ou vai se salvar o outro — exclamou o Rei.

— Salve! — disse Merlin.

— Salve! — disse o Rei Pellinore.

— Salve! — disse Wart.

— Agora, realmente, não vou apertar a mão de ninguém — anunciou o monarca. — Devemos admitir que todos já nos conhecemos.

— Sir Grummore realmente está vindo para desafiar o Rei Pellinore para uma batalha? — perguntou Wart, mudando rápido de assunto.

— Olhem ali — disse Merlin e os dois olharam na direção que ele apontou com o dedo.

Sir Grummore Grummursum vinha a meio galope pela clareira, em armadura completa de guerra. Em vez de seu elmo comum com viseira, usava o elmo próprio para duelos, que parecia um grande balde para carvão e retinia com o galope.

Vinha cantando a canção de sua velha escola:

Juntos duelaremos
Firmes dos pés aos dentes
E nunca na vida romperemos
Nosso amor pela velha turma
Em frente, em frente, em frente, frente,
Até o escudo soar e ressoar
aos estrépitos de homens honrados a lutar.

— Por Deus! — exclamou o Rei Pellinore. — Há quase dois meses não participo de uma justa adequada e, no último inverno, me fizeram entrar em dezoito. Foi quando estabeleceram as novas contagens de pontos.

Sir Grummore chegou enquanto ele falava, e reconheceu Wart.

— Diga — disse Sir Grummore. — Você é o menino de Sir Ector, não é? E quem é esse sujeito com o chapéu cômico?

— É meu tutor — disse Wart, rapidamente. — Merlin, o mago. — Sir Grummore olhou para Merlin — os magos eram considerados muito classe média pelos verdadeiros competidores de justas naqueles dias — e disse, distante:

— Ah, um mago. Como-tem-passado?

— E este é o Rei Pellinore — disse Wart. — Sir Grummore Grummursum, Rei Pellinore.

— Como-tem-passado? — cumprimentou Sir Grummore.

— Salve! — disse o Rei Pellinore. — Não, não quero dizer que é para salvar alguém, o quê?

— Lindo dia — disse Sir Grummore.

— Sim, está bonito, não está, o quê?

— Estava numa Busca hoje?

— Ah, sim, obrigado. Sempre numa Busca, você sabe. Atrás da Besta Gemente.

— Trabalho interessante esse, muito.

— Por Jove, sim. Gostaria de ver uns excrementos?

— Tenho melhores em casa, mas esses são muito bons, na verdade.

— Abençoado seja. Então, esses são excrementos dela.

— Sim, são excrementos dela.

— Excrementos interessantes.

— Sim, são interessantes, não são? Mas você acaba se cansando deles — acrescentou o Rei Pellinore.

— Bom, bom. Está um dia agradável, não?

— Sim, está muito agradável.

— Suponho que ficaria melhor se a gente tivesse uma justa, hein, que tal?

— Sim, suponho que ficaria melhor realmente — disse o Rei Pellinore.

— E por qual motivo lutaremos?

— Oh, pelo de sempre, suponho. Um de vocês poderia fazer a gentileza de me ajudar com o elmo?

No final, todos os três tiveram que ajudá-lo, pois, com todo o desatarrachar dos parafusos e o afrouxar das porcas e pinos que o Rei, desajeitado, enfiara do jeito errado quando se levantara às pressas essa manhã, foi toda uma proeza de engenharia tirá-lo do elmo e voltar a colocá-lo outra vez lá dentro. O elmo era uma coisa enorme, como um tambor de gasolina, acolchoado por dentro com duas camadas de couro e uns três centímetros de palha.

Tão logo ficaram prontos, os dois cavaleiros se posicionaram nos dois extremos da clareira e depois avançaram para se encontrar no meio.

— Nobre Cavaleiro — disse o Rei Pellinore —, rogo que me digas vosso nome.

— Isso só a mim diz respeito — respondeu Sir Grummore, usando a fórmula adequada.

— Dizer isso é uma descortesia, o quê? — retrucou o Rei Pellinore. — Pois nenhum cavaleiro deve temer dizer seu nome abertamente, exceto por razões de desonra.

— Seja como for, decido que não sabereis meu nome nesse momento, não adianta perguntar.

— Então, deve ficar e lutar comigo, falso cavaleiro.

— Você não falou errado, Pellinore? — inquiriu Sir Grummore. — Acho que é "deveis ficar".

— Oh, perdão, Sir Grummore. Sim, é assim o correto, claro. Então, deveis ficar e lutar comigo, falso cavaleiro.

Sem mais palavras, os cavaleiros se retiraram para os extremos opostos da clareira, ergueram as lanças e se prepararam para se arremessarem um contra o outro no ataque preliminar.

— Acho que devemos subir nesta árvore — disse Merlin. — Você nunca sabe o que pode acontecer em uma justa como essa.

Subiram na grande faia, que tinha ramos confortáveis se estendendo para todo lado, e Wart se posicionou na ponta de um galho liso, a cerca de quatro metros e meio de altura, de onde podia ter uma boa visão. Não tem lugar mais confortável para sentar do que uma faia.

Para poder imaginar a terrível batalha que naquele momento acontecia, há uma coisa que é preciso saber. Um cavaleiro com sua armadura completa naqueles tempos ou, em todo caso, nos tempos áureos das armaduras, geralmente carregava tanto ou mais que seu próprio peso em metal. Com frequência, pesava não menos que cento e quarenta quilos; às vezes, chegava a uns cento e sessenta. Isso significava que sua montaria tinha que ser um carregador de peso enorme e lento, como os atuais cavalos de fazenda, e seus movimentos eram tão atrapalhados pela carga de ferro e acolchoamentos que se viam obrigados a se mover em câmera lenta, como no cinema.

— Aí vão eles! — gritou Wart, prendendo a respiração, tão excitado estava.

Devagar e majestosamente, os sobrecarregados cavalos moviam-se pesadamente. As lanças, que estavam apontadas para o ar, baixaram para uma linha horizontal e apontaram uma para a outra. Dava para ver o Rei Pellinore e Sir Grummore batendo com energia os calcanhares nos flancos de seus cavalos e, em poucos minutos, os esplêndidos animais, trôpegos, começaram uma imitação de trote que fazia a terra tremer. Com estrépidos, ribombar e pancadas secas, lá foram os cavalos, e agora os cavaleiros agitavam cotovelos e pernas em uníssono, deixando suas selas verem bastante da luz do sol. Houve uma mudança no andamento, e podia-se ver que o cavalo de Sir Grummore decididamente começara um meio galope. No minuto seguinte, o Rei Pellinore também fazia o mesmo. Era um espetáculo terrível.

— Meu Deus! — exclamou Wart, sentindo-se envergonhado por ter sido, com sua sede de sangue, responsável por fazer esses dois cavaleiros lutarem frente a ele. — Você acha que eles vão se matar?

— Esporte perigoso — disse Merlin, balançando a cabeça.

— Agora! — gritou Wart.

Com um bater de ferros de fazer gelar o sangue, os poderosos ginetes se encontraram. Suas lanças balançaram-se, por um momento, a poucos centímetros dos elmos um do outro — ambos escolheram o difícil golpe-da-ponta — e logo estavam galopando em direções opostas. Sir Grummore arremessou sua lança bem no meio da faia onde eles estavam trepados, e parou exausto. O Rei Pellinore, que continuava correndo, desapareceu completamente.

— Posso olhar? — inquiriu Wart, que fechara os olhos no momento crítico.

— Seguramente — disse Merlin. — Eles vão demorar para retomar as posições.

— Uau, uau, eu diria! — gritou o Rei Pellinore numa voz abafada e distante, bem longe, entre as moitas de tojo.

— Ei, Pellinore, ei! — gritou Sir Grummore. — Volte, meu caro companheiro, eu estou aqui!

Houve uma pausa comprida, enquanto as complicadas posições dos dois cavaleiros se reajustavam, e então o Rei Pellinore estava no extremo oposto àquele de onde começara, enquanto Sir Grummore o enfrentava a partir da que fora sua posição original.

— Cavaleiro traidor — gritou Sir Grummore

— Renda-se, covarde, o quê? — gritou o Rei Pellinore.

Apontaram as lanças outra vez e retumbaram ao ataque.

— Ah — disse Wart —, espero que não se machuquem.

As duas montarias pacientemente se acercavam, e os dois cavaleiros simultaneamente decidiram atacar para derrubar. Cada um segurou sua lança em ângulo reto para a esquerda e, antes que Wart pudesse dizer algo mais, houve um terrível, embora melodioso, baque. A armadura estrondou como um motor de ônibus colidindo com uma forja, e os competidores encontraram-se sentados lado a lado na relva verde, enquanto seus cavalos galopavam em direção oposta.

— Uma queda magnífica! — disse Merlin.

Os dois cavalos pararam, dever cumprido, e começaram resignadamente a pastar a relva. O Rei Pellinore e Sir Grummore ficaram lá sentados, olhando um para o outro, cada um com a lança do outro esperançosamente presa debaixo do braço.

— Bom! — disse Wart. — Que batida! Os dois parecem estar bem, até agora.

Sir Grummore e o Rei Pellinore levantaram-se com esforço.

— Defendei-vos — gritou o Rei Pellinore.

— Deus vos proteja! — gritou Sir Grummore.

Com isso, desembainharam suas espadas e lançaram-se com tal ferocidade um contra o outro que cada um, depois de deixar um amassado no elmo do oponente, sentou-se de repente para trás.

— Bah! — gritou o Rei Pellinore.

— Buuh! — gritou Sir Grummore, também sentado.

— Misericórdia — exclamou Wart. — Que combate!

Os cavaleiros agora tinham perdido a calma e a batalha era para valer. O que não importava muito, na verdade, pois estavam tão encerrados em seus metais que não podiam causar muito dano um ao outro. Demoravam tanto para se levantar, e era um negócio tão cansativo dar um soco quando se carrega a oitava parte de uma tonelada, que era possível prestar atenção e avaliar bem cada etapa da disputa.

Na primeira etapa, o Rei Pellinore e Sir Grummore mantiveram-se frente a frente por quase meia hora, golpeando fortemente um ao outro no elmo. Só havia oportunidade para um golpe de cada vez, e eles mais ou menos se revezavam, o Rei Pellinore atacando quando Sir Grummore estava se recuperando, e vice-versa. No começo, se um deles deixava cair sua espada ou a enterrava no chão, o outro dava um ou dois golpes extras enquanto ele, com paciência, a procurava ou tentava desenterrá-la. Depois, entraram mais perfeitamente no ritmo da coisa, como os bonecos que serram madeira nos brinquedos mecânicos das árvores de Natal. No final, o exercício e a monotonia restauraram o bom humor dos dois e eles começaram a se aborrecer.

A segunda etapa foi introduzida como uma variante, de comum acordo. Sir Grummore caminhou a passos pesados até um extremo da clareira, enquanto o Rei Pellinore laboriosamente caminhava até o outro. Então, viraram-se e se balançaram para frente e para trás uma ou duas vezes, com o objetivo de assentarem o peso nos dedos dos pés. Quando se inclinavam para frente, tinham que correr para manter o equilíbrio, e se se inclinassem muito para trás, caíam. Portanto, até andar era complicado. Quando conseguiram distribuir o peso apropriadamente à frente, a ponto de estarem quase se desequilibrando, irromperam em um trote para se manterem de pé. Atracaram-se como se fossem dois ursos.

Encontraram-se no meio do campo, peito a peito, com um barulho de naufrágio e dobres de grandes sinos, e ambos, quicando com força, caíram sem fôlego para trás. Ficaram estendidos por alguns minutos, ofegando. Então, vagarosamente, começaram a pelejar para se levantar, e era óbvio que tinham se irritado outra vez.

O Rei Pellinore não apenas se irritou como pareceu ter ficado um pouco atordoado com o impacto. Levantou-se virado para o lado errado, e não conseguia ver Sir Grummore. Havia uma justificativa para isso, já que tinha apenas uma fresta pela qual espiar — e ela estava a uns oito centímetros de seus olhos por causa dos acolchoados de palha —, mas também parecia confuso. Talvez tivesse quebrado seus óculos. Sir Grummore foi rápido e aproveitou essa vantagem.

— Tome isto! — Sir Grummore gritou, dando com as duas mãos uma violenta pancada no cocuruto do infeliz monarca enquanto ele lentamente virava sua cabeça de um lado para o outro, olhando na direção oposta.

O Rei Pellinore virou-se com lentidão, mas seu oponente foi muito rápido para ele. Marchara em volta sem pressa, continuando por trás do Rei, e agora lhe dava outro golpe terrível no mesmo lugar.

— Onde está você? — gritou o Rei Pellinore.

— Aqui — gritou Sir Grummore, golpeando-o de novo.

O pobre Rei girou tão ligeiro quanto podia, mas Sir Grummore lhe escapuliu outra vez.

— Aguente isto! — gritou Sir Grummore, com outro golpe.

— Acho que você é um mal-educado — disse o Rei.

— Outro golpe — retrucou Sir Grummore, executando-o.

E com a batida preliminar, e os repetidos golpes na nuca, e a natureza enigmática de seu oponente, podia-se ver que o Rei Pellinore agora estava com os miolos perturbados. Balançava para frente e para trás, sob a saraivada de golpes que lhe estavam sendo administrados e fragilmente agitava os braços.

— Pobre Rei — disse Wart. — Queria que ele não apanhasse tanto.

Como se em resposta a seu desejo, Sir Grummore parou seu trabalho.

— Deseja a *Pax*? — perguntou Sir Grummore.

O Rei Pellinore não respondeu.

Sir Grummore favoreceu-o com outra pancada e disse:

— Se você não disser *Pax*, cortarei sua cabeça.

— Não direi — disse o Rei.

Plang! fez a espada no topo de sua cabeça.

Plang! fez outra vez.

Plang! fez uma terceira vez.

— *Pax* — disse o Rei Pellinore, na verdade sussurrando.

Então, justo quando Sir Grummore começava a relaxar com os frutos da vitória, o Rei girou sobre si mesmo e gritou "Não!" a plenos pulmões, e lhe deu um bom empurrão no meio do peito.

Sir Grummore caiu para trás.

— Nossa! — exclamou Wart. — Que trapaça! Não o imaginaria capaz!

O Rei Pellinore às pressas sentou-se no peito de sua vítima, aumentando assim o peso sobre ele a um quarto de tonelada, tornando-lhe impossível se mexer, e começou a desapertar o elmo de Sir Grummore.

— Você disse *Pax*!

— Eu disse *Pax* Não em voz baixa.

— É uma trapaça.

— Não é.

— Você não tem educação.

— Sim, tenho.
— Não, não tem.
— Sim, tenho.
— Não, você não tem.
— Eu disse *Pax* Não.
— Você disse *Pax*.
— Não, não disse.
— Sim, você disse.
— Não, não disse.
— Sim, você disse.

A essa altura, o elmo de Sir Grummore estava desatarrachado e dava para ver sua cabeça careca olhando para o Rei Pellinore, com o rosto completamente vermelho.

— Renda-se, seu covarde — disse o Rei.

— Não me renderei — disse Sir Grummore.

— Você tem que se render, ou cortarei sua cabeça.

— Corte-a, então.

— Ah, vamos — disse o Rei. — Você sabe que tem que se render quando está sem o elmo.

— Finjo — disse Sir Grummore.

— Bom, eu terei que cortar sua cabeça.

— Não me importo.

O rei agitou sua espada ameaçadoramente no ar.

— Continue — disse Sir Grummore. — Eu o desafio.

O rei abaixou sua espada:

— Ah, eu digo, renda-se, por favor.

— Renda-se você — disse Sir Grummore.

— Mas eu não posso me render. Estou em cima de você, afinal, não estou, o quê?

— Bom, eu finjo que me rendo.

— Ah, vamos, Grummore. Vou pensar que você não tem mesmo educação se não se render. Você sabe muito bem que não conseguirei cortar sua cabeça.

— Não me renderei para um trapaceiro que recomeçou a lutar depois de dizer *Pax*.

— Eu não sou um trapaceiro.

— Você é um trapaceiro.

— Não, não sou.

— Sim, você é.

— Não, não sou.

— Sim, você é.

— Muito bem — disse o Rei Pellinore. — Pode se levantar à vontade e colocar seu elmo e lutaremos. Não serei chamado de trapaceiro por ninguém.

— Trapaceiro! — disse Sir Grummore.

Levantaram-se e labutaram juntos com o elmo, sibilando. "Não, não sou", "Sim, você é", até que o colocaram outra vez. Então, retiraram-se para os extremos opostos da clareira, assentaram o peso nos dedos dos pés, e lá vieram ribombando e retumbando como dois trens extraviados.

Infelizmente, os dois estavam agora tão irritados que deixaram de prestar atenção e, na fúria do momento, passaram um pelo outro sem conseguir se acertar. O impulso das armaduras foi demasiado forte, e não conseguiram parar até ficarem com uma boa distância entre si, e então se movimentaram de tal jeito que não acontecia de um entrar no campo de visão do outro. Era engraçado observá-los porque o Rei Pellinore, tendo sido pego por trás uma vez, ficava continuamente girando em torno de si para olhar atrás, e Sir Grummore, tendo usado ele mesmo o estratagema, também fazia a mesma coisa. Assim, eles zanzaram por uns cinco minutos, parando, escutando, estrepitando, agachando-se, movendo-se furtivamente, esquadrinhando, andando nas pontas dos pés e, de vez em quando, girando-se para dar um golpe rápido às suas costas. Em determinado momento, pararam a menos de um metro um do outro, costas com costas, apenas para saírem de mansinho, com infinita precaução, em direções opostas e, em outro momento, o Rei Pellinore realmente acertou Sir Grummore com um de seus golpes para trás, mas os dois imediatamente giraram tão rapidamente e tantas vezes que ficaram tontos e se perderam de novo.

Depois de cinco minutos, Sir Grummore disse:

— Tudo bem, Pellinore. Não adianta se esconder. Estou vendo onde você está.

— Não estou me escondendo — exclamou o Rei Pellinore, indignado. — Onde é que estou?

Então, viram-se e se aproximaram, face a face.

— Mal-educado — disse Sir Grummore.

— Bah! — disse o Rei Pellinore.

Viraram-se e marcharam para os respectivos extremos, fervendo de indignação.

— Trapaceiro — gritou Sir Grummore.

— Provocador bestial — gritou o Rei Pellinore.

Com isso, convocaram todas as suas energias para um embate decisivo, inclinaram-se para frente, abaixaram as cabeças como dois bodes e arrancaram confiantes para o golpe final. Infelizmente, não tinham boa pontaria. Passaram quase cinco metros a distância um do outro, cada um a todo vapor, como navios que se cruzam à noite sem se comunicar, avançando a toda para seu destino. Os dois cavaleiros começaram a mexer os braços como moinhos de vento, no sentido contrário ao relógio, no vão esforço de diminuírem a marcha. Os dois continuaram na mesma velocidade. Então, Sir Grummore socou a cabeça contra a faia onde Wart estava sentado, e o Rei Pellinore colidiu com um castanheiro do outro lado da clareira. As árvores tremeram, a floresta gemeu. Melros e esquilos praguejaram e os pombos abandonaram seus poleiros frondosos a meia milha de distância. Os dois cavaleiros ficaram atentos até que se contasse três. Então, com um derradeiro tilintar em uníssono e melodioso, ambos caíram prostrados na relva fatal.

— Desmaiaram — disse Merlin. — Eu acho.

— Meu Deus — disse Wart. — Devemos descer e ajudá-los?

— Podíamos jogar água na cabeça deles — disse Merlin, pensativo —, se água houvesse. Mas não creio que nos agradeceriam por enferrujar suas armaduras. Eles ficarão bem. Além disso, é hora de voltarmos para casa.

— Mas eles podem estar mortos!

— Não estão mortos, eu sei. Em um ou dois minutos eles voltarão a si e irão para casa jantar.

— O pobre Rei Pellinore não tem casa.

— Então Sir Grummore vai convidá-lo para passar a noite. Serão os melhores amigos do mundo quando voltarem a si. Sempre são.

— Você acha mesmo?

— Meu querido menino, eu sei que sim. Feche os olhos e iremos embora.

Wart desistiu frente ao conhecimento superior de Merlin.

— Você acha — ele perguntou com os olhos fechados — que Sir Grummore tem uma cama de penas?

— Provavelmente.

— Ótimo — disse Wart. — O Rei Pellinore vai gostar disso, mesmo se tiver desmaiado.

As palavras em latim foram ditas e os passes secretos foram feitos. O funil de ruídos e assobios e o espaço os receberam. Em dois segundos, estavam deitados debaixo da tribuna de honra, e a voz do sargento gritava, no extremo oposto do campo, "E agora, então, Senhor Wart, e agora então. Já andastes tirando muita soneca. Vinde aqui à luz do sol com o Senhor Kay, um-dois, um-dois, para ver um pouco de um verdadeiro torneio".

8

Era um final de tarde frio e úmido, tal como pode acontecer mesmo no final de agosto, e Wart não sabia como aguentar ficar dentro de casa. Passou algum tempo nos canis, conversando com Cavall, depois vagou um pouco e foi ajudar a voltear o espeto na cozinha. Mas estava quente demais. Por causa da chuva, era obrigado pelas mulheres supervisoras a ficar em casa, como acontece com frequência com as infelizes crianças de nossa geração, mas a mera umidade e tristeza do ar lá fora o desencorajava a sair. Estava com ódio de todo mundo.

— Diabos o levem, menino! — disse Sir Ector. — Pelo amor de Deus, pare de ficar com esse ar desanimado olhando pela janela e vá achar seu tutor. Quando eu era menino, o costume era estudar nos dias de chuva, sim, e edificar nossas mentes.

— Wart é burro — disse Kay.

— Ah, para fora, já, meu patinho — disse a velha ama. — Não tenho tempo de cuidar de vossas queixas agora, com todo essa roupa para lavar.

— Agora não, jovem Mestre — disse Hob. — Melhor ir para vosso quarto e parar de confundir as galinhas.

— Na-nã-não — disse o sargento de armas. — Nada tendes a ver por aqui. Tenho já bastante a fazer para limpar essa maldita armadura.

Até o Menino-Cão latiu para ele quando voltou aos canis.

Wart se arrastou para o quarto da torre, onde Merlin estava ocupado tricotando um gorro de dormir de lã para o inverno.

— Estou diminuindo a cada nova carreira — disse o mago —, mas por algum motivo está ficando muito pontudo. Como uma cebola. É a volta do bico que sai errada toda vez.

— Acho que eu deveria ter alguma Ilustração — disse Wart. — Não consigo pensar em mais nada para fazer.

— Você acha que educação é algo que você deve ter quando tudo o mais falha? — inquiriu Merlin irritado, pois também estava de mau humor.

— Bem — disse Wart —, algumas espécies de educação.

— A minha? — perguntou o mágico, com os olhos fuzilando.

— Ah, Merlin — exclamou Wart, sem responder —, por favor, me arranje alguma coisa para fazer, porque estou me sentindo péssimo. Ninguém me quer para nada hoje, e não sei como ser sensato. Está chovendo tanto.

— Você deveria aprender a tricotar.

— Eu não poderia ir lá para fora e me transformar em alguma coisa, em um peixe ou algo assim?

— Você já foi um peixe — disse Merlin. — Ninguém com um pouco de esperteza precisa ser educado duas vezes na mesma coisa.

— Bom, e se eu fosse um pássaro?

— Se você soubesse algo de alguma coisa — disse Merlin —, o que não é o caso, saberia que um pássaro não gosta de voar na chuva porque suas penas se molham e ficam grudadas. Ficam pesadas.

— Eu poderia ser um falcão nas Gaiolas — teimou Wart. — Assim, não sairia e não me molharia.

— É muita pretensão — disse o velho — querer ser um falcão.

— Você sabe que pode me fazer virar um falcão quando quiser — gritou Wart —, mas você gosta de me atormentar porque está chovendo. Não aguento mais isso!

— Cabeça de vento!

— Por favor, querido Merlin — disse Wart —, me transforme em um falcão. Se você não fizer isso, vou acabar fazendo uma tolice. Não sei o quê.

Merlin pôs o tricô de lado e olhou seu aluno por sobre os óculos.

— Meu jovem — ele disse —, você será qualquer coisa no mundo, animal, vegetal, mineral, protista ou vírus, pelo que me concerne, antes de deixar meu trabalho com você, mas terá que confiar em minha visão retrospectiva superior. Ainda não é o momento de você ser um falcão — para começar, Hob ainda está nas Gaiolas, alimentando-os —, portanto, pode se sentar por um momento enquanto aprende a ser um humano.

— Muito bem, se isso é uma ordem — disse Wart. E se sentou.

Depois de alguns minutos, perguntou:

— É permitido falar como um ser humano ou será que se aplica aqui aquela coisa do tipo vê e cala?

— Todo mundo pode falar.

— Ainda bem, porque queria lhe advertir que tricotou sua barba com a lã por três carreiras até agora.

— Por mil donzelas, eu...

— Suponho que o melhor a fazer seria cortar a ponta de sua barba. Devo buscar a tesoura?

— Por que não me avisou antes?

— Eu queria ver o que aconteceria.

— Você corre o sério risco, meu caro — disse o mago —, de ser transformado em uma fatia de pão, e torrado.

Com isso, lentamente ele começou a recuperar sua barba, resmungando para si mesmo enquanto o fazia e tomando a maior das precauções para não dar nenhum ponto.

— Voar será tão difícil como foi nadar? — perguntou Wart quando achou que seu tutor tinha se acalmado.

— Você não precisará voar. Não pretendo transformá-lo em um falcão livre, mas apenas colocá-lo nas Gaiolas por uma noite, para que você possa conversar com os outros. Esta é a maneira de aprender, escutando os especialistas.

— Eles falam?

— Eles falam a noite toda, no fundo da escuridão. Conversam sobre como foram pegos, sobre o que se lembram de suas casas, sobre sua linhagem e as grandes proezas de seus antecessores, sobre seus treinamentos e o que aprenderam e o que aprenderão. É uma conversa de caserna, na verdade, como a que se tem no meio de um papo de regimento da cavalaria: táticas, armas pequenas, manutenção, apostas, caçadas famosas, vinho, mulheres e canções.

— Outro assunto deles — continuou — é comida. É um pensamento deprimente mas, claro, eles são treinados principalmente pela fome. São um grupo faminto, os pobres coitados, pensando nos melhores restaurantes onde costumavam ir, e em como tinham champanhe e caviar e música cigana. E claro que todos têm sangue nobre.

— Que vergonha eles serem mantidos presos e famintos.

— Bom, eles realmente não se consideram prisioneiros, não mais que os oficiais da cavalaria. Veem a si mesmos como profissionais dedicados, membros de uma ordem de cavalaria ou algo assim. Pertencer ao quadro das Gaiolas, afinal, como você sabe, é restrito às aves de rapina — e isso ajuda muito, de fato. Sabem que ninguém das classes inferiores pode entrar ali. Seus poleiros não abrigam melros ou esse tipo de ralé. E quanto à parte da fome, estão longe de morrer de fome ou ter esse tipo de sofrimento. Estão em treinamento e, como todo mundo em treinamento rigoroso, como você sabe, pensam em comida.

— Quando posso começar?

— Pode começar agora, se quiser. Minha intuição me diz que Hob acabou as tarefas da noite neste minuto. Mas primeiro, você escolhe que tipo de falcão prefere ser.

— Eu gostaria de ser um esmerilhão.* — Wart disse, educadamente.

A resposta agradou ao mágico.

— Uma escolha excelente — ele disse —, e se lhe agradar, procederemos de imediato.

Wart levantou-se do banco e ficou de pé em frente ao tutor. Merlin parou de tricotar.

— Primeiro, você vai diminuir de tamanho — ele disse, pressionando o topo de sua cabeça até que Wart ficou um pouco menor que um pombo. — Agora, fique na ponta dos pés, dobre os joelhos, grude os cotovelos nos lados, levante as mãos ao nível dos ombros e junte os indicadores com os médios, e também os anulares com os mínimos. Olhe, é assim.

Com essas palavras, o velho nigromante ficou nas pontas dos pés e fez como explicara.

* Esmerilhão é Merlin em inglês. [N. T.]

Wart imitou-o cuidadosamente e se perguntou o que aconteceria a seguir. O que aconteceu foi que Merlin, que estava dizendo os encantamentos finais em voz baixa, subitamente transformou-se em condor, deixando Wart sem mudança, tal como estava, nas pontas dos pés. O condor ficou lá parado como se estivesse se secando ao sol, com uma envergadura de asas de cerca de três metros, uma cabeça alaranjada brilhante e um carbúnculo magenta. Parecia muito surpreso e muito engraçado.

— Volte — Wart disse. — Você transformou a pessoa errada.

— É esta sei-lá-que-coisa da dama da limpeza — exclamou Merlin, voltando a ser ele mesmo. — Depois que você deixa uma mulher em seu estúdio por meia hora, já não sabe mais onde pegar o feitiço certo, nem se ele era mesmo o certo. Levante-se e vamos tentar de novo.

Desta vez, o já agora minúsculo Wart sentiu seus dedos do pé crescendo e arranhando o piso. Sentiu seus calcanhares se erguerem e se estenderem para trás, e os joelhos sumirem na barriga. As coxas ficaram pequenas. Uma membrana cresceu de seus punhos aos ombros, enquanto as penas primárias irrompiam grandes, macias, das pontas dos dedos e rapidamente cresciam. As penas secundárias brotaram nos antebraços, e uma charmosa falsa primária pequena brotou da ponta de cada dedão.

As dúzias de penas de sua cauda, com as coberturas de penas duplas no meio, cresceram em um piscar de olhos, e todas as penas de coberturas das costas, peito e ombros deslizaram por sua pele, escondendo as raízes das plumas mais importantes. Wart olhou rapidamente para Merlin, enfiou a cabeça entre as pernas e deu uma olhada de lá, sacudindo as penas para colocá-las no lugar e começando a coçar o queixo com a garra pontuda de um dedo do pé.

— Ótimo — disse Merlin. — Agora, salte para a minha mão — ei!, cuidado para não apertar — e escute o que tenho a dizer. Vou levar você até as Gaiolas, agora que Hob já fechou tudo para a noite, e deixar você solto e sem capuz ao lado de Balin e Balan. Agora, preste atenção. Não se aproxime de ninguém sem primeiro falar. Lembre-se de que a maioria está encapuzada e pode se assustar e fazer alguma coisa temerária. Você pode confiar em Balin e Balan, também no gavião-peneira e no gavião. Não fique ao alcance da falcoa, a menos que ela o convide. Por nenhum motivo deve se pôr ao lado do reservado especial de Cully, pois ele fica sem capuz e irá atrás de você se tiver qualquer chance. Ele não é lá muito certo da cabeça, pobre sujeito, e se conseguir agarrar você, nunca sairá de suas garras vivo. Lembre-se de que está visitando um tipo de caserna militar espartana. Esses caras são soldados de carreira. Como subalterno júnior, sua única tarefa é manter a boca fechada, falar só quando lhe falarem e não interromper ninguém.

— Se sou um esmerilhão, aposto que sou mais do que um subalterno — disse Wart.

— Bom, para falar a verdade, é. Verá que ambos, o gavião-peneira e o gavião, serão polidos com você, mas para seu próprio bem, não interrompa os esmerilhões mais velhos nem a falcoa. Ela é a coronela honorária do regimento. E quanto a Cully, bem, ele também é um coronel, ainda que da infantaria, portanto, tenha cuidado com seus jeitos e trejeitos.

— Terei cuidado — disse Wart, que estava começando a se sentir um pouco assustado.

— Ótimo. Volto para pegar você de manhã, antes de Hob aparecer.

Todos os falcões estavam em silêncio quando Merlin levou o novo companheiro para as Gaiolas e permaneceram em silêncio por algum tempo depois que foram deixados no escuro. A chuva dera lugar a uma lua cheia de agosto tão clara que se podia ver uma lagarta-ursa peluda a uns dez metros de distância lá fora, subindo pelo arenito áspero da torre de vigia, e só demorou alguns instantes para os olhos de Wart se acostumarem à luz difusa do interior das Gaiolas. A escuridão tornou-se regada de luz, com brilho de prata, e então uma cena impressionante entrou no seu campo de visão. Na luz prateada, todas as aves de rapina estavam paradas sobre uma pata, a outra dobrada para cima, e cada uma delas era uma estátua imóvel de um cavaleiro com armadura. Posicionavam-se solenemente com seus elmos de plumas, com esporões e armadas. Os toldos ou telas de saco dos poleiros moviam-se pesadamente com o roçar do vento, como estandartes em uma capela, e a embevecida nobreza do ambiente cercava com cavalheiresca paciência a vigília dos cavaleiros. Naqueles tempos, costumavam encapuzar todos, inclusive os açores e esmerilhões, que já não são encapuzados nas práticas modernas.

Wart prendeu a respiração ao ver todas essas figuras imponentes, tão quietas como se fossem talhadas em pedra. Estava tão extasiado por tanta magnificência que sentiu não precisar do aviso de Merlin para ser humilde e se comportar.

Nesse momento, houve um tinir suave de campainha. A grande falcoa peregrina havia se movido e, com uma voz aguda e nasal, saindo de seu aristocrático nariz, disse:

— Senhores, podem palestrar.

Houve um silêncio mortal.

Só no canto distante do cômodo, que fora reservado para Cully — solto lá, sem capuz e de profundo mau humor — foi possível ouvir o resmungo baixo do colérico coronel de infantaria.

— Malditos negros — ele estava murmurando. — Maldita administração. Malditos políticos. Malditos bolcheviques. É um maldito punhal o que vejo diante de mim, o cabo virado para mim? Maldito lugar. Agora, Cully, tendes apenas uma breve hora para viver, e depois serás perpetuamente amaldiçoado.

— Coronel — advertiu a peregrina, com frieza —, não na frente dos jovens oficiais.

— Peço seu perdão, Madame — disse imediatamente o pobre coronel. — É uma coisa que entra na minha cabeça, sabe. Uma terrível maldição.

Houve um silêncio de novo, formal, terrível e calmo.

— Quem é o novo oficial? — inquiriu a primeira voz, arrebatada e bonita.

Ninguém respondeu.

— Fale por si mesmo, Sir — comandou a peregrina, olhando direto para frente como se estivesse falando durante o sono.

Eles não conseguiam vê-lo, através dos caparões.

— Por favor — disse Wart —, eu sou um esmerilhão...

E parou, aterrorizado com o silêncio.

Balan, que era um dos esmerilhões verdadeiros parado ao seu lado, inclinou-se e sussurrou muito gentil em seu ouvido:

— Não tema. Chame-a de Madame.

— Sou um esmerilhão, Madame, e espero que isso lhe agrade.

— Um esmerilhão. Isso é bom. E de qual ramo dos Esmerilhões você vem?

Wart não tinha a menor ideia de qual ramo dos Esmerilhões ele vinha, mas não podia ser apanhado na mentira agora.

— Madame — ele disse —, sou um dos Esmerilhões da Floresta Sauvage.

Houve silêncio outra vez depois disso, o silêncio de prata que ele começara a temer.

— Tem os Esmerilhões de Yorkshire — disse finalmente a coronela honorária com sua voz lenta —, e os Esmerilhões Welsh e os McEsmerilhões do Norte. Depois, tem os de Salisbury, e vários nas vizinhanças de Exmoor, e os O'Esmerilhões de Connaught. Não creio que tenha escutado falar de nenhuma família da Floresta Sauvage.

— Deve ser um novo ramo, Madame, suponho — disse Balan.

"Bendito seja!", pensou Wart. "Vou pegar um pardal especialmente para ele amanhã e lhe dar sem que Hob veja."

— Deve ser essa a solução, Capitão Balan, sem dúvida.

O silêncio caiu de novo.

Finalmente, a peregrina tocou sua campainha. Disse:

— Procederemos com o catecismo, antes que ele preste o juramento.

Wart escutou o gavião à sua esquerda tossir nervosamente ao escutar isso, mas a peregrina não prestou atenção.

— Esmerilhão da Floresta Sauvage — disse a peregrina, — o que é um Animal de Pata?

— Um Animal de Pata — respondeu Wart, agradecendo aos céus por Sir Ector ter decidido lhe dar uma Educação de Primeira Categoria — é um cavalo, ou um cão de caça, ou um falcão.

— Por que são chamados Animais de Pata?

— Porque esses animais dependem da força de suas patas, de modo que, por lei, qualquer dano causado às patas de um falcão, cão de caça ou cavalo é reconhecido como um dano à sua vida. Um cavalo manco é um cavalo morto.

— Certo — disse a peregrina. — Quais são seus membros mais importantes?

— Minhas asas — disse Wart, depois de um momento, adivinhando, porque não sabia.

Com essas palavras, houve um tilintar exasperado de todas as campainhas, pois cada um daqueles ídolos baixou a pata erguida, em desaprovação. Estavam agora parados sobre ambas as patas, agitados.

— Suas o quê? — gritou a peregrina agudamente.

— Ele disse suas malditas asas — falou o Coronel Cully, de sua área privada. — E maldito seja aquele que primeiro gritar "Pare, já basta!".

— Mas até um tordo tem asas! — gritou o gavião-peneira, falando pela primeira vez, em seu tom esganiçado de alarme.

— Pense! — sussurrou Balan, baixinho.

Wart pensou febrilmente.

Um tordo tinha asas, cauda, olhos, pernas — aparentemente tudo.

— As minhas garras!

— Passa — disse a peregrina, com suavidade, depois de uma de suas majestosas pausas. — A resposta deveria ser Patas, como para todas as outras questões, mas Garras serve.

Todos os falcões, e na verdade estamos usando o termo de maneira livre, pois alguns eram falcões e outros não, levantaram outra vez a pata com campainha e relaxaram.

— Qual é a primeira lei da Pata?

— Pense — disse amigavelmente o pequeno Balan, por trás de sua falsa pena primária.

Wart pensou e pensou direito.

— Nunca soltar — ele disse.

— Ultima pergunta — disse a peregrina. — De que maneira você, como um esmerilhão, mataria um pombo maior do que você?

Wart teve sorte nessa, pois escutara Hob descrevendo como Balan certa tarde matara um, e respondeu com cautela:

— Eu o estrangularia com minha pata.

— Ótimo! — disse a peregrina.

— Bravo! — gritaram os outros, eriçando as penas.

— Noventa por cento — disse o gavião, depois de uma rápida soma. — Isto é, se você lhe der meio ponto pelas garras.

— Maldito seja o diabo preto!

— Coronel, por favor!

Balan sussurrou para Wart:

— O Coronel Cully não anda muito bom da cabeça. É do fígado, nós achamos, mas o gavião-peneira diz que é pelo estresse constante de viver de acordo com os padrões elevados da Madame. Disse que a Madame uma vez falou com ele do alto de sua posição, de cavalaria para infantaria, entende?, e que ele imediatamente fechou os olhos e teve uma vertigem. Nunca mais foi o mesmo.

— Capitão Balan — disse a peregrina —, é descortês cochichar. Passaremos a proceder ao juramento do novo oficial. Agora, capelão, tenha a bondade.

O pobre gavião, que já há algum tempo ficava cada vez mais nervoso, corou profundamente e começou a gaguejar um juramento complicado referente às anilhas, peias e caparões.

— Com esta anilha — Wart escutou — eu vos doto... amor, honra e obediência... até que a peia nos separe.

Mas antes que chegasse ao final, o capelão desmoronou completamente e soluçou:

— Ah, por favor, Madame. Peço seu perdão, mas me esqueci de guardar os artefatos.

— Os artefatos são ossos e coisas — Balan explicou —, e evidentemente, você tem de jurar sobre ossos.

— Esqueceu de guardar os artefatos. Mas é seu dever guardar os artefatos.

— E-e-eu sei.

— O que você fez com eles?

A voz do gavião se engasgou com a enormidade de sua confissão.

— E-e-eu os comi — soluçou o padre infeliz.

Ninguém disse nada. A negligência no cumprimento dos deveres era demasiado terrível para palavras. Todos pararam nos dois pés e voltaram as cabeças cegas para o culpado. Nenhuma palavra de reprovação foi dita. Durante um silêncio absoluto de cinco minutos, escutava-se apenas o incontinente padre fungando e soluçando.

— Bem — disse a peregrina finalmente —, a iniciação terá que ser adiada até amanhã.

— Com a sua licença, Madame — disse Balin. — Talvez pudéssemos proceder ao ordálio esta noite? Acredito que o candidato está solto, pois não o escutei sendo amarrado.

À menção da palavra ordálio, Wart tremeu e privadamente decidiu que Balin não ganharia nenhuma pena do pardal de Balan no dia seguinte.

— Agradecida, Capitão Balin. Eu estava justamente refletindo sobre isso.

Balin se calou.

— Você está solto, candidato?

— Ah, Madame, sim, estou, por favor; mas não acho que queira um ordálio.

— O ordálio faz parte do costume. Deixe-me ver — continuou a coronela honorária. — Como foi o último ordálio que tivemos? Você se lembra, Capitão Balan?

— Meu ordálio, Madame — disse o esmerilhão amigo —, foi ficar pendurado por minhas peias durante a terceira vigília.

— Se ele está solto, não pode fazer isso.

— Sua Senhoria mesma poderia golpeá-lo, Madame — disse o gavião-peneira —, judiciosamente, claro.

— Mande-o ficar ao lado do Coronel Cully enquanto tocamos três vezes — disse o outro esmerilhão .

— Ah, não! — gritou o coronel louco, agoniado, de seu canto escuro. — Ah, não, Sua Senhoria. Imploro que não o faça. Sou um vilão tão desgraçado, Madame, que não respondo pelas consequências. Poupe o pobre jovem, Sua Senhoria, e não nos deixe cair em tentação.

— Controle-se, coronel. Este ordálio estará de bom tamanho.

— Ah, Madame, fui avisado para não ficar perto do Coronel Cully.

— Avisado? E por quem?

O pobre Wart percebeu que agora ele teria que escolher entre confessar que era humano, e não aprender mais dos segredos deles, ou passar por esse ordálio para ter sua educação. Não queria ser um covarde.

— Ficarei ao lado do Coronel, Madame — ele disse, notando imediatamente que sua voz pareceu insultante.

A peregrina não prestou atenção no tom.

— Certo — ela disse. — Mas primeiro temos que cantar um hino. Agora, capelão, se você não comeu também os hinos como fez com os artefatos, poderia ter a gentileza de nos dirigir no Antigo, não no Moderno, nº 23 ? O Hino do Ordálio.

— E você, Sr. Kee — ela voltou-se para o gavião-peneira —, é melhor se manter calado, pois sempre canta num tom alto demais.

Os falcões aguardaram ao luar, enquanto o gavião contava "Um, Dois, Três". A seguir, todos aqueles bicos curvos ou denteados se abriram dentro dos capuzes em um forte uníssono e cantaram assim:

A vida é sangue, derramado e oferecido.
Os olhos da águia podem encarar o embate.
Às feras da caça se profere o sentido:
TIMOR MORTIR CONTURBAT ME.

Segura bem canta o predador
A carne é fraca e a pata firme.
Força ao forte, ao solidário e ao senhor.
TIMOR MOR TIS EXULTAT ME.

Vergonha ao indolente e desgraça ao fraco.
Morte ao miserável que foge sem voz.
Sangue ao que rasga, ao de garras, ao de bico.
TIRMOR MORTIS somos Nós.

— Muito bem — disse a peregrina. — Capitão Balan, acho que você desafinou no dó bemol. E agora, candidato, vá e se posicione ao lado do reservado do Coronel Cully enquanto tocamos três vezes nossas campainhas. Ao terceiro toque, você pode recuar o mais rápido que puder.

— Muito bem, Madame — disse Wart, com a audácia do ressentimento. Bateu as asas e posicionou-se no canto extremo do poleiro de tela, ao lado do reservado de rede de Cully.

— Jovem — gritou o Coronel, com voz fantasmagórica —, não se aproxime, não se aproxime. Ah, não tenteis o demônio abominável em sua maldição.

— Não temo o senhor, Coronel — disse Wart. — Não se exaspere, pois nenhum mal virá para nenhum de nós.

— Nenhum mal, ora bolas! Ah, afasta, antes que seja tarde demais. Sinto ânsias do eterno em mim.

— Não tema, senhor. Eles só têm que tocar a campainha três vezes.

Com isso, os cavaleiros abaixaram as patas erguidas, dando-lhes uma sacudida solene. O primeiro doce tinido encheu o cômodo.

— Madame! Madame! — gritou o Coronel, torturado. Tenha piedade, tenha piedade de um maldito sanguinário. Soe a velha campainha, soe a nova. Não posso suportar um minuto a mais!

— Seja bravo, senhor — disse Wart, suavemente.

— Seja bravo, senhor! Mas se duas noites atrás encontraram o duque, por volta da meia-noite, em uma ruela atrás da Igreja de São Marcos, com a perna de um homem nos ombros: e ele gemia terrivelmente.

— Não era nada — disse Wart.

— Nada! Disse que era um lobo, só que a diferença é que a pele do lobo é peluda por fora, a dele era peluda do lado de dentro. Rompa minha carne e veja. Ah, pela quietude da morte, com um simples alfinete!

As campainhas soaram pela segunda vez.

O coração de Wart batia com força, e agora o Coronel fez um movimento lateral em sua direção no poleiro. Pata ante pata vinha ele, batendo na madeira por onde avançava com um aperto convulsivo a cada passada. Seus pobres olhos enlouquecidos, cismadores, brilhavam ferozes à luz da lua, era um clarão contra a escuridão persecutória de suas sobrancelhas franzidas. Nada havia de cruel nele, nenhuma paixão ignóbil. Estava aterrorizado com Wart, não triunfante, e precisava matar.

— Se isso fosse feito quando tivesse que ser feito — sussurrou o Coronel —, então melhor seria se fosse feito rapidamente. Quem imaginaria que o jovem tinha tanto sangue dentro dele?

— Coronel! — disse Wart, mas parou aí.

— Jovem! — gritou o Coronel. — Fale alguma coisa, me detenha, piedade!

— Tem um gato atrás de você — disse Wart, calmamente —, ou outro bicho semelhante. Olhe.

O Coronel se virou, rápido como um ferrão de vespa, ameaçando a escuridão. Não havia nada. Outra vez, voltou seus olhos selvagens para Wart, adivinhando o truque. Então, disse com a voz fria de uma víbora:

— A campainha me convida. Não a escute, esmerilhão, pois é um tilintar que vos chama para o céu ou para o inferno.

As campainhas realmente estavam tocando pela terceira vez enquanto ele falava, e a honra agora permitia se mover. O ordálio terminara e Wart podia voar. Mas quando ele se mexeu, quando voou mais rápido do que qualquer movimento ou voo no mundo, as terríveis foices tinham sido disparadas das patas plantadas do Coronel — não como um relâmpago, pois seu movimento foi demasiado rápido para ser visto —, e com um baque, com um apertão, com uma captura, como estar sendo preso por um grande policial, as poderosas cimitarras fecharam-se sobre seu dedão em retirada.

Elas se fecharam, e se fecharam irrevogavelmente. Aperta, aperta, e os enormes músculos das coxas tensionaram-se em duas convulsões. Então Wart se viu a dois metros mais abaixo da tela, e o Coronel Cully sobre uma pata, e com seu outro punho fechado, apertando algumas malhas da rede e a falsa primária de Wart, com suas penas de cobertura. Duas ou três penas menos importantes desceram suavemente no vento, sob o brilho da lua, para o chão.

— Teste realizado — gritou Balan, deliciado.

— Uma exibição bastante cavalheiresca — disse a peregrina, sem se importar de ter o Capitão Balan ter falado antes dela.

— Amém! — disse o gavião.

— Coração valente! — disse o gavião-peneira.

— Poderíamos lhe ofertar a Canção do Triunfo? — perguntou Balin, excitado.

— Certamente — disse a peregrina.

E eles cantaram juntos, liderados pelo Coronel Cully a plenos pulmões, todos soando triunfalmente as campainhas sob a magnífica claridade do luar.

Os pássaros da montanha são doces
Mas os pássaros do vale são gordinhos,
Por isso pensamos que faremos nossos ninhos
Por donde nos leve o amigo fiel.
Encontramos um coelho agachado
E o atacamos nas vitais
O coelho era como mel
E guinchou seus ais.
Uns atacaram as cotovias emplumadas
E lufadas de penas espalharam-se aos pares
Outros agarraram as perdizes nas planadas
E outros agarraram mais presas nos ares
Mas Wart, dos Esmerilhões *o rei*
Golpeou com pata firme antes de nós.
Suas aves e presas
Abastecem nossas mesas
E suas proezas canta nossa voz!

— Anotem minhas palavras — exclamou o bonito Balan —, teremos um rei consumado neste jovem candidato. Agora, rapazes, juntos em coro pela última vez:

Mas Wart, dos Esmerilhões o *rei*
Golpeou com pata firme antes de nós.
Suas aves e presas
Abastecem nossas mesas
E suas proezas canta nossa voz!

9

— Bom — disse Wart, quando acordou em sua própria cama na manhã seguinte. — Que turma terrível e formidável.

Kay sentou-se na cama e começou a resmungar como um esquilo:

— Onde você esteve ontem à noite? Vou contar para meu pai e você ganhará uma surra. Você sabe que não podemos sair depois do toque de recolher. Procurei você por todo canto. Sei que você escapuliu.

Os meninos tinham um jeito de escapulir por um escoadouro de água de chuva até o fosso, por onde saíam a nado em ocasiões secretas, quando era necessário sair à noite — para caçar um texugo, por exemplo, ou pegar tencas, que só se podem pescar pouco antes do amanhecer.

— Ah, cala essa boca — disse Wart. — Estou com sono.

— Acorda, acorda, seu animal. Onde você esteve? — Kay perguntou.

— Não lhe direi.

Tinha certeza de que Kay não só não acreditaria na história, como o chamaria de mentiroso e ficaria mais zangado do que nunca.

— Se você não me contar, vou matá-lo.

— Não, não vai.

— Vou.

Wart virou-se para o outro lado.

— Animal — disse Kay. Pegou uma dobra da pele do braço de Wart entre as unhas do polegar e indicador, e deu um beliscão tão forte quanto pôde. Wart pulou como um salmão que subitamente foi fisgado e lhe deu um tremendo soco nos olhos. Em um segundo, eles estavam fora da cama, pálidos e indignados, parecendo coelhos esfolados — pois naquele tempo ninguém usava roupas para dormir — e agitando os braços como cataventos no esforço de acabar um com o outro.

Kay era mais velho e maior que Wart, portanto estava destinado a acabar vencendo, mas era mais nervoso e tinha grande imaginação. Podia imaginar o efeito de cada golpe dirigido a ele, o que enfraquecia sua defesa. Wart era apenas um furacão enfurecido.

— Deixe-me em paz, está bem? — Falava isso, mas ele mesmo não deixava Kay em paz, abaixando a cabeça e girando os braços de tal maneira que tornava impossível para Kay fazer o que lhe fora pedido. Socavam a cara um do outro.

Kay tinha um alcance maior e um punho mais pesado. Esticou seu braço, mais em autodefesa do que qualquer outra coisa, e Wart enfiou seu próprio olho em sua extremidade. O céu virou uma escuridão barulhenta e impactante, relampejando com labaredas de meteoros. Wart começou a soluçar e ofegar. Conseguiu dar um soco no nariz do adversário, que começou a sangrar. Kay baixou a guarda, virou as costas para Wart e disse com uma voz fria, fungada, reprovadora:

— Está sangrando.

A batalha terminara.

Kay deitou-se no piso de pedra, o sangue escorrendo de seu nariz, e Wart, com um olho roxo, tirou a enorme chave da porta para colocá-la debaixo das costas de Kay. Nenhum dos dois disse uma palavra.

Logo Kay virou seu rosto e começou a soluçar. Ele disse:

— Merlin faz tudo por você, mas nunca faz nada por mim.

Com isso, Wart sentiu que tinha sido um bruto. Vestiu-se em silêncio e saiu para procurar o mago.

No caminho, foi pego pela ama.

— Ah, meu pequenino vilão — ela exclamou, sacudindo-lhe o braço —, estivestes brigando com o Senhor Kay. Veja vosso pobre olho, eu declaro. É o bastante para desconcertar o colégio de cirurgiões.

— Está tudo bem — disse Wart.

— Não, não está, meu pequeno — exclamou a ama, ficando mais chateada e dando mostras de querer esbofeteá-lo. — Vamos, respondei como fizestes isto ou terei que chicotear-vos?

— Bati no espaldar da cama.

A velha ama imediatamente puxou-o para junto de seu amplo peito, deu-lhe palmadinhas nas costas e disse:

— Ora, ora meu anjinho. É a mesma história que Sir Ector me contou quando o peguei com um olho roxo, mais de quarenta anos atrás. Nada como uma boa família para ser fiel a uma boa mentira. Vamos, meu inocente, agora vinde comigo à cozinha que num instante ponho um bife nesse roxo. Mas não deveríeis lutar com pessoas maiores que vós.

— Está tudo bem — Wart disse outra vez, chateado com a preocupação exagerada, mas o destino estava decidido a puni-lo, e a velha dama foi inexorável. Levou mais de meia hora até conseguir escapar e, mesmo assim, só ao preço de levar consigo um pedaço sangrento de bife cru que supostamente deveria colocar sobre o olho.

— Nada como um bom pedaço de alcatra para fazer sair os humores — a ama dissera, e o cozinheiro respondera:

— Desde a Páscoa ninguém por aqui viu melhor naco de carne crua, não, nem mais sumarenta.

"Vou levar essa coisa horrorosa para Balan", pensou Wart, voltando a procurar seu tutor.

Encontrou-o sem problemas no quarto da torre que ele escolhera assim que chegara. Os filósofos preferem viver em torres, como podemos constatar ao visitar o quarto que Erasmo escolheu no seu colégio em Cambridge, mas a torre de Merlin era ainda mais bonita que aquela. Era o cômodo mais alto do castelo, diretamente abaixo da sentinela da torre de vigia, e de sua janela podia-se avistar o campo aberto — com seus coelhos — do outro lado do parque e da coutada, até seus olhos finalmente se perderem nas distantes copas azuis das árvores da Floresta Sauvage. Esse mar de mata frondosa estendia-se longe, longe, em protuberâncias como a superfície de um mingau, até finalmente se perder nas montanhas remotas que ninguém nunca visitou e nas torres cobertas de nuvens e nos grandiosos palácios do céu.

Os comentários de Merlin sobre seu olho roxo foram de natureza médica.

— A descoloração — ele disse — é causada pela hemorragia dos tecidos (equimoses) e passa do púrpura escuro a verde e amarelo antes de desaparecer.

Parecia não haver resposta sensata para isso.

— Suponho que você o conseguiu — continuou Merlin — brigando com Kay?

— Sim. Como você sabe?

— Ah, bom, lá vem você.

— Eu vim lhe pedir por Kay.

— Fala. Faça sua demanda. Eu responderei.

— Bom, Kay acha que não é justo você sempre me transformar em outras coisas e a ele não. Não lhe contei nada, mas acho que ele adivinhou. Eu também acho que não é justo.

— Não é justo.

— Então, você nos transforma os dois da próxima vez que nos transformarmos?

Merlin tinha acabado seu desjejum e estava soprando no cachimbo de sepiolita que fizera seu pupilo pensar que ele respirava fogo. Agora, puxou uma boa baforada, olhou para Wart, abriu a boca para falar, mudou de ideia, soprou a fumaça e encheu outra vez os pulmões.

— Às vezes a vida parece mesmo injusta — ele disse. — Você conhece a história de Elias e o rabi Kahana?

— Não — disse Wart. — E sentou-se resignadamente na parte mais confortável do piso, percebendo que estava se encaminhando para algo parecido com a parábola do espelho.

— Esse rabino — disse Merlin — partiu em uma jornada com o profeta Elias. Caminharam o dia todo e, ao cair da noite, chegaram ao casebre humilde de um homem pobre, cujo único tesouro era uma vaca. O pobre saiu correndo do casebre, com sua mulher, para darem as boas-vindas aos estranhos e lhes oferecer toda a hospitalidade simples que podiam nessas limitadas circunstâncias, se quisessem passar ali a noite. Elias e o rabino foram servidos de abundante quantidade do leite da vaca, alimentados com pão feito em casa e manteiga, e colocados para dormir na melhor cama enquanto seus gentis anfitriões se deitaram perto do fogo da cozinha. Mas, de manhã, a vaca do pobre homem estava morta.

— Continue.

— Caminharam todo o dia seguinte e, naquela noite, chegaram à casa de um mercador muito rico, cuja hospitalidade eles tiveram que suplicar. O mercador era frio, e orgulhoso e rico e tudo o que fez pelo profeta e seu companheiro foi alojá-los no estábulo e lhes dar pão e água. Na manhã seguinte, no entanto, Elias agradeceu-lhe muitíssimo pelo que fizera e, em retribuição por sua gentileza, mandou um pedreiro consertar um de seus muros, que estava caindo.

"O rabi Kahana, incapaz de ficar mais tempo em silêncio, implorou ao santo homem que lhe explicasse o sentido de sua maneira de tratar os seres humanos."

— Quanto ao pobre que nos recebeu tão hospitaleiramente — o profeta respondeu —, havia sido decretado que sua esposa deveria morrer aquela noite mas, como prêmio pela sua bondade, Deus levou a vaca em vez da esposa. Eu mandei consertar o muro do rico avarento porque um baú de ouro estava escondido perto daquele lugar, e se o avarento fosse consertar o muro poderia descobrir o tesouro. Portanto, nunca diga frente ao Senhor: o que fizestes? Mas diga em seu coração: o Senhor de toda a Terra há de saber bem o que faz.

— E um tipo interessante de história — disse Wart, porque parecia já ter acabado.

— Lamento — disse Merlin — que você deva ser o único a receber meus ensinamentos extras, mas entenda, fui enviado só para isso.

— Não vejo nenhum problema se Kay também pudesse vir.

— Nem eu. Mas o rabi Kahana não via porque o avarento deveria ter seu muro consertado.

— Entendo isso — disse Wart, em dúvida —, mas ainda acho que foi uma pena a vaca ter morrido. Kay não poderia vir comigo pelo menos uma vez?

Merlin disse gentilmente:

— Talvez o que é bom para você seja ruim para ele. Além disso, lembre-se de que ele nunca pediu para ser transformado em outra coisa.

— Ele quer ser transformado, pode ter certeza. Eu gosto de Kay, você sabe, e acho que as pessoas não o entendem. Ele tem que ser orgulhoso porque está amedrontado.

— Você ainda não está entendendo o que quero dizer. Suponha que ele tivesse se transformado num esmerilhão ontem à noite, e não tivesse passado no ordálio, e tivesse perdido a cabeça?

— Como você sabia que ia ter um ordálio?

— Ah, bom, lá vem você de novo.

— Muito bem — disse Wart, teimoso. — Mas suponha que ele tivesse passado no ordálio e não tivesse perdido a cabeça. Não vejo porque você tem que supor que ele teria perdido.

— Ah, que cabeça-dura! — gritou o mágico, exasperado. Esta manhã, parece que você não está vendo nada. O que é que você quer de mim?

— Transforme eu e Kay em cobras ou outra coisa.

Merlin arrancou seus óculos, jogou-os com força no chão e pulou sobre eles com os dois pés.

— Que Castor e Pollux me soprem para Bermuda! — exclamou, e imediatamente desapareceu com um rugido terrível.

Wart ainda estava olhando a cadeira vazia de seu tutor com certa perplexidade quando Merlin reapareceu momentos depois. Perdera o chapéu, e seu cabelo e barba estavam emaranhados, como se um furacão tivesse passado por ali. Sentou-se outra vez, arrumando sua veste com os dedos trêmulos.

— Por que você fez isso? — perguntou Wart.

— Não fiz isso por querer.

— Você quer dizer que Castor e Pollux realmente o sopraram para Bermuda?

— Que isto seja uma lição para você não praguejar — retrucou Merlin. — Acho melhor mudarmos de assunto.

— Nós estávamos falando sobre Kay.

— Sim, e o que eu ia dizer antes de minha — *helás*! — visita ao ainda vexado Bermoothes, era isso. Eu não posso transformar Kay em coisas. Esse poder não me foi conferido quando me enviaram. Por que é assim, nem você nem eu somos capazes de explicar, mas esse continua sendo o fato. Tentei sugerir algumas das razões para esse fato, mas você não as aceita, portanto deve simplesmente aceitar o fato em sua realidade crua. Agora, por favor, pare de falar até que eu recupere o fôlego e meu chapéu.

Wart sentou-se quieto enquanto Merlin fechava os olhos e começava a resmungar consigo mesmo. Nesse instante, um curioso chapéu cilíndrico preto apareceu em sua cabeça. Era uma cartola.

Merlin o examinou, desapontado, e disse, azedo:

— E eles chamam isso de serviço de entrega! — e o devolveu ao ar. Finalmente, levantou-se em um frenesi e exclamou: — Venha cá!

Wart e Archimedes olharam um para o outro, sem entender qual deles estava sendo chamado — durante todo esse tempo, Archimedes esteve sentado no parapeito da janela, olhando a vista pois, é claro, nunca saía de perto de seu dono — mas Merlin não prestava atenção neles.

— Vamos — disse Merlin, furioso, aparentemente para ninguém —, você acha que está sendo engraçado? — Muito bem, então, por que você faz isso? — Isso não é desculpa. E claro que me refiro ao que estava usando. — Mas usando agora, é evidente, seu idiota. Não quero um chapéu que usei em 1890. Você não tem nenhum senso de época?

Merlin tirou o chapéu de marinheiro que acabara de aparecer em sua cabeça e o levantou no ar para inspeção.

— Isto é um anacronismo — disse, severo. — É isso que é, um anacronismo desagradável.

Archimedes parecia acostumado a essas cenas, pois disse com voz razoável:

— Por que não pede o chapéu pelo nome, mestre? Diga, "Eu quero meu chapéu de mago", e não "Eu quero o chapéu que estava usando". Talvez o pobre ache tão difícil viver de trás para frente quanto você.

— Quero meu chapéu de mago — disse Merlin, de má vontade.

No mesmo instante, o chapéu pontudo apareceu em sua cabeça.

A tensão no ar relaxou. Wart sentou-se outra vez no chão e Archimedes recomeçou sua toalete, passando suas rêmiges e penas da cauda pelo bico para alisar os filamentos. Cada filamento tinha centenas de ganchos ou bárbulas diminutas, através das quais os filamentos se firmavam. Ele as estava penteando.

Merlin disse:

— Perdão. Meu dia hoje não está nada bom, essa é a verdade.

— Quanto a Kay — disse Wart — mesmo não podendo transformá-lo em outra coisa, não poderia dar a nós dois uma aventura sem transformação?

Merlin fez um esforço visível para não perder a calma e examinar a questão sem paixão. Já estava completamente cheio desse assunto.

— Não posso fazer nenhuma magia para Kay — ele disse lentamente —, exceto minha própria magia, a que possuo em qualquer circunstância. Visão retrospectiva e visão de dentro, essas coisas. Você quer dizer alguma coisa que eu possa fazer com isso?

— O que sua visão retrospectiva faz?

— Ela me diz o que você diria que vai acontecer, e a visão de dentro às vezes me diz o que está acontecendo ou aconteceu em outros lugares.

— Tem alguma coisa acontecendo agora, alguma coisa que Kay e eu podemos ir ver?

Merlin imediatamente deu um tapa em sua cabeça e exclamou, excitado:

— Agora estou entendendo. Sim, claro que há, e vocês vão poder ver. Sim, vá chamar Kay e apresse-se. Vocês devem ir logo depois da missa. Tomem desjejum primeiro e sigam imediatamente depois da missa. Sim, exatamente. Vá direto até a leira de cevada de Hob no campo e siga essa linha até chegar a alguma coisa. Será esplêndido, com certeza, e eu terei tempo para tirar uma soneca esta tarde em vez das nojentas *Summulae Logicales*. Ou já tirei minha soneca?

— Não, ainda não tirou — disse Archimedes. — A soneca ainda está no futuro, Mestre.

— Esplêndido, esplêndido. E por favor, Wart, não esqueça de levar Kay com você para que eu possa tirar minha soneca.

— O que nós vamos ver?

— Ah, não me esquente a cabeça com um pormenor desses. Agora vá logo, seja um bom menino, e atenção para não se esquecer de levar Kay. Por que você nunca falou sobre isso antes? Não se esqueça de seguir em frente depois da leira de cevada. Bem, bem, bem! Este é o primeiro meio-feriado que tenho desde que comecei essas malditas aulas. Primeiro, acho que vou tirar uma pequena soneca antes do lanche e depois acho que tirarei uma pequena soneca antes do chá. Depois, terei que pensar em algo para fazer antes do jantar. O que vou fazer antes do jantar, Archimedes?

— Tirar uma pequena soneca, suponho — disse a coruja com frieza, virando as costas para o mestre porque ela, assim como Wart, gostava de ver a vida acontecer.

10

Wart sabia que se contasse ao menino mais velho sobre sua conversa com Merlin, Kay recusaria a condescendência e não iria. Então, não disse nada. Era estranho, mas a batalha tornara-os amigos novamente e um podia olhar nos olhos do outro com uma espécie de afeição confusa. Seguiram juntos sem vacilar, ainda que com timidez e sem explicações, e se viram parados, depois da missa, no final da leira de cevada de Hob. Wart não precisou usar subterfúgios. Quando chegaram lá foi fácil.

— Venha — ele disse. — Merlin disse-me que lhe contasse que, daqui para frente, haveria algo especial para você.

— Que tipo de coisa? — perguntou Kay.

— Uma aventura.

— Como chegamos lá? — perguntou Kay.

— Temos que seguir a linha a partir desta leira, e suponho que isso nos levará até a floresta. Devemos manter o sol à nossa esquerda, mas levando em conta seu movimento.

— Está bem — disse Kay. — Que aventura é essa?

— Não sei.

Os dois caminharam pelo campo, seguindo sua borda imaginária para além do parque e da coutada, mantendo os olhos bem abertos para algum acontecimento miraculoso. Perguntaram-se se a meia dúzia de faisões que espantaram tinha algo de extraordinário, e Kay estava prestes a jurar que um deles era branco. Se fosse branco, e se uma águia negra subitamente mergulhasse dos céus sobre ele, saberiam muito bem que maravilhas os aguardavam à frente e só teriam que seguir o faisão — ou a águia — até encontrar a donzela no castelo encantado. No entanto, o faisão não era branco.

Na borda da floresta Kay disse:

— Suponho que tenhamos que entrar aí?

— Merlin disse para seguir a linha.

— Bem — disse Kay —, eu não tenho medo. Se a aventura for para mim, com certeza será das boas.

Então entraram, e ficaram surpresos ao perceber que a caminhada não era difícil. Era quase o mesmo como se fosse um grande bosque de hoje, enquanto a floresta normal daquela época era como se fosse a selva amazônica. Não havia, naqueles tempos, proprietários atirando em faisões e providenciando para que a vegetação rasteira fosse retirada, e nem uma milésima parte dos atuais mercadores de madeira que desbastam cuidadosamente as poucas florestas que restaram. A maior parte da Floresta Sauvage era quase impenetrável, uma barreira enorme de árvores eternas, as mortas caídas por cima das vivas e presas entre si por heras, as vivas lutando em competição umas com as outras na direção do sol que lhes dava a vida, o solo encharcado por falta de drenagem, ou cheio de gravetos e galhos velhos nos quais de repente se podia tropeçar e cair num formigueiro ou se emaranhar em sarças, lianas, madressilvas, espinheiros e cardos e essa coisa que as pessoas do campo chamam de namorados, até ser feito em pedaços em poucos metros.

Essa parte era boa. A linha de Hob apontara para o que parecia ser uma sucessão de clareiras, lugares sombreados e rumorejantes nas quais o tomilho selvagem zumbia com as abelhas. O auge da estação dos insetos já passara, pois era realmente a época das vespas e frutas; mais ainda havia muitas fritilárias, com borboletas de asas castanho-alaranjada e de cores brilhantes pairando no hortelã florido. Wart arrancou uma folha dessas e a mastigou como chiclete enquanto caminhava.

— E esquisito — disse —, mas pessoas já passaram por aqui. Olhe, ali está a marca de uma pata de cavalo, e estava ferrada.

— Você está enxergando pouco — disse Kay —, pois ali adiante está um homem.

Sem equívocos, havia um homem no fim da clareira seguinte, sentado perto de um machado, ao lado de uma árvore que abatera. Era um homenzinho pequeno e estranho, com uma corcunda e um rosto cor de mogno, vestido com várias peças de couro velho que prendera aos pernas e braços musculosos com pedaços de corda. Estava comendo um pedaço de pão e queijo de cordeiro com uma faca que anos de afiação reduziram a um filete, as costas apoiadas numa das árvores mais altas que eles jamais tinham visto. Cavacos brancos da madeira se espalhavam ao seu redor. O tronco da árvore abatida parecia ter sido trabalhado há pouco. Os olhos dele brilhavam como os de uma raposa.

— Espero que ele seja a aventura — sussurrou Wart.

— Ora — disse Kay —, em uma aventura você tem cavaleiros com armaduras, ou dragões ou coisas parecidas, e não velhos sujos cortando madeira.

— Bem, de qualquer forma vou perguntar a ele o que acontece por aqui.

Aproximaram-se do pequeno lenhador que mastigava e parecia não tê-los visto e perguntaram aonde as trilhas levavam. Perguntaram duas ou três vezes antes de perceber que o pobre sujeito era surdo ou louco, ou ambos. Nem respondia nem se mexia.

— Ora, vamos — disse Kay. — E provável que seja um tantã como Wat e não sabe nem onde está. Vamos embora e deixemos esse velho maluco aí.

Avançaram quase um quilômetro e o caminho continuava bom. Não existiam propriamente trilhas, e as clareiras não eram contínuas. Qualquer um que chegasse ali por acaso pensaria que só existia a clareira onde estava, com uns duzentos metros de comprimento, a menos que fosse até o final e descobrisse outra, oculta por algumas árvores. Aqui e ali descobriam um cepo com as marcas de um machado, mas a maior parte desses fora coberta com sarças ou arrancadas. Wart supôs que as clareiras tinham sido feitas de propósito.

Kay agarrou Wart pelo braço, na borda de uma clareira, e apontou em silêncio para a outra ponta. Ali havia um pequeno monte relvado, ascendendo com suavidade até um sicômoro gigantesco, com mais de vinte e cinco metros de altura, plantado bem no topo. No monte estava um homem igualmente gigantesco deitado à vontade, com um cão a seu lado. O homem era tão impressionante quanto o sicômoro, pois media ou se estendia por uns dois metros e dez centímetros sem os sapatos, e não vestia nada mais que um saiote escocês de um tecido comum verde. Tinha uma braçadeira de couro no antebraço esquerdo. A cabeça do cachorro — que levantara as orelhas e observava os meninos, mas sem fazer nenhum outro movimento — apoiava-se sobre o enorme peito bronzeado, cujos músculos moviam-se suavemente, subindo e descendo. O homem parecia estar dormindo. A seu lado, havia um arco de dois metros, com flechas de mais de setenta centímetros de comprimento. Ele, tal como o lenhador, tinha a cor do mogno, e os cabelos encaracolados do peito formavam um halo dourado onde o sol batia.

— Aí está — sussurrou Kay, excitado.

Aproximaram-se cautelosamente do homem, com medo do cachorro. Mas este apenas os seguiu com os olhos, mantendo o queixo firmemente apoiado em seu amado mestre, e dando conhecimento deles apenas com um ínfimo abanar do rabo. Mexia o rabo sem levantá-lo, cinco centímetros de lado, na grama. O homem abriu os olhos — obviamente não estava dormindo coisa nenhuma —, sorriu para os meninos e sacudiu o dedo numa direção que apontava mais adiante na clareira. Depois, parou de sorrir e fechou os olhos.

— Desculpe-me — disse Kay —, o que está acontecendo lá?

O homem não respondeu e manteve os olhos fechados, mas levantou novamente a mão e apontou com o dedão para frente.

— Ele quer que prossigamos — disse Kay.

— Isso com certeza é uma aventura — disse Wart. — Fico pensando se aquele lenhador mudo não subiu naquela árvore grande onde estava se apoiando e mandou uma mensagem para essa árvore avisando que estávamos chegando. Ele com certeza parecia estar nos esperando.

Com isso, o gigante desnudo abriu um olho e olhou para Wart com certa surpresa. Então abriu os dois olhos e, piscando, caiu na risada, sentou, acariciou o cachorro, pegou seu arco e levantou-se.

— Mui que bem, jovens senhoritos — disse, ainda rindo. — A gente há de ir junto, então. Cabeças novatas são as mais espertas, é o que dizem.

Kay olhou para ele completamente surpreso.

— Quem é você? — perguntou.

— Naylor — disse o gigante. — Era John Naylor nesse mundão grande aí de fora, até a gente virar homem da floresta. Depois, fui John Little por uns tempos, como se diz na floresta, mas a maioria do povo agora diz ao contrário e chama a gente de Little John.

— Oh! — exclamou Wart, deliciado. — Já ouvi falar de você muitas vezes, quando contam as histórias dos saxões à noite, de você e de Robin Hood.

— Hood, não, senhorito — disse Little John, em tom reprovador. — Não é jeito de chamar ninguém, não na floresta.

— Mas nas histórias é Robin Hood — disse Kay.

— Ah, esse povo sabichão que fica sabendo das coisas pelos livros. Não sabem de tudo. Mas vamos indo, já é tempo de ir andando.

Os dois se colocaram um de cada lado do homem enorme e tinham que correr um passo em cada três para ficar emparelhados com ele, que, apesar de falar bem devagar, caminhava muito rápido descalço. O cachorro trotava nos seus calcanhares.

— Por favor — perguntou Wart —, aonde é que está nos levando?

— Ora, para Robin'ood, pois não é? Vocês não têm esperteza o bastante para adivinhar isso também, mestre Wart?

O gigante deu uma olhada maliciosa com uma piscadela, pois sabia que colocara ao mesmo tempo dois problemas para os meninos — primeiro, qual era o verdadeiro nome de Robin, e segundo, como Little John sabia o nome de Wart?

Wart se fixou primeiro na segunda questão.

— Como é que sabe meu nome?

— Ah — disse Little John. — A gente sabe.

— E esse Robin'ood sabe que estamos indo?

— Não, meu patinho, um senhorito instruído devia saber falar um nome instruidamente.

— Bem, qual é o nome dele? — gritou o menino, entre a exasperação e a falta de ar por ter que correr para acompanhar o gigante. — Você disse 'ood.

— Então é 'ood, meu patinho. Robin 'ood, como a floresta que a gente está atravessando. Um grande e belo nome é o que é.

— Robin Wood!*

— Sim, Robin'ood. O que mais poderia ser, já que é ele quem reina aqui. Florestas são lugares livres, e ótimos lugares são. Deixam que você durma nelas, no inverno como no verão, e deixam caçar nas suas áreas, senão você morre de fome; e cheirar o cheiro que aparece nas folhas novas e brilhantes, conforme o tempo, ou quando elas caem segundo o mesmo tempo ao contrário; deixam que a gente fique nelas sem ser visto, e se mova por dentro delas sem que ninguém escute, e aquecem quando a gente cai adormecido — ah, são mesmo bons lugares, as florestas, para um homem de coração e mãos livres.

Kay disse:

— Mas eu pensava que todos os homens de Robin Wood usassem jaquetas e calças de lã verde.

— Isso a gente faz no inverno, quando a gente precisa disso, ou as calças de couro; mas agora no verão, estar assim é mais agradável para quem fica de vigia, quando não se faz nada mais que olhar.

— Então você estava lá de sentinela?

— Sim, e também o velho Munch, aquele com quem vocês falaram na árvore derrubada.

— E eu acho — exclamou, triunfante, Kay — que essa árvore enorme aonde estamos chegando é a fortaleza de Robin Wood!

Estavam chegando à majestade da floresta.

Era uma tília tão grande quanto as que costumavam crescer no Moor Park, em Hertfordshire, com não menos de trinta metros de altura e cinco de circunferência, a um metro do chão. O tronco, parecido com o da faia, estava adornado com uma barba de pequenos galhos embaixo e, onde cada grande galho brotara do tronco, a casca tinha se partido e estava agora descolorida pela água da chuva ou pela seiva. As abelhas zuniam entre suas folhas brilhantes e pegajosas, cada vez mais para o alto, na direção dos céus, e uma escada de corda desaparecia entre a folhagem. Ninguém poderia subir sem a escada, nem mesmo com cravelhos.

— Pensou direito, mestre Kay — disse Little John. — E lá está Mestre Robin, entre suas raízes.

* Wood em inglês significa floresta, bosques. [N. T.]

Os meninos, que estavam até então mais interessados no vigia encarapitado no alto daquele dominador e sussurrante orgulho da terra, baixaram imediatamente o olhar e o cravaram no grande fora da lei.

Não era o que esperavam, uma figura romântica — pelo menos no começo —, apesar de ser quase tão alto quanto Little John. Os dois, é claro, eram as duas únicas pessoas no mundo que haviam disparado uma flecha à distância de um quilômetro e meio, com o grande arco inglês. Era um sujeito vigoroso, cujo corpo não tinha gordura alguma. Não estava semidespido, como John, mas vestido discretamente com uma roupa verde desbotada, com um trompete prateado a tiracolo. Estava barbeado, queimado de sol, vigoroso, nodoso como as raízes das árvores; mas nodoso e maduro pela intempérie e pela poesia, não pela idade, pois mal tinha trinta anos. [Chegaria a viver até os oitenta e sete anos, e atribuiu sua longa vida ao cheiro de terebentina dos pinheiros.] Naquele momento estava deitado de costas e olhava para cima, mas não para os céus.

Robin Wood estava deitado feliz, com a cabeça apoiada no colo de Marian. Ela sentava-se entre as raízes da tília, vestida com uma veste de lã verde cingida por uma aljava de flechas, e seus braços e pés estavam nus. Soltara sua cascata de cabelos castanhos e brilhantes, que geralmente ficavam presos em um rabo de cavalo para melhor conveniência na caça e na cozinha, e suas madeixas pendentes emolduravam a cabeça dele. Eles cantavam um dueto, baixinho, e ela roçava seus cabelos macios na ponta do nariz de Robin.

A donzela Marian cantava:

Sob a árvore no bosque frondoso,
Quem comigo se deita amoroso,
Afina seu alegre trino,
Com o que canta o doce amigo.

Venha para cá, venha para cá, venha para cá, murmurou Robin.
Aqui ele não verá
Nenhum inimigo,
Salvo o inverno e o tempo ruim.

Os dois riram de felicidade e começaram de novo, cantando os versos alternadamente:

Quem da ambição esquece,
E ama ficar deitado ao sol,
Buscando o que comer
É feliz com o que consegue,

Então, ambos juntos:

Venha para cá, venha para cá, venha para cá:
Aqui ele não verá
Nenhum inimigo,
Salvo o inverno e o tempo ruim.

A canção terminou numa risada. Robin, que estava enredando seus dedos bronzeados nos fios sedosos que caíam sobre seu rosto, deu neles um puxão final e se pôs de pé.

— Olá, John — disse ao vê-los.

— Olá, Mestre — disse Little John.

— Então você trouxe os jovens escudeiros?

— Eles me trouxeram.

— Bem-vindos de qualquer forma — disse Robin. — Jamais ouvi falar mal de Sir Ector e não tenho nenhuma razão para perseguir seus escutadores. Como estão vocês, Kay e Wart, e quem meteu vocês na floresta e nas minhas clareiras, hoje, entre todos os dias?

— Robin — interrompeu Marian —, você não pode aceitá-los!

— E por que não, coração?

— São crianças.

— Exatamente o que queremos.

— É desumano — disse ela aborrecida, e começou a pentear os cabelos.

O fora da lei evidentemente achou mais seguro não discutir. Virou-se para os meninos e fez-lhes uma pergunta.

— Vocês sabem flechar?

— Pode acreditar — disse Wart.

— Posso tentar — disse Kay, mais reservado, ao ver que os outros riam da segurança de Wart.

— Vamos, Marian, empreste a eles um de seus arcos.

Ela entregou-lhe um arco e uma dúzia de flechas com setenta centímetros de comprimento.

— Atire no alvo — disse Robin, entregando-os a Wart.

Este olhou e viu um alvo a cem metros de distância. Percebeu que tinha sido um idiota e disse alegremente:

— Sinto muito, Robin Wood, mas receio que esteja longe demais para mim.

— Não importa — disse o fora da lei. — Atire nele. Posso avaliar pela maneira como você dispara.

Wart ajustou a flecha da forma mais rápida e precisa que foi capaz, abriu os pés alinhados na direção que queria que a flecha fosse, ajustou os ombros, puxou a corda até o queixo, fez pontaria, levantou a ponta em um ângulo de cerca de vinte graus, apontou uns dois metros à direita porque sempre puxava para a esquerda quando soltava a corda, e mandou a flecha. Errou, mas não foi tão mal.

— Agora você, Kay — disse Robin.

Kay fez os mesmos movimentos e fez um bom disparo. Os dois seguraram o arco para cima da forma certa, encontraram rapidamente e colocaram em posição a pena traseira, seguraram a corda para esticar o arco — a maioria dos jovens não treinados inclinam-se para agarrar a ranhura da flecha, entre o indicador e o polegar, quando esticam a corda, mas o verdadeiro arqueiro puxa a corda com seus primeiros dois ou três dedos e deixa a flecha segui-la — e nenhum deles deixara a ponta desviar para a esquerda enquanto armavam, nem deixaram a corda bater nos antebraços, dois erros comuns em pessoas que não conhecem o assunto — e ambos dispararam a corda de uma vez, sem sacudi-la.

— Bom — disse o fora da lei. — Não temos tocadores de alaúde por aqui.

— Robin — disse Marian, abruptamente —, você não pode pôr essas crianças em perigo. Mande-as de volta ao pai.

— Isso eu não farei — disse —, a menos que eles queiram ir. A disputa é tanto deles quanto minha.

— Qual é a disputa? — perguntou Kay.

— É a Fada Morgana — disse. — É difícil explicá-la.

— Eu não tentaria.

Robin voltou-se zangado para sua amada.

— Marian — disse. — Ou temos a ajuda deles ou deixamos os outros três sem ajuda. Não quero pedir aos meninos para irem até lá, mas é isso ou deixar Tuck com ela.

Wart achou que era o momento de fazer uma pergunta delicada, assim que deu uma tossida discreta e disse:

— Por favor, quem é a Fada Morgana?

Os três responderam ao mesmo tempo.

— É uma malvada — disse Little John.

— É uma fada — disse Robin.

— Não é não — disse Marian. — É uma feiticeira.

— A questão é que ninguém sabe exatamente o que ela é. Na minha opinião, é uma fada — disse Robin. — E essa opinião — acrescentou, olhando para a mulher — eu mantenho.

Kay perguntou:

— Quer dizer que ela é uma dessas pessoas que usa jacintos como chapéus e passam o tempo todo sentadas em cogumelos venenosos?

A risada irrompeu.

— Certamente que não. Essas criaturas não existem. A Rainha é de verdade, e uma das piores.

— Se os meninos têm que se meter nisso — disse Marian —, é melhor que você explique desde o começo.

O fora da lei soltou um profundo suspiro, descruzou as pernas, e o olhar enigmático voltou ao seu rosto.

— Bem — disse —, suponham que Morgana seja a rainha das fadas, ou de alguma maneira tem a ver com elas, e que as fadas não são o tipo de criaturas que sua ama lhes contou. Algumas pessoas dizem que elas são As Mais Velhas de Todos, que viviam na Inglaterra antes da chegada dos romanos — antes de nós, saxões, antes dos próprios Antigos — e que foram empurradas para os subterrâneos. Alguns dizem que parecem humanas, como anões, e outros dizem que parecem pessoas comuns, e outros dizem que não se parecem com nada, mas assumem várias formas conforme lhes convém. Seja o que for que pareçam, possuem a sabedoria dos antigos celtas. Lá dentro de suas tocas, sabem de coisas que a raça humana já esqueceu, e boa parte delas não são boas de ouvir.

— Fale baixo — disse a senhora dourada, com um estranho olhar, e os jovens notaram que o pequeno círculo se estreitou.

— Bem, agora — disse Robin, abaixando a voz —, a questão sobre essas criaturas das quais estou falando, e vocês me desculpem mas não voltarei a mencioná-las, é que não têm coração. Não é tanto que queiram fazer o mal, mas se você agarrar uma e abrir seu peito, não vai achar nenhum coração lá dentro. Têm o sangue frio como os peixes. — Estão por toda a parte, mesmo quando as pessoas estão falando.

Os meninos olharam ao redor.

— Fiquem quietos — disse Robin. — Não preciso lhes dizer mais nada. Dá má sorte falar delas. A questão é que acredito que essa Morgana é a rainha dos... bem... das Boas Gentes, e sei que às vezes ela vive em um castelo ao norte da nossa floresta, chamado Castelo Chariot. Marian acha que a rainha não é exatamente uma fada, mas uma necromante amiga delas. Outras pessoas dizem que ela é filha do Conde da Cornualha. Não se preocupem com isso. O que importa é que nesta manhã, com seus encantamentos, o Povo Mais velho de Todos levou como prisioneiro um dos meus servos e um dos seus.

— Não o Tuck? — gritou Little John, que não sabia dos acontecimentos recentes porque tinha ficado de sentinela.

Robin assentiu com a cabeça.

— A notícia chegou das árvores do norte, antes que chegasse sua mensagem sobre os jovens.

— Ai de mim, pobre Frei!

— Conte como aconteceu — disse Marian. — Mas talvez seja melhor você explicar os nomes.

— Uma das poucas coisas que sabemos — disse Robin — sobre as Abençoadas é que atendem por nomes de animais. Por exemplo, podem ser chamadas de Vaca, ou Bode, ou Porco, e assim por diante. Então, se você estiver chamando uma de suas próprias vacas, deve sempre apontar para ela quando chamar. De outra forma, pode estar invocando uma fada — uma Pessoinha, eu deveria ter dito — que atende pelo mesmo nome, e, uma vez que a invoque, ela vem e pode levá-lo.

— O que aparentemente aconteceu — disse Marian, continuando a história — é que o seu Menino-Cão lá do castelo levou seus cães de caça para a borda da floresta, onde iriam defecar, e por acaso viu o Frei Tuck conversando com um velho chamado Wat, que vive por ali...

— Desculpem — gritaram os dois meninos —, será o velho que vivia em nossa aldeia antes de perder o juízo? Ele arrancou o nariz do Menino-Cão com uma mordida, na verdade, e agora vive na floresta, uma espécie de ogro.

— É a mesma pessoa — respondeu Robin —, mas coitado... Não é bem um ogro. Vive de ervas e raízes e bolotas e não machucaria uma mosca. Acho que contaram uma história errada para vocês.

— Imagine Wat vivendo de bolotas!

— O que aconteceu — disse Marian, com paciência — foi isto: os três se juntaram para passar o tempo, e um dos cães de caça (acho que era o que chamam de Cavall), começou a pular em cima do pobre Wat, para lamber seu rosto. Isso assustou o velhote, e o seu Menino-Cão gritou, "Venha cá, Cachorro!" para fazer com que parasse. E não apontou com o dedo. Ele devia ter apontado, entende.

— E o que aconteceu?

— Bem, meu homem Scathelocke, ou Scarlett, como o chamam nas baladas, estava cortando madeira ali por perto e diz que eles desapareceram, simplesmente desapareceram, incluindo o cachorro.

— Meu pobre Cavall!

— Então as fadas os aprisionaram.

— Você quer dizer o Povo da Paz.

— Desculpe.

— Mas a questão é que se Morgana é realmente a rainha dessas criaturas, e se queremos trazê-los de volta antes que sejam encantados — uma de suas antigas rainhas chamada Circe costumava transformar seus cativos em porcos —, temos que procurá-los no castelo dela.

— Então, temos que ir até lá.

11

Robin sorriu para o menino mais velho e deu-lhe uma palmada nas costas, enquanto Wart pensava desesperançado em seu cachorro. O fora da lei pigarreou e começou a falar outra vez.

— Você está certo quanto a ir até lá — disse —, mas tenho que lhes contar a parte desagradável. Ninguém pode entrar no Castelo Chariot, exceto um garoto ou uma garota.

— Quer dizer que você não pode entrar lá?

— Vocês podem.

— Suponho — explicou Wart quando pensou sobre o assunto — que seja como essa coisa dos unicórnios.

— Certo. O unicórnio é um animal mágico, e somente uma donzela pode capturá-lo. As fadas também são mágicas e só pessoas inocentes podem entrar em seus castelos. É por isso que levam as crianças de berço.

Kay e Wart sentaram-se em silêncio por algum tempo. Depois Kay disse:

— Bem, estou dentro. Afinal, é minha aventura.

Wart disse:

— Também quero ir. Gosto muito do Cavall.

Robin olhou para Marian.

— Muito bem — disse. — Não vamos fazer muito alarde sobre isso, mas temos que conversar sobre planos. Acho que é bom para vocês irem realmente sem saber no que estão se metendo, mas não vai ser tão ruim quanto imaginam.

— Iremos com vocês — disse Marian. — Nosso bando vai acompanhá-los até o castelo. Vocês só vão ter que fazer a parte final da entrada.

— Sim, e o bando provavelmente vai ser atacado depois pelo grifo dela.

— Ela tem um grifo?

— Realmente, lá tem um. O Castelo Chariot é guardado por um bem feroz, como um cão de guarda. Temos que passar sem que ele nos veja no caminho de ida, senão ele dará o alarme e vocês não conseguirão entrar. Vai ser uma tremenda entrada furtiva.

— Teremos que esperar anoitecer.

Os jovens passaram uma manhã agradável, acostumando-se com dois dos arcos de Marian. Robin insistiu nisso. Disse que nenhum homem podia disparar com o arco do outro assim como não conseguia ceifar com a foice do outro. Na refeição do meio-dia comeram carne de caça fria com hidromel, como todo mundo. Os fora da lei foram aparecendo para a refeição como se obedecessem a um truque de mágica. Em um momento não havia ninguém na borda da clareira e, no seguinte, meia dúzia estava lá — homens queimados de sol e vestidos de verde que apareciam silenciosamente de dentro de uma moita ou desciam das árvores. No final havia quase cem deles, comendo alegremente e rindo. Eram fora da lei não porque fossem assassinos, ou por alguma razão parecida. Eram saxões que se revoltaram contra a conquista de Uther Pendragon e se recusavam a aceitar um rei estrangeiro. Os pântanos e as florestas selvagens da Inglaterra estavam cheios deles. Eram como os soldados da resistência em outras ocupações. A comida era servida em um caramanchão, onde Marian e seus ajudantes cozinhavam.

Os guerrilheiros, em geral, colocavam uma sentinela para receber as mensagens nas árvores e dormiam durante a tarde, em parte porque muito da sua caçada tinha que ser feita em horas nas quais a maioria dos trabalhadores dormia, e em parte porque os animais selvagens tiram uma soneca à tarde, e assim devem fazer seus caçadores. Nessa tarde, entretanto, Robin chamou os meninos para uma conversa.

— Olhem — disse —, é bom que saibam como vamos fazer. Meu bando de cem vai marchar com vocês até o castelo da Rainha Morgana, em quatro grupos. Vocês dois estarão no grupo de Marian. Quando chegarmos a um carvalho que foi atingido por um raio no ano da grande tempestade, estaremos a um quilômetro e meio do lugar onde o grifo fica de guarda. Vamos nos encontrar lá, e depois teremos que nos movimentar como sombras. Teremos que passar pelo grifo sem dar alarme. Se conseguirmos isso e tudo for bem, vamos parar a cerca de uns quatrocentos metros do castelo. Não podemos nos aproximar mais, por causa do ferro na ponta de nossas flechas, e a partir daí vocês terão que ir sozinhos.

— Agora, Kay e Wart, devo explicar a vocês sobre o ferro. Se nossos amigos foram realmente capturados por... pelas Boas Pessoas... e se a Rainha Morgana for realmente sua rainha, temos uma vantagem do nosso lado. Nenhuma das Boas Pessoas suporta a proximidade do ferro. A razão disso é que os Mais Velhos de Todos começaram nos dias da pedra, antes que o ferro fosse inventado, e todos os seus problemas vieram com o novo metal. Os povos que os venceram tinham espadas de aço (que é ainda melhor que o ferro), e foi assim que conseguiram expulsar os Velhos para os subterrâneos.

— Essa é a razão pela qual temos que ficar distantes esta noite, para não provocarmos neles nenhuma sensação desconfortável. Mas vocês dois, com uma faca escondida à mão, estarão a salvo da Rainha, desde que não a deixem cair. Um par de pequenas facas não vai provocar alarme, a menos que sejam mostradas. Tudo o que terão que fazer é caminhar o último trecho segurando bem seu ferro; entrar no castelo com segurança; achar o caminho até a cela onde os prisioneiros estão. Logo que os prisioneiros estiverem protegidos por seu metal, poderão caminhar com vocês. Estão compreendendo, Kay e Wart?

— Sim, sim — disseram os dois. — Compreendemos tudo perfeitamente.

— Há mais uma coisa. O mais importante é segurar o ferro, mas a coisa mais importante depois disso é não comer. Quem come qualquer coisa na fortaleza sabe que tem que ficar lá para sempre, então, para o bem de todos, não comam nada que esteja dentro do castelo, mesmo que pareça muito apetitoso. Vão se lembrar disso?

— Vamos sim.

Depois desse esclarecimento, Robin saiu para dar ordens a seus homens. Fez um longo discurso para eles, explicando sobre o grifo e a caminhada furtiva e sobre o que os meninos fariam.

Quando terminou o discurso, que foi ouvido em perfeito silêncio, uma coisa estranha aconteceu. Ele começou novamente do começo e falou do começo ao fim com as mesmas palavras. Quando terminou a segunda vez, disse:

— Agora, capitães.

Os cem homens se dividiram em grupos de vinte que se dirigiram a diferentes partes da clareira e rodearam Marian, Little John, Much, Scarlett e Robin. De cada grupo elevou-se um rumor forte.

— Que será que estão fazendo?

— Escuta — disse Wart.

Estavam repetindo o discurso, palavra por palavra. Provavelmente nenhum deles podia ler ou escrever, mas haviam aprendido a escutar e a lembrar. Era dessa maneira que Robin mantinha contato com seus combatentes noturnos, sabendo que cada homem sabia de cor tudo o que o próprio líder sabia, e assim podia confiar que, se necessário, cada homem poderia agir sozinho.

Quando os homens repetiram suas instruções, e todos sabiam todas as palavras do discurso, houve uma distribuição de flechas de guerra, uma dúzia para cada um. Essas flechas tinham cabeças maiores, afiadas como navalhas, e estavam aparelhadas com penas em uma ranhura quadrada. Houve uma inspeção dos arcos, e dois ou três homens receberam cordas novas. Depois tudo ficou em silêncio.

— Agora vamos — gritou Robin alegremente.

Acenou com o braço e os homens, sorrindo, levantaram os arcos em saudação. Depois houve um suspiro, um farfalhar, um galho extraviado que quebrou, e a clareira da tília gigante ficou tão vazia quanto tinha estado antes da chegada do Homem.

— Venham comigo — disse Marian, tocando os meninos no ombro. Atrás deles as abelhas zumbiam nas folhas.

Foi uma marcha longa. As clareiras artificiais que levavam à tília na forma de uma cruz já não eram mais úteis depois da primeira meia hora. Depois disso, tinham que abrir caminho pela floresta virgem da melhor maneira que podiam. Não seria tão ruim se pudessem empurrar e cortar os galhos para abrir caminho, mas deviam caminhar em silêncio. Marian mostrou como eles podiam ir de lado, um lado depois do outro; como parar de imediato quando uma sarça os agarrava, e como soltá-la com paciência; como pisar cuidadosamente e apoiar o peso naquela perna quando tivessem certeza de que não havia um graveto embaixo daquele pé; como distinguir de relance os lugares que pareciam dar passagem mais fácil; e como uma espécie de ritmo no movimento os ajudaria, apesar dos obstáculos. Apesar de haver uma centena de homens invisíveis ao redor, movendo-se na direção do mesmo objetivo, não escutavam outro som além do que faziam.

Os meninos tinham ficado aborrecidos no começo, ao serem incluídos no grupo de uma mulher. Preferiam ter ido com Robin, e achavam que ser colocados sob o comando de Marian era como serem cuidados por uma ama. Mas logo descobriram seu erro. Ela fizera objeções à ida dos dois, mas agora que a presença deles lhe fora ordenada, aceitou-os como companheiros. Em primeiro lugar, era impossível acompanhar seu ritmo, a menos que ela os esperasse — pois Marian podia se mover de quatro ou até mesmo se contorcer como uma cobra tão rapidamente quanto eles podiam caminhar —, e em segundo lugar, era um soldado completo, o que eles não eram. Era uma verdadeira *Weyve* — uma mulher fora da lei —, exceto pelos cabelos longos, que a maioria delas costumava cortar. Um dos conselhos que ela lhes deu antes que a conversa tivesse que parar foi este: mirem para o alto quando dispararem em uma batalha, e não para baixo. Uma flecha baixa bate no chão, uma alta pode matar na segunda fila.

"Se um dia eu tiver que casar" — pensou Wart, que tinha dúvidas sobre o assunto — "hei de me casar com uma garota como essa: um tipo de raposa dourada".

Na verdade, embora os meninos não soubessem disso, Marian podia piar como uma coruja, soprando na mão fechada, ou dar um assovio agudo entre a língua e os dentes com os dedos no canto da boca; podia chamar todos os pássaros imitando o pio deles e compreendia muito do seu linguajar — como quando os chapins avisam que uma águia está chegando; e podia dar cambalhotas. Mas nenhuma dessas façanhas era necessária naquele momento.

O lusco-fusco chegou com uma garoa — era a primeira garoa do outono —, e na escuridão as famílias dispersas da coruja-marrom chamavam uns aos outros, os pequenos com guinchos e os mais velhos com o adequado hoooorooo, hoooroooo. O ruído de tuuuviii, tuuu-vooo, que os poetas atribuem à coruja, na verdade é um som de família, feito por vários pássaros. Proporcionalmente, à medida que sarças e obstáculos ficavam mais difíceis de ver, passavam a ser mais fáceis de sentir. Era estranho, mas no silêncio cada vez mais profundo, Wart descobriu que era mais capaz de se movimentar silenciosamente, em vez de menos. Ao ficar reduzido ao toque e ao ruído, viu que era mais sensível a estes, e que podia ir mais silenciosa e rapidamente.

Era por volta das completas ou, como a chamaríamos, umas nove horas da noite — e haviam percorrido pelo menos onze quilômetros na fatigante floresta —, quando Marian tocou Kay no ombro e apontou na escuridão azulada. A essa altura, eles conseguiam ver no escuro tão bem quanto seres humanos podem, e muito melhor do que os citadinos jamais conseguirão, e lá estava diante deles, alcançado depois de onze quilômetros na floresta sem trilhas pelas habilidades de Marian, o carvalho atingido. Decidiram, sem nenhum murmúrio, alcançá-lo tão silenciosamente que nem mesmo os membros de seu próprio exército, que talvez já estivessem lá esperando, ouviriam sua chegada.

Mas o homem imóvel tem vantagem sobre o homem em movimento, e mal tinham chegado às pontas das raízes quando mãos amigas os receberam, bateram em suas costas tão levemente como uma penugem, e os guiaram para se sentarem. As raízes estavam cheias de gente. Era como ser membro de um bando de estorninhos, ou de gralhas empoleiradas. No mistério da noite, uma centena de homens respirava ao redor de Wart, como o pulsar do próprio sangue que podemos escutar quando lemos ou escrevemos a altas horas. Estavam no útero escuro e silencioso da noite.

Naquele instante, Wart notou que os gafanhotos chirriavam sua nota aguda, tão baixo que era quase inaudível, como o guincho do morcego. Chirriavam um depois do outro. Depois que Marian chirriou três vezes por conta de Kay, Wart e dela mesma, chirriaram mais cem vezes. Todos os fora da lei estavam presentes, e era o momento de avançar.

Ouviu-se um farfalhar, como se o vento tivesse movido as últimas folhas do carvalho de novecentos anos. Em seguida, uma coruja piou baixinho, um rato-do-campo guinchou, um coelho bateu os pés, uma raposa latiu sua tosse rouca como a de um leão, e um morcego guinchou acima de suas cabeças. As folhas farfalharam de novo, pelo tempo necessário para se contar até cem, e então Marian, que fizera o bater de pés do coelho, ficou rodeada por seu bando de mais de vinte. Wart sentiu um homem, de cada lado seu, segurar suas mãos, enquanto permaneciam em círculo, e depois notou que o chirriar dos gafanhotos recomeçara outra vez. O ruído ia em círculo, em sua direção e, quando o último gafanhoto esfregou as patas no chirrio, o homem à sua direita apertou sua mão. Wart chirriou. Imediatamente, o homem à sua esquerda fez o mesmo, e também apertou-lhe a mão. Foram vinte e dois gafanhotos, antes que o bando da Donzela Marian estivesse pronto para partir em sua última caminhada através do silêncio.

A última etapa da caminhada poderia ter sido um pesadelo, mas para Wart foi o paraíso. De repente, viu-se na exaltação da noite, e sentia-se incorpóreo, silencioso, transportado. Sentia que podia chegar até um coelho que se alimentava e agarrá-lo pelas orelhas, peludo e chutando, antes que ele percebesse sua presença. Sentia que poderia correr entre as pernas dos homens a seus dois lados, ou lhes tirar as brilhantes adagas das bainhas, enquanto eles se mexiam sem se dar conta disso. A paixão do segredo noturno era um vinho em suas veias. Era realmente pequeno e jovem o suficiente para se mover tão secretamente quanto os guerreiros. A idade e o peso deles os fazia moverem-se lentamente, apesar de toda experiência de vida na floresta, e a juventude e leveza de Wart o fazia mais móvel, apesar de sua falta de prática.

Era uma caminhada fácil, exceto pelo perigo. Os arbustos rareavam e as samambaias ruidosas raramente cresciam na terra pantanosa, e assim podiam movimentar-se três vezes mais rápido. Avançavam como em um sonho, sem ter por guia os pios das corujas ou o guincho dos morcegos, mas mantidos juntos pelo ritmo obrigatório que a floresta adormecida lhes impunha. Alguns deles estavam temerosos, outros vingativos por conta dos camaradas feitos prisioneiros e alguns, na verdade, como se não tivessem corpos, no sonambulismo da ação furtiva.

Mal tinham se esgueirado uns vinte minutos quando Marian parou de avançar. Apontou para a esquerda.

Nenhum dos meninos lera o livro de Sir John de Mandeville, portanto, não sabiam que um grifo era oito vezes maior que um leão. Agora, olhando à esquerda na sombra silenciosa da noite, viram recortado contra o céu e as estrelas algo que jamais teriam acreditado possível. Era um jovem grifo em sua primeira plumagem.

A parte frontal, e dali até as patas dianteiras e o ombro, assemelhava-se a um enorme falcão. O bico persa, as longas asas, das quais a primeira rêmige dianteira era a mais longa, e as poderosas garras, tudo era igual ao falcão mas, como observou Mandeville, o todo tinha oito vezes o tamanho de um leão. A partir dos ombros, acontecia uma mudança. Onde um falcão comum ou uma águia se contentaria com as doze penas de sua cauda, esse *falco leonis serpen*tis começava a apresentar o corpo leonino e as patas traseiras da fera da África e, depois disso, uma cauda de serpente. Com seus sete metros de altura sob o luar misterioso, a cabeça adormecida inclinada sobre o peito, de forma que o bico perverso repousava sobre as penas do peito, os meninos viram um autêntico grifo que valia muito mais a pena ver do que uma centena de condores. Os dois soltaram a respiração entre os dentes e se apressaram, guardando nos recônditos da memória a visão majestosa de terror.

Finalmente, estavam perto do castelo, e chegou o momento em que os fora da lei tinham que se deter. O capitão tocou silenciosamente as mãos de Kay e Wart, e os dois avançaram pela floresta que ficara rarefeita, na direção de um brilho fraco que se via para além das árvores.

Encontraram-se em uma ampla clareira ou planície. Pararam de chofre, surpresos com o que viram. Era um castelo inteiramente feito de comida, exceto que, na torre mais alta, estava pousado um urubu, com uma flecha no bico.

Os Mais Velhos de Todos eram glutões. Provavelmente porque raramente tinham o suficiente para comer. Pode-se ler até hoje um poema escrito por um deles, conhecido como a Visão de Mac Conglinne. Nessa visão há uma descrição do castelo feito com diferentes tipos de comida. A parte inglesa do poema é assim:

Um lago de leite fresco contemplo
Nas brumas de uma planície macia
Vejo uma casa bem construída
Telhada com manteiga

Duas suaves portas de pudim de creme,
Batentes de coalhada e manteiga.
Camas de glorioso toucinho,
Muitos escudos finos de queijo prensado.

Sob as amarras desses escudos
Homens feitos de queijo fresco e doce,
Homens que não saberiam ferir um Celta,
Portando lanças de macia manteiga velha.

Um enorme caldeirão cheio de carne
(Pensei em me atracar com ele),
Cozia folhudas couves amarronzadas,
Um vaso de leite cheio até a borda.

Uma casa de bacon de quarenta costelas,
Um trançado de tripas — suporte de panela —
Com todas as comidas agradáveis ao homem,
Me parecia que de tudo havia nela.

De linguiças eram feitos
Seus belos caibros,
Esplêndidas as traves e os pilares
De deliciosa carne de porco.

Os meninos ficaram ali, maravilhados e nauseados, diante de tal fortaleza.

De um lago de leite, numa luz própria, fantasmagórica levantava-se um brilho gordurento e amanteigado. Era esse aspecto fantástico do Castelo Chariot que os Mais Antigos — sentindo, afinal, as facas escondidas — pensaram que seria tentador para as crianças. Era para tentá-las a comer.

O lugar cheirava como se fosse ao mesmo tempo um armazém, um açougue, uma fábrica de laticínios e uma peixaria. Era horrível para além da imaginação — doce, pegajoso e pungente —, de forma que eles não sentiram o menor desejo de provar nem mesmo uma partícula daquilo. A tentação verdadeira era fugir dali.

No entanto, havia prisioneiros a serem resgatados.

Passaram pela imunda ponte levadiça — de manteiga, e ainda com pelos de vaca — afundando até as canelas. Tremeram diante das tripas e dos miúdos. Apontaram as facas de ferro para os soldados feitos de queijo macio e doce, e estes fugiram.

Finalmente chegaram na câmara interna, onde a própria Fada Morgana estava estendida em sua gloriosa cama de toucinho.

Era uma mulher de meia-idade, gorda e desleixada, com cabelos negros e um leve bigode, mas era feita de carne humana. Quando viu as facas, fechou os olhos bem fechados — como se estivesse em transe. Talvez, quando estivesse fora desse castelo muito estranho, ou quando não estivesse fazendo essa magia de tentar o apetite, ela fosse capaz de assumir formas mais bonitas.

Os prisioneiros estavam atados em incríveis pilares de carne de porco.

— Sinto muito se este ferro a está ferindo — disse Kay —, mas viemos resgatar nossos amigos.

A Rainha Morgan estremeceu.

— Diga a seus homens de queijo para desamarrá-los.

Ela não iria fazer isso.

— É magia — disse Wart. — Você acha que devemos ir até lá e beijá-la ou fazer algo assim horrível?

— Talvez se fôssemos até lá e a tocássemos com o ferro?

— Você faz isso.

— Eu não. Você.

— Vamos juntos.

Então eles se deram as mãos para se aproximar da Rainha. Ela começou a se contorcer como uma lesma. Estava agoniada diante do metal.

Finalmente, e justamente quando a alcançavam, houve um ribombo ou murmúrio de água e lama — e toda a aparência fantástica do Castelo Chariot se dissolveu e sumiu, deixando os cinco humanos e um cachorro de pé, parados no meio da clareira da floresta, que ainda cheirava vagamente a leite azedo.

— Deus do céu! — disse Frei Tuck. — Deus do céu e mais! Vou para o inferno se não acreditei que estávamos liquidados!

— Mestre! — disse o Menino-Cão.

Cavall se contentou em latir selvagemente, mordendo-lhe os calcanhares, deitando de costas e tentando balançar o rabo nessa posição e se portando, no geral, como um idiota. O velho Wat tocava sua juba.

— Então, foi isso — disse Kay —, essa foi minha aventura, e agora temos que voltar para casa rápido!

12

Mas a Fada Morgana, apesar de não suportar o ferro em sua forma de fada, ainda tinha o grifo. Em um passe de mágica, soltou-o de sua corrente dourada no momento em que seu castelo desapareceu.

Os fora da lei ficaram satisfeitos com o sucesso, e menos cuidadosos do que deveriam ser. Decidiram dar uma volta, passando longe de onde tinham visto o monstro amarrado, e marcharam pelas árvores sombrias sem pensar no perigo.

Houve um ruído como o de um trem de ferro apitando e, respondendo a isso — sobrepondo-lhe como a voz da fênix —, o trompete prateado de Robin começou a tocar.

— Tum, tum, turun tun tun, tututuntum — tocava o trompete. — Tara, tara, taratatá, taratatatá. Fi, fi. Fi, fi, firi fi fi.

Robin tocou sua música de caça e os arqueiros emboscados giraram quando o grifo atacou. Colocaram adiante os pés esquerdos e, no mesmo movimento, soltaram uma chuva de flechas que caiu como se fosse uma nevasca.

Wart viu a criatura cambalear, com uma flecha com mais de meio metro saindo de entre seus ombros. Viu sua própria flecha voar longe, e rapidamente se inclinou para pegar outra do cinto. Viu a fila de seus companheiros arqueiros oscilar como se obedecesse a um sinal preestabelecido, e cada homem se abaixou para pegar a segunda flecha. Escutou as cordas soarem novamente, o silvo das flechas no ar. Viu a falange de flechas brilhar como piscadelas à luz do luar. Até então, em toda a sua vida, ele só tinha atirado em alvos de palha que faziam um ruído de *fluut*! E sempre desejara ouvir o ruído que esses mísseis perfeitos e mortais fariam ao atingir carne sólida. Agora ouvia.

Mas o grifo tinha escamas duras como as de um crocodilo e só as flechas mais bem colocadas não resvalavam. O monstro continuava avançando. Soltava gritos agudos enquanto avançava. Os homens começaram a cair, jogados à esquerda e à direita pelo rabo que chicoteava.

Wart estava arrumando a flecha em seu arco. A pena de galo não se ajustava. Tudo se movia lentamente.

Ele viu o enorme corpo negro avançando contra o luar. Sentiu a garra que o atingiu no peito. Sentiu ele mesmo girar vagarosamente, com um peso cruel por cima dele. Viu o rosto de Kay em algum lugar naquele universo que girava, corado de excitação à lua das estrelas, e a Donzela Marian, do outro lado, com a boca aberta, gritando. Antes de resvalar para a escuridão, achou que ela gritava para ele.

Eles o tiraram de baixo do grifo morto e descobriram a flecha de Kay enfiada no olho do monstro. O grifo tinha morrido em pleno salto.

Então houve um momento em que ele se sentiu mal — enquanto Robin colocava sua clavícula no lugar e fazia uma tipoia com o pano verde de seu capuz —, e, depois disso, todo o bando foi dormir, todos mortos de cansaço, ao lado do cadáver. Era tarde demais para voltar ao castelo de Sir Ector, ou mesmo para regressar ao acampamento dos fora da lei na grande árvore. Os perigos da expedição tinham terminado e tudo o que podia ser feito naquela noite era acender fogueiras, postar sentinelas e dormir onde se encontravam.

Wart não dormiu muito. Sentou-se apoiado em uma árvore, observando as sentinelas vermelhas passando de lá para cá à luz das fogueiras, escutando suas senhas e pensando nos acontecimentos excitantes do dia. Estes giravam e giravam em sua cabeça, às vezes fora de ordem e de trás para frente, ou aos pedaços. Viu o grifo saltando, ouviu Marian gritando "Belo disparo!", escutou o zumbir das abelhas misturado com o chirrio dos gafanhotos, e disparou e disparou, centenas de milhares de vezes, em alvos que se transformavam em grifos. Kay e o Menino-Cão se mexiam, adormecidos ao seu lado, parecendo estranhos e incompreensíveis como acontece com as pessoas quando dormem, e Cavall, encostado em seu ombro são, lambia-lhe de vez em quando as faces quentes. A alvorada chegou devagar, tão devagar e pausadamente que era impossível determinar quando na verdade amanhecera, como acontecia nos meses de verão.

— Bem — disse Robin, depois que despertaram e comeram o desjejum de pão e carne de caça fria que haviam trazido —, você vai nos amar e nos deixar, Kay. Caso contrário, vou ter Sir Ector armando uma expedição contra mim para levar você de volta. Obrigado por sua ajuda. Posso lhe dar um presentinho de agradecimento?

— Foi ótimo — disse Kay. — Absolutamente ótimo. Posso levar o grifo que matei?

— É muito pesado para carregar. Por que não leva só a cabeça?

— Isso será suficiente — disse Kay — se alguém não se importar em cortá-la. É meu grifo.

— O que vai fazer com o velho Wat? — perguntou Wart.

— Depende do que ele queira fazer. Talvez queira ficar por contra própria e comer bolotas, como costumava, ou se quiser unir-se ao nosso bando teremos prazer em acolhê-lo. Ele fugiu da sua aldeia, de forma que não acho que queira voltar para lá. O que você acha?

— Se você quiser me dar um presente — disse Wart, lentamente —, eu gostaria de tê-lo. Você acha que isso seria certo?

— Na verdade, não acho certo — disse Robin. — Não acho muito bom dar pessoas de presente: elas podem não gostar. Pelo menos é assim que nós, saxões, sentimos. O que você quer fazer com ele?

— Não quero ficar com ele ou coisa assim. Sabe, tenho um tutor que é mago e pensei que poderia ser capaz de restaurar o juízo dele.

— Bom menino — disse Robin. — Claro que pode levá-lo. Sinto muito ter pensado mal de você. Pelo menos, podemos perguntar a ele se gostaria de ir.

Quando alguém foi buscar Wat, Robin disse:

— É melhor você mesmo falar com ele.

Trouxeram o pobre velho, sorrindo, confuso, horrendo e muito sujo, e o colocaram diante de Robin.

— Vá em frente — disse Robin.

Wart não sabia exatamente como colocar a questão, mas disse:

— Olhe, Wat, você gostaria de ir para casa comigo, por favor, só por um tempo?

— *Aba duga buga gufa lula* — disse Wat, puxando os cabelos, inclinando-se e balançando os braços em várias direções.

— Vem comigo?

— *Dib dub déb dob.*

— Jantar? — perguntou Wart, desesperado.

— Rrr! — gritou afirmativamente a criatura, e seus olhos brilharam de prazer com a perspectiva de receber algo para comer.

— Por ali — disse Wart, apontando na direção que sabia, pelo sol, ser a do castelo de seu protetor. — Jantar. Venha comigo. Eu levo.

— Mestre — disse Wat, lembrando-se de repente de uma palavra, a palavra que tinha se acostumado a dirigir aos grandes personagens que lhe presenteavam com comida, seu único meio de vida. Estava decidido.

— Bem — disse Robin —, foi uma grande aventura, e lamento que estejam indo. Espero vê-los novamente.

— Venham a qualquer hora — disse Marian —, quando estiverem aborrecidos. É só seguir as clareiras. E você, Wart, cuidado com essa clavícula durante alguns dias.

— Mandarei alguns homens com vocês até a borda da floresta — disse Robin. — Depois vão ter que ir por conta própria. Espero que o Menino-Cão possa carregar a cabeça do grifo.

— Adeus — disse Kay.

— Adeus — disse Robin.

— Adeus — disse Wart.

— Adeus — disse Marian, sorrindo.

— Adeus — gritaram os fora da lei, acenando com os arcos. E Kay e Wart e o Menino-Cão e Wat e Cavall e sua escolta partiram na longa jornada para casa.

Tiveram uma tremenda recepção. O regresso no dia anterior de todos os cães de caça, exceto de Cavall e do Menino-Cão, e a ausência de Kay e Wart tinham armado a maior confusão na casa. A ama ficara histérica. Até a meia-noite, Hob tinha percorrido as vizinhanças da floresta — os cozinheiros deixaram queimar o assado do jantar — e o sargento de armas tinha polido todas as armaduras duas vezes e afiado o corte de todas as espadas e de todos os machados para o caso de uma invasão. Finalmente, alguém pensou em consultar Merlin, que descobriram já em sua terceira soneca. O mago, para o bem da paz e para ter paz no resto do seu descanso, usara sua visão para contar a Sir Ector exatamente o que os meninos estavam fazendo, e quando se podia esperar que voltassem. Profetizou até os minutos do regresso.

Assim, quando a pequena procissão de guerreiros que regressava ficou à vista da ponte levadiça, foi saudada por todos da casa. Sir Ector estava parado no meio com uma grossa bengala, com a qual pretendia dar-lhes umas bordoadas por terem saído dos limites e provocado tanta confusão; a ama tinha insistido em trazer o estandarte que era costume içar quando Sir Ector voltava para casa das férias quando menino, e onde estava escrito Bem-Vindo ao Lar; Hob esquecera seus amados falcões e estava parado ao lado, protegendo os olhos de águia para ser o primeiro a vê-los; os cozinheiros e todo o pessoal da cozinha batiam em panelas e frigideiras, cantando "Não voltarás para casa?" ou outra música assim, mas fora do tom; o gato da cozinha miava; os cães tinham escapado do canil porque não havia ninguém para cuidar deles e se preparavam para caçar o gato da cozinha; o sargento de armas tinha o peito tão inchado de prazer que parecia capaz de explodir a qualquer momento, e ordenava a todos que se preparassem para a saudação quando ele dissesse, "Um, Dois!".

— Um, Dois! — gritou o sargento.

— Hurra! — gritaram todos, obedientemente, inclusive Sir Ector.

— Olhem só o que eu trouxe — gritou Kay. — Matei um grifo e Wart foi ferido.

— Au-au-au! — latiram os cães de caça, e pularam em cima do Menino-Cão, lambendo-lhe o rosto, arranhando-lhe o peito, cheirando-o todo para saber o que tinha acontecido com ele e olhando com esperanças para a cabeça do grifo que o Menino-Cão segurava bem alto para que não pudessem comê-la.

— Bendito seja! — exclamou Sir Ector.

— Ai de mim, meu pobre rouxinolzinho — gritou a ama, deixando cair o estandarte. — Coitado! Com seu braço numa tipoia verde, que Deus nos ajude!

— Está tudo bem — disse Wart. — Ah, não me abrace. Dói.

— Posso mandar empalhar? — perguntou Kay.

— Bem, com os diabos — disse Hob. — Não é o nosso velho Wat, o que ficou lunático?

— Meus queridos, queridos meninos — disse Sir Ector. — Estou tão feliz em vê-los de volta.

— Velho cabeça tonta — exclamou a ama, triunfante. — Onde meteu a bengala?

— Então! — disse Sir Ector. — Como se atreveram a sair dos limites e nos deixar aqui agoniados?

— É um grifo de verdade — disse Kay, que sabia que não havia nada a temer. — Matei dúzias deles. Wart quebrou a clavícula. Resgatamos o Menino-Cão e Wat.

— Isso é o resultado de minhas lições de arco e flecha para esses jovens — disse o sargento, orgulhoso.

Sir Ector beijou ambos os meninos e ordenou que o grifo fosse exibido diante dele.

— Bem! — exclamou. — Que monstro! Vamos empalhar e pôr na sala de jantar. Como disse que era o tamanho disso?

— Dois metros de orelha a orelha. Robin disse que deve ser um recorde.

— Vamos fazer uma crônica do feito.

— É um dos bons, não é? — comentou Kay, com uma calma estudada.

— Mandarei que Sir Rowland Ward o faça — disse Sir Ector, na maior alegria —, com uma pequena placa de marfim, com O PRIMEIRO GRIFO DE KAY, escrito com letras negras, e a data.

— Ora, deixai de criancice — exclamou a ama. — Vamos, Mestre Wart, meu inocente, vamos logo para vossa cama neste instante. E vós, Sir Ector, deveis vos envergonhar de estar brincando com cabeças de monstros como esse galinhão enquanto a pobre criança está à beira da morte. Vamos, sargento, pegue o cavalo e vá até Cardoyle buscar o cirurgião.

Ela sacudiu o avental para o sargento, que desinchou o peito e saiu enxotado como uma galinha.

— Está tudo bem — disse Wart. — Estou dizendo, é só uma clavícula quebrada, e Robin a colocou no lugar ontem à noite. Não está mais doendo.

— Deixe o menino em paz, ama — ordenou Sir Ector, ficando do lado dos homens contra as mulheres, ansioso por restabelecer sua superioridade depois do assunto da bengala. — Merlin cuidará dele se for preciso, sem dúvida. Quem é esse Robin?

— Robin Wood — exclamaram juntos os meninos.

— Nunca ouvi falar.

— Você o conhece como Robin Hood — explicou Kay, com ar de superioridade. — Mas na verdade é Wood, como a floresta da qual ele é o espírito.

— Ora, ora, ora, então vocês andaram metidos com esse malandro! Vamos tomar o desjejum, meninos, e me contem tudo sobre ele.

— Já tomamos — disse Wart —, horas atrás. Por favor, posso levar Wat comigo para ver Merlin?

— Bem, é o velho que ficou louco e foi viver na floresta. Onde é que vocês o encontraram?

— As Boas Gentes o capturaram com o Menino-Cão e Cavall.

— Mas nós matamos o grifo — Kay acrescentou. — Eu mesmo o matei.

— Então, agora quero ver se Merlin pode restabelecer o juízo dele.

— Mestre Wart — disse a ama com firmeza. Ela ficara sem fôlego com a repreensão de Sir Ector. — Mestre Wart, vosso quarto e vossa cama é para onde deveis ir, e já. Velhos bobos podem ser velhos bobos, pelo sim ou pelo não, mas não servi a Família por cinquenta anos para que me ensinem minhas obrigações. Ficar com caprichos por conta de um sem juízo enquanto vosso próprio braço pode estar caindo no chão!

"Sim, seu peru velho", acrescentou, voltando-se arrebatada para Sir Ector, "e vós podeis manter aquele mago longe do quarto do pobre garoto até ele descansar, isso podeis fazer!".

"Brincando com monstros e lunáticos", continuou a vitoriosa enquanto levava seu indefeso cativo para longe do campo de batalha. "Nunca vi coisa igual."

— Por favor, alguém diga a Merlin para cuidar do Wat — gritou a vítima por sobre os ombros, em tom cada vez mais débil.

Ele acordou em sua cama fresca, sentindo-se melhor. A velha brigona que cuidara dele tinha fechado as janelas com as cortinas, portanto o quarto estava escuro e confortável, e ele pôde perceber, por um raio dourado de sol que iluminava o chão, que já era tarde. Não se sentia apenas melhor. Sentia-se muito bem, tão bem que era impossível ficar na cama. Virou-se rapidamente para tirar o lençol, mas parou com o chiado ou arranhão do osso em seu ombro, que tinha esquecido durante o sono. Então levantou-se com mais cuidado, deslizando da cama e apoiando-se em uma mão para se erguer, enfiou os pés descalços nos chinelos e conseguiu enrolar mais ou menos um roupão no corpo. Saiu silenciosamente pelas passagens de pedra e subiu a gasta escada circular para encontrar Merlin.

Quando chegou à sala de aula, descobriu que Kay estava recebendo sua Ilustração de Alto Nível. Estava fazendo ditado pois, quando Wart abriu a porta, escutou Merlin pronunciando em tom medido a famosa mnemônica medieval:

— *Barabara Celarent Darri Ferioqui Prioris.*

E Kay dizendo:

— Espere um pouco. Minha pena está seca.

— Você vai apanhar — disse Kay, quando o viu. — Devia estar de cama, morrendo de gangrena ou coisa assim.

— Merlin — disse Wart. — Com Wat você fez o quê? Diga-me o quê.

— Você deve tentar falar sem assonâncias — disse o mago. — Por exemplo, "o menino pequenino está sozinho, coitadinho" é infeliz, mesmo como assonância. E sua frase é no mínimo ambígua. "O que é o quê?" Eu poderia responder como uma charada, ou se fosse o Rei Pellinore, "O que é o quê, quê?" É preciso ser muito cuidadoso com o jeito de falar.

Era evidente que Kay estava se saindo bem no ditado e que o velho cavalheiro estava de bom humor.

— Você sabe o que eu quis dizer — disse Wart. — O que você fez com o velhote sem nariz?

— Ele o curou — disse Kay.

— Bem — disse Merlin —, você pode chamar disso, ou não. É claro, quando já se viveu neste mundo tanto tempo quanto eu, e de trás para frente também, aprende-se uma ou duas coisas sobre patologias. Mas as maravilhas da psicologia analítica e da cirurgia plástica ainda são um livro fechado para esta geração, receio.

— O que você fez com ele?

— Oh, eu simplesmente o psicanalizei — respondeu, pomposo, o mago. — Isso, e claro, costurei narizes novos, nos dois.

— Que tipos de narizes? — perguntou Wart.

— Foi engraçado — disse Kay. — Ele queria usar o nariz do grifo para um, mas não deixei. Então, ele pegou os narizes dos dois leitões que vamos comer hoje à noite, e usou. Pessoalmente, acho que eles vão grunhir.

— Uma operação delicada — disse Merlin —, mas realizada com sucesso.

— Bom — disse Wart, duvidando. — Espero que esteja tudo bem. O que eles fizeram depois?

— Foram para o canil. O velho Wat sente muito pelo que fez com o Menino-Cão, mas diz que não se lembra de nada. Diz que de repente tudo ficou negro, quando uma vez as crianças estavam lhe jogando pedras, e que não se lembra de nada depois disso. O Menino-Cão o perdoou e disse que não se importava. De agora em diante, trabalharão juntos no canil e não pensarão mais no passado. O Menino-Cão diz que o velho foi bom para ele quando foram prisioneiros da Rainha das Fadas, e sabe que não devia ter jogado pedras nele, para começar. Diz que pensou muitas vezes nisso quando os outros garotos começaram a jogar pedras nele também.

— Bom — disse Wart —, fico feliz em saber que tudo terminou bem. Você acha que posso ir visitá-los?

— Pelos céus, não faça nada que chateie sua ama — exclamou Merlin, olhando ansiosamente para ele. — Aquela velha me atacou com uma vassoura quando fui ver você esta tarde, e quebrou meus óculos. Será que você não pode esperar até amanhã?

Na manhã seguinte, Wat e o Menino-Cão já eram os melhores amigos do mundo. A experiência comum de terem sido apedrejados pela multidão e depois atados a colunas de carne de porco pela Fada Morgana serviria como um elo entre os dois e tópico de lembranças, quando se deitavam entre os cachorros à noite, para o resto de suas vidas. Também, pela manhã, tinham arrancado os narizes que Merlin gentilmente lhes dera. Explicaram que se acostumaram a não ter nariz e que, além disso, preferiam viver com os cachorros.

13

Apesar de seus protestos, o infeliz inválido ficou confinado em seu quarto por três dias mortais. Ficava sozinho, exceto na hora de dormir, quando Kay vinha, e Merlin se viu limitado a gritar seus ensinamentos através do buraco da fechadura, nos momentos que sabia que a ama estava ocupada lavando roupas.

A única diversão do menino era os formigueiros — aqueles entre vidros que tinha trazido quando regressou do chalé de Merlin na floresta.

— Será que você não poderia me transformar em outra coisa enquanto estou trancado aqui? — gemia desesperado atrás da porta.

— Não posso fazer encantamentos através do buraco da fechadura.

— Através do quê?

— DO BURACO DA FECHADURA.

— Ah!

— Você está aí?

— Sim.

— Quê?

— Quê?

— Que confusão essa gritaria! — exclamou o mago, esmagando seu chapéu com os pés. — Que Castor e Pollux... Não, de novo não. Ai!, minha pressão...

— Você pode me transformar numa formiga?

— No quê?

— Uma FORMIGA! Esse é um encantamento pequeno, não é? Esse pode passar pelo buraco da fechadura?

— Não acho que deva fazer isso.

— Por quê?

— São perigosas.

— Você poderia me ver com sua visão de dentro e me trazer de volta se as coisas se complicarem. Por favor, me transforme em alguma coisa, ou acabo fraco da cabeça.

— Essas formigas não são normandas, meu jovem. Vieram da África. São beligerantes.

— E eu sei lá o que é beligerante.

Houve um longo silêncio atrás da porta.

— Bem — finalmente disse Merlin. — Ainda estamos muito no começo de sua educação. Mas em algum momento você teria que passar por isso. Deixe-me pensar. Existem dois formigueiros nessa geringonça?

— Existem dois pares de lâminas.

— Apanhe uma palha do chão e a coloque entre os dois formigueiros, como uma ponte. Já fez isso?

— Sim.

O lugar onde ele se encontrava parecia um grande campo de pedregulhos, com uma fortaleza achatada numa ponta — entre as placas de vidro. Penetrava-se na fortaleza por túneis na rocha e, em cima da entrada de cada túnel, havia um letreiro onde estava escrito:

TUDO O QUE NÃO É PROIBIDO É OBRIGATÓRIO

Ele leu o aviso com desagrado, apesar de não entender seu significado. Pensou consigo mesmo: vou explorar um pouco, antes de entrar. Por alguma razão, o aviso provocou nele uma relutância em avançar, fazendo o túnel tosco parecer sinistro.

Balançou cuidadosamente suas antenas, considerando o aviso, familiarizando-se com seus novos sentidos, plantando firmemente os pés no mundo dos insetos, como se para se agarrar nele. Limpou as antenas com as patas dianteiras, alisando-as e torcendo-as de tal maneira que parecia um vilão vitoriano torcendo os bigodes. Bocejou — pois as formigas bocejam e também se espreguiçam, como os seres humanos. Então, tomou consciência de algo que estivera aguardando ser percebido — que havia um ruído articulado em sua cabeça. Ou era um ruído ou um cheiro complicado, e a maneira mais fácil de explicar era dizer que parecia uma transmissão de rádio. Chegava através das antenas.

A música tinha um ritmo monótono como um pulsar, e as palavras que a acompanhavam eram sobre junho-punho-cunho, ou mamã-mamã-mamã, ou aqui-ali, ou lá-dá-cá. No começo, ele estava gostando, principalmente as que falavam de amor-flor-calor, até descobrir que não variavam. Depois de uma ou duas horas, isso o fez ficar enjoado.

Havia também uma voz em sua cabeça, durante as pausas da música, que parecia estar dando ordens. Dizia "Todos os que têm dois dias de idade devem se mover para a Ala Oeste", ou "Número 210397/WD deve se apresentar ao esquadrão da sopa, em substituição ao número 333105/WD que caiu do formigueiro". Era uma voz frutada, mas de alguma forma parecia impessoal — como se seu encanto fosse o resultado de uma longa prática, como um truque de circo. Era sem tom.

O menino, ou talvez devêssemos dizer a formiga, afastou-se da fortaleza logo que se sentiu preparado para zanzar por ali. Inquieto, começou explorando o deserto de pedregulhos, relutando em visitar o lugar de onde vinham as ordens, e também chateado com a visão estreita. Descobriu pequenos caminhos entre os pedregulhos, trilhas esparsas ao mesmo tempo sem sentido e propositais, que levavam ao depósito de grãos, e também em várias outras direções que ele não conseguia compreender. Uma dessas trilhas terminava num torrão com uma cavidade natural por baixo. Na cavidade — mais uma vez com a estranha aparência de propósito sem sentido — descobriu duas formigas mortas. Estavam deitadas e arrumadas, mas ao mesmo tempo desarrumadas, como se uma pessoa muito arrumada as tivesse levado até ali, e depois esquecido a razão quando lá chegou. Estavam dobradas, e não pareciam nem alegres nem tristes por estarem mortas. Estavam lá, como um par de cadeiras.

Enquanto observava os cadáveres, uma formiga viva desceu pela trilha carregando uma terceira.

A formiga disse:

— Salve, Barbarus!

O menino disse — Salve! — com educação.

Em um ponto, sobre o qual nada sabia, ele tinha sorte. Merlin se lembrara de lhe dar o cheiro adequado para esse formigueiro — pois, se cheirasse a qualquer outro formigueiro, teria sido morto imediatamente. Se a Senhorita Cavell fosse uma formiga, teria que escrever em sua estátua: O CHEIRO NÃO É SUFICIENTE.*

A nova formiga colocou o cadáver vagamente e começou a arrastar os outros dois em várias direções. Parecia não saber onde colocá-los. Ou melhor, sabia que uma certa arrumação devia ser feita, mas não conseguia imaginar como seria. Era como um homem com uma xícara de chá numa mão e um sanduíche na outra, querendo acender um cigarro com um fósforo. Mas quando o homem pensaria em deixar a xícara e o sanduíche — antes de pegar o cigarro e o fósforo — essa formiga deixaria o sanduíche e pegaria o fósforo, depois deixaria o fósforo no chão para pegar o cigarro, depois colocaria o cigarro no chão e levantaria o sanduíche, depois abaixaria a xícara e levantaria o cigarro, até finalmente abaixar o sanduíche e pegar o fósforo. A formiga tendia a depender de uma série de acidentes até alcançar seu objetivo. Era paciente e não pensava. Depois de ter colocado as três formigas mortas em várias posições, elas finalmente estariam alinhadas embaixo do torrão, e isso era o que tinha que fazer.

Wart observou esses arranjos primeiro com surpresa, depois com aflição e, finalmente, com desagrado. Queria perguntar como era possível não pensar nas coisas com antecedência — esse sentimento incômodo que as pessoas têm ao ver um serviço ser mal executado. Mais

* Edith Cavell, enfermeira britânica, é considerada uma heroína da Primeira Guerra Mundial. É muito conhecida também por uma de suas declarações: "Patriotismo não é suficiente." [N. T.]

tarde começou a desejar poder fazer várias perguntas, tais como "Você gosta de cuidar dos mortos?" ou "Você é um escravo?" ou mesmo "Você é feliz?"

A coisa extraordinária é que ele não podia fazer essas perguntas. Para poder fazê-las, teria que traduzi-las para a língua das formigas através das antenas — e descobria agora, com uma sensação de impotência, que não existiam palavras para o que queria dizer. Não havia palavras para felicidade, liberdade, gostar, assim como não havia palavras para seus opostos. Sentia-se como um mudo tentando gritar "Incêndio!". O mais próximo que conseguia chegar até mesmo de Certo e Errado era dizer Feito e Não Feito.

A formiga terminou de mexer com os cadáveres e voltou para a trilha, deixando-os jogados ao acaso. Então viu que Wart estava no caminho e parou, mexendo suas antenas em direção a ele, como se fosse um tanque. Com o rosto mudo e ameaçador como se fosse um elmo e com seu aspecto peludo, talvez fosse mais parecida com um cavaleiro de armadura ou com um cavalo de armadura, ou uma combinação dos dois: um centauro peludo de armadura.

A formiga disse novamente:

— Salve, Barbarus!

— Salve.

— O que você está fazendo?

O menino respondeu fielmente:

— Não estou fazendo nada.

A formiga ficou desconcertada com isso durante vários segundos, como você ficaria se Einstein lhe contasse suas últimas ideias sobre o espaço. Em seguida, estendeu os doze segmentos de sua antena e falou por cima dele para o azul.

Disse:

— 105978/UDC contatando do quadrado cinco. Tem uma formiga maluca aqui no quadrado cinco. Câmbio.

A palavra que usou para maluca foi Não-Feita. Mais tarde, Wart descobriria que havia apenas duas qualificações na linguagem, Feito e Não Feito, que se aplicavam a todas as questões de avaliação. Se as sementes que os coletores achavam eram doces, eram sementes Feitas. Se alguém as tivesse temperado com um pó venenoso, seriam sementes Não Feitas, e assim por diante. Mesmo os punhos, mamãs, flores etc. ficavam completamente descritas, nas irradiações, quando se declaravam que eram Feitas.

A irradiação parou um momento e a voz frutada disse:

— G. H. Q. respondendo a 105978/UDC. Qual é o número dela. Câmbio.

A formiga perguntou:

— Qual o seu número?

— Não sei.

Quando essa notícia foi transmitida para o quartel-general, veio uma mensagem dizendo para perguntar se ele podia fazer um relatório sobre si mesmo. A formiga perguntou a ele. Usou as mesmas palavras que a irradiação usara, e na mesma voz. Isso o fez sentir-se desconfortável e com raiva, duas emoções das quais não gostava.

— Sim — disse com sarcasmo, pois era óbvio que a criatura não percebia o sarcasmo —, caí de ponta-cabeça e não me lembro de nada.

— 105978/UDC relatando. Formiga Não Feita esqueceu de tudo porque caiu do formigueiro. Câmbio.

— G. H. Q. respondendo a 105978/UDC. Formiga Não Feita é o número 42436/WD, que caiu do formigueiro hoje de manhã quando trabalhava no esquadrão da papa. Se for competente para continuar com seus deveres — era mais fácil dizer "Se for competente para continuar seus deveres na linguagem das formigas", pois era simplesmente Feito, como tudo o mais que era Não Feito. Mas chega de questões de linguagem. — Se for competente para continuar com seus deveres, instrua 42436/WD para voltar para o esquadrão da papa, dispensando 210021/WD, que foi enviado para substituí-lo. Câmbio.

A criatura repetiu a mensagem.

Parece que Wart, mesmo se quisesse, não poderia ter dado explicação melhor do que dizer que tinha caído de ponta-cabeça, pois as formigas de vez em quando caem mesmo. Eram de uma espécie de formigas chamada *Messor Barbarus.*

— Muito bem.

A arrumadora de cadáveres não prestou mais atenção nele e se arrastou pela trilha atrás de outra formiga morta, ou qualquer outra coisa que precisasse ser removida.

Wart foi pelo caminho oposto, para unir-se ao esquadrão da papa. Memorizou seu próprio número e o número da unidade que teria que substituir.

O esquadrão da papa estava postado diante de uma das câmaras externas da fortaleza como se fosse um círculo de adoradores. Ele se uniu ao círculo, anunciando que 2100021/WD devia voltar para o formigueiro central. Depois, começou a se empanturrar com a papa doce, como os demais. Faziam a papa raspando as sementes que os outros tinham coletado, mastigando as migalhas até que estas se transformavam numa espécie de papa ou sopa, e depois engolindo-a para armazená-la em seu próprio papo. No início, a coisa lhe pareceu deliciosa, e começou a comer com vontade, mas depois de poucos segundos perdeu a graça. Não conseguia compreender por quê. Mastigava e engolia rapidamente, imitando o resto do esquadrão, mas era como se comessem um banquete de nada, ou como um jantar no palco, representado. De certa forma, era como um pesadelo, no qual se continuava a comer enormes quantidades de gororoba sem ser capaz de parar.

Uma procissão que ia e vinha circulava em torno da pilha de sementes. As formigas, depois de encherem o papo até a borda, caminhavam de volta para a fortaleza, substituídas por uma procissão de formigas vazias que vinham da mesma direção. Nunca apareciam formigas novas na procissão, apenas aquela mesma dúzia indo e voltando, como fariam durante a vida inteira.

De repente, ele compreendeu que o que comia não ia para seu estômago. Uma pequena proporção daquilo penetrara em seu ser privado no começo, mas agora o volume principal estava sendo armazenado numa espécie de estômago superior, ou papo, de onde podia ser removido. Ocorreu-lhe então que, quando entrasse na corrente que voltava, teria que vomitar a provisão em um balde ou coisa parecida.

O esquadrão da papa conversava entre si enquanto trabalhava. No começo, achou que isso era um bom sinal, e ficou atento para ouvir o que pudesse.

— Ah, Ark! — disse uma delas. — Nuss ouviduss chega de novuss a canção da mamã-mamã-mamã. Eu achuss essa canção mamamamã-mamã adorávelsss (Feita). É tão classudasss (Feita).

Outra observação:

— Eu achusss que nossa amada Líder é maravilhosa, concordasss? Dizem que ela foi picada maisss de trezentassss vezesss na última guerra, e recebeuss a Cruzzzz de Valor das Formigasss.

— Que sorte termusss nascidusss no formigueirusss "A", concordassss? Não seria horrorosusss ser uma dessassss horrorosassss "B"?

— Que coisa terrívelsss essa históriasss sobre 310099/wD! Eu achusss que é clarusss que ela foissss imediatamente executada, por ordem direta de nossa amada Líder.

— Ah, Ark! Aí vem de novusss aquela canção mamã-mamãmamã. Eu achusss...

Ele se dirigiu com o papo cheio para o ninho, deixando-as dar outra volta. Elas não tinham novidades, nenhum escândalo, nada sobre o que conversar. Ali não aconteciam novidades. Mesmo as observações sobre a execução eram feitas em fórmulas, e só variavam quanto ao número de registro da criminosa. Quando terminavam com a mamã-mamã-mamã, voltavam para a amada Líder, e depois para os imundos Barbarus B e para a última execução. E assim iam em círculo. Mesmo as amadas, maravilhosas e coisas assim eram todas Feitas, e as horríveis eram Não-Feitas.

O menino se viu no saguão da fortaleza, onde centenas e centenas de formigas estavam lambendo ou se alimentando nas creches, carregando larvas para as várias alas para conseguir uma temperatura estável e abrindo e fechando as passagens de ventilação. No meio, a Líder sentava-se complacentemente, pondo ovos, ouvindo as transmissões, dando instruções ou ordenando execuções, rodeada por um mar de adulação. [Mais tarde, ele aprendeu com Merlin que o método de sucessão entre essas Líderes variava de acordo com as diferentes espécies de formiga. Nas *Bothriomyrmex*, por exemplo, a ambiciosa fundadora de uma Nova Ordem invadiria um formigueiro de *Tapinoma* e pularia nas costas da antiga tirana. Ali, disfarçada pelo cheiro da invadida, lentamente cortava a cabeça da falecida, até adquirir para si mesma o direito à Liderança.]

Não havia nenhum balde para depositar a papa, afinal. Quando alguém queria uma refeição, o parava, fazia que abrisse a boca, e se alimentava direto dali. Não o tratavam como pessoa e, realmente, eram mesmo impessoais. Ele era um garçom-robô do qual os comedores-robôs se alimentavam. Nem mesmo seu estômago era seu.

Mas não precisamos entrar em muitos detalhes sobre as formigas — não é um assunto agradável. Basta dizer que o jovem continuou a viver entre elas, adaptando-se a seus hábitos, observando-as de forma a compreender o mais que pudesse, mas incapaz de fazer perguntas. Isso não apenas porque a linguagem delas não dispunha das palavras que interessavam aos humanos — seria *impossível* perguntar-lhes se acreditavam na Vida, na Liberdade e na Busca da Felicidade —, mas também porque era perigoso fazer perguntas. Para elas, uma pergunta era sinal de insanidade. A vida não era questionável: era dirigida. Ele rastejava do formigueiro para as sementes e depois de volta, exclamava que a canção da mamã era adorável, abria o papo para regurgitar e tentava compreender o mais que pudesse.

No meio da tarde, uma formiga exploradora zanzou pela ponte de palha que Merlin tinha ordenado que ele fizesse. Era uma formiga exatamente da mesma espécie, mas veio do outro formigueiro. Foi descoberta por uma das formigas coletoras e assassinada.

As irradiações mudaram depois de essa notícia ser divulgada — ou melhor, mudaram depois que espiãs descobriram que o outro formigueiro tinha um bom estoque de sementes.

Mamã-mamã-mamã foi substituída por *Terra das formigas, Terra das formigas acima de tudo,* e a corrente de ordens foi interrompida para dar lugar a palestras sobre a guerra, patriotismo ou sobre a situação econômica. A voz frutada disse que sua amada pátria estava sendo cercada por uma horda de Outros-Formigueiros imundos, no que o coro irradiado cantava:

Quando o sangue de outros jorrarem das picadas
Então tudo estará bem para as companheiras amadas.

Também explicava que a Formiga-Antepassada em sua sabedoria ordenara que os covardes dos Outros-Formigueiros deveriam sempre ser escravos dos Deste-Formigueiro. A pátria amada atualmente só contava com uma bandeja de alimentação — uma situação lamentável que tinha de ser remediada para a raça eleita não perecer. Uma terceira declaração dizia que a propriedade nacional Deste-Formigueiro estava ameaçada. Suas fronteiras prestes a serem violadas, seus animais domésticos, os besouros, a serem sequestrados, e seu estômago comunal a ser esvaziado. Wart escutou com atenção duas dessas transmissões, para que pudesse lembrar bem depois.

A. primeira estava arranjada da seguinte maneira:

A. Somos tão numerosos que estamos famintos.

B. Portanto, devemos encorajar famílias ainda maiores para que sejamos mais numerosos e mais famintos.

C. Quando formos tão numerosos e famintos como devemos ser, obviamente teremos o direito de tomar os estoques de sementes dos outros. Além do mais, teremos, então, um exército numeroso e faminto.

Só depois que esse exercício de lógica foi posto em prática, e a produção dos viveiros triplicado — ambos os formigueiros, nesse ínterim, recebendo de Merlin papa suficiente para todas as suas necessidades, pois temos que admitir que nações famintas nunca parecem estar tão famintas que não possam arranjar meios para adquirir armamentos muito mais caros do que as outras —, foi então que o segundo tipo de conferência começou.

Era assim que esta se desenrolava:

A. Somos mais numerosos que eles, portanto temos direito à sua papa.

B. Eles são mais numerosos que nós, portanto estão perversamente tentando roubar nossa papa.

C. Somos uma raça poderosa e temos o direito natural de subjugar esses fracotes.

D. Eles são uma raça poderosa e, contra a natureza, estão tentando subjugar nossa raça indefesa.

E. Temos que atacá-los como autodefesa.

F. Eles nos atacam ao se defenderem.

G. Se não atacarmos hoje, eles nos atacarão amanhã.

H. De qualquer forma, não estamos, de maneira alguma, atacando-os. Estamos lhes oferecendo benefícios incalculáveis.

Depois desse segundo tipo de palestra começaram os serviços religiosos. Estes datavam — como Wart descobriu mais tarde — de um passado tão fabuloso e antigo que dificilmente se poderia data-lo, um passado no qual as formigas ainda não tinham adotado o comunismo. Vinham de uma época em que as formigas eram como os homens, e alguns desses serviços eram muito impressionantes.

O salmo de um deles — começando, se relevarmos a diferença de linguagens, com as palavras bem conhecidas, "A Terra e tudo que há nela é da Espada, até onde alcançam os bombardeiros e o que lá bombardeiam" — terminava com a conclusão terrível: "Explodi vossas cabeças, Ó vós, Portões, e sejam explodidas vós, Portas Eternas, para que o Rei da Glória possa entrar. E quem é o Rei da Glória? Também o Senhor dos Fantasmas, Ele é o Rei da Glória".

Uma característica estranha é que as formigas comuns não se emocionavam com as canções, nem se interessavam pelas palestras. Aceitavam tudo isso como fatos naturais. Para elas, eram rituais, como as canções da mamã ou as conversas sobre a Amada Líder. Não percebiam essas coisas como boas ou más, excitantes, racionais ou terríveis. Não se importavam nadinha com elas, mas as aceitavam como Feitas.

O tempo da guerra logo chegou. As preparações estavam prontas, os soldados treinados ao máximo, as muralhas do formigueiro tinham slogans patrióticos pintados, como "Ferrões ou papa?" ou "Consagro-me a vós, meu Cheiro", e Wart estava desesperado. As vozes que repetiam dentro de sua cabeça, e que não podia desligar — a falta de privacidade quando alguns comiam do seu estômago e outros cantavam dentro do seu cérebro, o terrível vazio que substituía o sentimento, a privação de todos salvo dois valores, a monotonia total mais do que a maldade: isso tudo começou a matar a alegria de viver que pertencia à sua juventude.

Os terríveis exércitos estavam a ponto de entrar na batalha, para disputar as fronteiras imaginárias entre suas lâminas de vidro, quando Merlin veio salvá-lo. Com um passe de mágica, colocou o enfermo explorador do reino animal de volta à sua cama, e lá ele ficou, muito feliz por estar de volta.

14

No outono todos se preparavam para o inverno. De noite, passavam o tempo salvando os mosquitos-bernes das velas e candeeiros. Durante o dia, levavam as vacas para o restolho alto e as ervas daninhas que sobraram depois da ceifa. Os porcos eram levados para as clareiras da floresta, onde os jovens batiam nas árvores para fazer as bolotas caírem. Cada um tinha uma tarefa diferente. Do celeiro, chegava o invariável ritmo do mangual debulhando cereais; nos campos, os vagarosos e tremendamente pesados arados de madeira sulcavam para cima e para baixo, para a cevada e o trigo, enquanto os semeadores ritmadamente trabalhavam ao lado, com os alforjes pendurados nos pescoços, atirando com a mão direita por sobre o pé esquerdo e vice-versa. Grupos de forrageadores vinham atrás com carroças pesadas que enchiam com palhas, observando sabiamente que tinham de:

Pôr as palhas em casa antes de verão acabar
Para o gado no estábulo nela se deitar.

Enquanto outros arrastavam lenha para as lareiras do castelo. O ar da floresta vibrava com o som das marretas e cunhas.

Todos estavam felizes. Vistos de certa forma, os saxões eram escravos de seus senhores normandos — mas, se vistos de outra forma, eram como os trabalhadores agrícolas que hoje se viram com alguns xelins por semana. Mas nem o aldeão nem o trabalhador agrícola passavam fome quando o senhor era um homem como Sir Ector. Nunca foi boa política econômica para o proprietário de gado deixar seu gado passar fome, então por que um proprietário de servos faria isso com seus servos? A verdade é que até hoje o trabalhador agrícola resigna-se a receber tão pouco dinheiro porque não tem que dar sua alma em troca, na barganha — como aconteceria na cidade —, e a mesma liberdade de espírito se mantém no campo desde os primeiros tempos. Os aldeões eram trabalhadores. Moravam na mesma choça de um único cômodo com suas famílias, algumas galinhas, sujeira de porcos, ou uma vaca possivelmente chamada Crumbocke — algo realmente espantoso e não higiênico! Mas gostavam disso. Eram saudáveis, livres para respirar um ar sem fumaça de fábrica e, o que era mais importante para todos, seus interesses pessoais estavam ligados às suas habilidades no trabalho. Sabiam que Sir Ector tinha orgulho deles. Eram mais valiosos para ele que seu próprio gado e, como ele valorizava seu gado mais que qualquer coisa exceto os filhos, isso certamente significava muito. Ele caminhava e trabalhava ao lado de seus aldeões, pensava no seu bem-estar e distinguia o bom do mau trabalhador. De fato, era um verdadeiro fazendeiro — uma dessas pessoas que parecia que pagavam ao trabalhador tantos xelins por semana mas que, na verdade, pagavam mais da metade disso em horas extras voluntárias, proporcionavam uma cabana grátis e possivelmente davam presentes extras de leite e ovos e cerveja caseira.

Em outras partes de Gramarye, existiam, é claro, senhores déspotas e malvados — bandidos feudais que o Rei Arthur teria por destino castigar —, mas o mal estava nas pessoas más que abusavam, não no sistema feudal.

Sir Ector passava por essas atividades com expressão carrancuda. Quando uma velha senhora, que estava sentada na beira de um de seus campos de trigo para espantar as gralhas e os pombos, levantou-se de repente a seu lado com um guincho terrível, ele pulou vários centímetros no ar. Estava bem nervoso.

— Maldição! — disse Sir Ector. Depois, considerando o assunto com mais atenção, acrescentou em voz alta e indignada — Esplendor de Deus!

Tirou a carta do bolso e a leu novamente.

O Suserano do Castelo da Floresta Sauvage era mais que um fazendeiro. Era um capitão militar, pronto para organizar e liderar a defesa de suas terras contra os bandidos, e era também um esportista que, quando tinha tempo, tirava um ou dois dias para participar de justas. Sir Ector era também um M.F.H. — ou seja, Senhor de Cervos e de Cães de Caça — e caçava com sua própria matilha. Clumsy, Trowneer, Phoebe, Colle, Gerland, Talbot, Luath, Luffra, Apollon, Orthros, Bran, Gelert, Bounce, Boy, Lion, Bungey, Toby, Diamond e Cavall não eram cãezinhos de estimação. Eram os Cães de Caça da Floresta Sauvage, sem apelação, duas vezes por semana a serviço, caçando com seu Senhor.

Isso era o que a carta dizia, se a traduzirmos do latim:

Do Rei para Sir Ector etc.

Mandamos a vós William Twyti, nosso caçador, e seus companheiros, para caçar na Floresta Sauvage com nossos cães de caça de javalis *(canibus nostris porkericis)*, para que capturem dois ou três javalis. Vós deveis fazer que a carne que capturarem seja salgada e mantida em boas condições, mas as peles vós deveis branquear as que vos forem dadas, como o dito William vos dirá. E ordenamos que proporcioneis o necessário a eles pelo tempo que estiverem convosco por ordem minha, e o custo etc, deverá ser contado etc. Testemunhado na Torre de Londres, 20 de novembro, no décimo segundo ano de nosso reinado.

UTHER PENDRAGON
12 Uther.

Ora, a floresta pertencia ao Rei, que tinha todo o direito de mandar seus cães caçarem ali. Até porque mantinha uma boa quantidade de bocas famintas — em sua corte e seu exército —, de forma que era natural que desejasse o máximo de javalis, gamos, cabritos etc., para serem salgados conforme fosse possível.

O rei estava no seu direito. Mas isso não eliminava o fato de Sir Ector ver a floresta como *sua* floresta e se ressentir com a intrusão dos cães de caça reais — como se os seus não fossem suficientemente bons! Bastava o Rei encomendar um par de javalis, e ele ficaria feliz de oferecê-los. Temia que suas reservas de caça fossem perturbadas por um bando de selvagens cortesãos — nunca se sabe o que esses tipos da cidade são capazes de fazer —, e que o caçador do Reino, esse tal de Twyti, zombasse de suas humildes instalações de caça, perturbasse os criados da caça e talvez até mesmo interferisse na administração do seu canil. Na verdade, Sir Ector era tímido. E havia outra coisa. Onde guardar esses cães de caça reais? Será que ele, Sir Ector, teria que deixar ao relento seus próprios cães para poder colocar os do Rei em seu canil?

— Esplendor de Deus! — repetia, infeliz, o senhor. A coisa era tão ruim como pagar o dízimo.

Sir Ector enfiou a maldita carta no bolso e saiu da lavra batendo o pé. Os trabalhadores, observando-o ir-se, comentaram alegremente:

— Nosso velho senhor parece que não sabe mais para onde ir.

Era um detestável ato de tirania, isso é o que era. Acontecia todos os anos, mas era isso mesmo. Sempre resolvia o problema do canil da mesma maneira, mas ainda assim ficava preocupado. Teria que convidar seus vizinhos especialmente para o encontro, para parecer o mais impressionante possível aos olhos do caçador real, e isso significava ter que mandar mensageiros pela floresta até Sir Grummore etc. E teria que mostrar a caça. O Rei tinha escrito cedo, assim evidentemente pretendia enviar o sujeito logo no começo da estação. A estação só começava no dia 25 de dezembro. O sujeito poderia mesmo insistir num desses malditos encontros no dia depois do Natal — só exibição e nada de prático —, com centenas de pessoas a pé gritando e espantando o javali e pisando as sementes e acabando por perturbar a diversão. E como diabos ele iria saber, no começo de novembro, onde estariam os melhores javalis na época do Natal? Varas de javalis e porcos selvagens, você nunca sabia onde é que estavam. E outra coisa. O cão que seria usado no verão seguinte para a caça de cervos sempre era iniciado no Natal, na caçada de javalis. Era, de fato, o começo do seu treinamento — que passava por lebres e bichos menores, até a verdadeira presa —, e isso queria dizer que esse tal de Twyti viria com uns filhotes que só serviriam para atrapalhar todo mundo.

— Diacho! — disse Sir Ector, e pisou num poço de lama.

Ficou parado melancólico por ali, observando seus dois jovens tentando agarrar as últimas folhas do outono. Não tinham saído expressamente com essa intenção, e nem mesmo naqueles tempos distantes acreditavam realmente que a cada folha apanhada correspondia um mês feliz no ano seguinte. Só que, como o vento oeste espalhava para longe as folhas douradas, estas pareciam fascinantes e difíceis de agarrar. E pelo simples divertimento de agarrá-las, de gritar e rir e ficarem tontos ao olharem para o alto, e disparar para agarrar as criaturas que pareciam vivas ao girar para escapar, os dois saltavam como jovens faunos no final do ano. O ombro de Wart já estava novamente bom.

"O único tipo, que realmente poderia ser útil para mostrar ao caçador real uma caça realmente boa", refletiu Sir Ector, "era esse tal de Robin Hood. Robin Wood, como parecia que o chamavam agora algum modismo da hora, com certeza. Mas Wood ou Hood, esse era o sujeito que saberia onde encontrar um bom dentuço. Há meses ele andaria se banqueteando com as criaturas, disso não duvidava, mesmo que estivessem fora da estação".

Mas dificilmente poderia pedir a um sujeito que fizesse uma caçada e não convidá-lo para a festa. E o que diriam os caçadores do Rei e seus vizinhos se tivessem um guerrilheiro como colega convidado? Não que esse Robin Wood fosse mau sujeito: era um bom tipo e bom vizinho. Muitas vezes dera dicas para Sir Ector quando um bando de invasores se aproximava vindo dos Pântanos, e nunca incomodou o cavaleiro nem sua propriedade de maneira alguma. E que importava se caçasse um pouco de vez em quando? A floresta tinha seiscentos quilômetros quadrados, diziam, e isso era suficiente para todos. Viver e deixar viver era o lema de Sir Ector. Mas isso não mudava o pensar dos vizinhos.

Outra coisa era a confusão. Essas caçadas nas florestas praticamente artificiais de Windsor, onde o Rei caçava, poderiam ser muito divertidas, mas na Floresta Sauvage era coisa bem diferente. Suponha que os famosos cães de caça reais disparem atrás de um unicórnio ou algo semelhante? Todo mundo sabe que não se consegue agarrar um unicórnio sem uma donzela virgem como isca (caso em que o unicórnio simplesmente repousaria sua cabeça branca e chifre de madrepérola no colo dela), e assim os filhotes iam correr léguas e léguas pela floresta adentro sem alcançá-lo, e se perderiam, e o que diria Sir Ector a seu soberano? E não eram apenas os unicórnios. Havia também a Besta Gemente da qual todos tinham escutado falar muito. Se você tivesse a cabeça de uma serpente, o corpo de um leopardo, os quadris de um leão e os pés de cervo e fizesse um ruído como o de uma matilha de trinta pares de cães de caça, é de supor que uma boa quantidade de filhotes reais seria destroçada antes que você caísse. E seria bem-feito. E o que diria o Rei Pellinore se o Senhor William Twyti conseguisse realmente matar sua besta? Depois havia os pequenos dragões que viviam debaixo das pedras e chiavam como chaleiras — bichos perigosos, muito perigosos mesmo. Ou suponha que encontrassem um dos dragões bem grandes? E suponha que encontrassem um grifo?

Sir Ector encarou essas alternativas melancolicamente por algum tempo, e depois começou a se sentir melhor. Seria muito bom, concluiu, se o Senhor Twyti e seus cães detestáveis enfrentassem a Besta Gemente, sim senhor, e fossem todos devorados por ela. Todos eles.

Animado com essa visão, deu a volta pelas bordas do campo e marchou para casa. Na cerca onde a velha estava sentada para espantar gralhas, teve a sorte de ver alguns pombos se aproximando antes que ela os visse ou visse a ele, o que lhe deu oportunidade de soltar um grito tal que o fez sentir-se recompensado pelo próprio pulo causado pelo susto que ela lhe dera. Afinal, iria ser uma noite boa.

— Boa noite — disse Sir Ector, afável, quando a velha se recuperou o suficiente para lhe fazer uma mesura.

Sentiu-se tão bem depois disso que chamou o pároco, quando ia pela metade da rua da aldeia, e o convidou para jantar. Depois, subiu até o solário, que era sua câmara especial, e sentou-se pesadamente para escrever uma mensagem submissa ao Rei Uther, durante as duas ou três horas que lhe restavam antes da refeição. E levaria mesmo todo esse tempo, com todo o afiar das penas, o uso excessivo de areia para apagar os borrões, o subir até o alto da escada para perguntar ao mordomo como soletrar palavras, e o começar de novo se tivesse errado.

Sir Ector sentou-se no solário, enquanto a luz invernal lançava raios laranja sobre sua cabeça calva. Ficou garatujando e fazendo borrões, mordendo laboriosamente a ponta da pena enquanto a câmara do castelo escurecia a seu redor. Era tão grande quanto o saguão principal que estava embaixo, e podia ter grandes janelas abertas para o sul porque estava no segundo andar. Havia duas lareiras onde as toras cinzentas de madeira se avermelhavam com a retirada da luz solar. Em volta, alguns de seus cães favoritos fungavam em sonhos, ou se coçavam atrás de pulgas, ou roíam ossos de carneiro que arrastaram da cozinha. A falcoa-peregrina, encapuzada, estava no poleiro do canto, ídolo imóvel pensando em outros céus.

Se você fosse agora ao solário do Castelo Sauvage, o encontraria vazio de mobílias. Mas o sol ainda fluiria por aquelas janelas de pedra com sessenta centímetros de espessura e, quando cruzasse os caixilhos de madeira, refletiria neles um vivo colorido de arenito — a cor ambarina do tempo. Se você fosse ao antiquário mais próximo, poderia encontrar algumas boas imitações do mobiliário que supostamente esteve ali. Seriam arcas de carvalho e armários com painéis góticos com estranhas faces de homens ou anjos — ou demônios — esculpidas em preto, polidas com cera negra, carcomidas e brilhantes, testemunhas sombrias da vida passada em sua solidez de caixão. Mas a mobilia do solário não era assim. As cabeças de demônios estavam lá, assim como o drapejo esculpido nos painéis, mas a madeira seria seis, sete ou oito séculos mais nova. Portanto, na luz cálida do pôr do sol, não eram apenas os caixilhos que tinham um brilho ambarino. Todas as arcas da sala (que serviam para sentar quando se colocavam tapetes coloridos sobre elas) eram de carvalho novo e dourado, e as bochechas dos demônios e querubins brilhavam como se tivessem tomado um bom banho.

15

Era noite de Natal, véspera do dia da grande caçada. Deve-se lembrar que isso acontecia na velha Alegre Inglaterra de Gramarye, quando os barões rosados comiam com os dedos e faziam servir faisões com todas as penas da cauda balançando, ou cabeças de javali com as presas enfiadas novamente no assado — quando não havia desemprego porque havia poucas pessoas a empregar —, quando a floresta retinia com cavaleiros batendo nos elmos uns dos outros, e os unicórnios galopavam com seus pés prateados sob o luar invernal e sopravam seu hálito azul no ar gelado. Tais maravilhas eram grandes e tranquilizadoras. Mas na Velha Inglaterra havia ainda uma maravilha maior. O clima se comportava.

Na primavera, as florzinhas obedientemente brotavam nos prados, o orvalho brilhava e os pássaros cantavam. No verão, o tempo ficava maravilhosamente quente por pelo menos quatro meses e, se chovia, era apenas o suficiente para as necessidades agrícolas, e eles davam um jeito de fazer que só chovesse quando estivessem na cama. No outono, as folhas avermelhavam e sacudiam frente ao vento oeste, temperando de glória seu triste adeus. E no inverno, que legalmente se restringia a dois meses, a neve caía regularmente, com um metro de altura, mas nunca virava lama.

Era noite de Natal no Castelo Sauvage e, ao redor do castelo, a neve caía como devia cair. Pendia pesadamente das muralhas, como uma espessa cobertura sobre um bolo muito bom e, em alguns lugares convenientes, transformava-se em claros pingentes de gelo do maior comprimento possível. Pendurava-se nos galhos das árvores como bolas redondas, mais perfeitas que maçãs e, ocasionalmente, deslizava dos tetos da aldeia quando percebiam a oportunidade de cair sobre algum sujeito divertido e assim dar prazer a todos. Os rapazes faziam bolas de neve, mas nunca enfiavam pedras para machucar os outros, e os cães, quando levados a passear, mordiam-nas e rolavam nelas, e ficavam surpresos mas deliciados quando elas desapareciam nas camadas mais fundas. Patinavam no fosso, que rugia com os ossos deslizantes usados como patins, e castanhas quentes e ponche quente eram servidos nas margens para todo mundo. As corujas piavam. Os cozinheiros jogavam muitas migalhas para os passarinhos. Os aldeãos usavam seus cachecóis vermelhos. O rosto de Sir Ector brilhava ainda mais vermelho. E mais vermelhas que tudo brilhavam as lareiras dos chalés acesas na rua principal, à noite, enquanto o vento uivava lá fora e os lobos da Velha Inglaterra vagavam babando de forma adequada, ou às vezes espreitando pelos buracos de fechadura com seus olhos sanguíneos.

Era noite de Natal e todas as coisas que deviam ser feitas tinham sido feitas. A aldeia inteira fora cear no saguão. Havia cabeça de javali e carne de veado e porco e bife e carneiro e capões — mas não peru, já que esse pássaro ainda não tinha sido inventado. Havia pudim de ameixas e passas que deixavam as pontas dos dedos azuis, e quanto hidromel se desejasse. Haviam bebido à saúde de Sir Ector com "O maior respeito, Senhor", ou "Com os melhores cumprimentos natalinos, meus senhores e senhoras, e muitos". Houve murmúrios para se representar uma excitante história dramática na qual São Jorge, um Sarraceno e um Doutor divertido faziam coisas surpreendentes, e também um coro cantando "Adeste Fidelis" e "Canção da Donzela", com vozes altas e límpidas de tenor. Depois disso, as crianças que não tinham ficado enjoadas com o jantar brincaram de cabra-cega e outros jogos adequados, enquanto os jovens e donzelas dançavam danças folclóricas no centro, depois que removeram as mesas. Os velhos sentavam-se perto das paredes, segurando taças de hidromel e sentindo-se felizes por terem passado da idade dessas brincadeiras, danças e pulos, e as crianças que não tinham enjoado sentavam-se com eles e logo adormeciam, as pequenas cabeças reclinadas sobre os ombros. Na mesa principal Sir Ector sentava-se com os cavaleiros visitantes, que lá estavam para a caçada do dia seguinte, sorrindo e acenando e bebendo Borgonha ou xerez ou vinho fortificado.

Depois de um tempo, pediu-se silêncio para ouvir Sir Grummore. Ele levantou-se e cantou a canção da sua velha escola, entre grandes aplausos, mas esqueceu da maior parte da letra e teve que ficar murmurando por trás do bigode. Depois, o Rei Pellinore foi cutucado e ficou de pé e cantou timidamente:

Oh, nasci Pellinore no famoso Lincolnshire, terra excelente.
E por mais de dezessete anos, cacei a Besta Gemente.
Até que amigo fiquei de Sir Grummore
na melhor parte de um ano inclemente.
[Desde então] é meu prazer crescente
Numa cama de penas e mansamente
Dormir as noites em casa, minha gente.

— Sabem — explicou o Rei Pellinore, enrubescendo enquanto sentava-se com todos dando-lhe palmadinhas nas costas —, o velho Grummore me convidou à sua casa, o quê?, depois de termos feito uma boa justa juntos, e desde então deixei que minha Besta bestial morra por conta própria, quê?

— Muito bem — disseram todos. — Vive-se a própria vida enquanto se pode.

William Twyti, que chegara na noite anterior, foi chamado, e o famoso caçador levantou-se com a cara muito séria, e com os olhos vesgos fixos em Sir Ector, cantou:

Conhecem William Twyti
Com seu casaco ajustado?
Conhecem William Twyti
Que nunca chegou atrasado?
Sim, conheço William Twyti
Que devia ser amordaçado
Com seus cães e trompete mal tivesse chegado.

— Bravo! — gritou Sir Ector. — Ouviram só essa, hem? Disse que devia ser amordaçado, meu caro amigo. Raios me partam se não pensei que ele ia se gabar quando começou. Bons sujeitos, esses caçadores, não? Sirvam vinho para o Mestre Twyti, com meus cumprimentos.

Os meninos estavam agachados embaixo dos bancos, perto da lareira, Wart com Cavall em seus braços. Cavall não gostava do calor e da gritaria e do cheiro de hidromel e queria escapar, mas Wart o segurou firmemente porque precisava de algo para abraçar, e assim Cavall foi obrigado a ficar, arfando com a grande língua rosada de fora.

— Agora é a vez de Ralph Passelewe.

— O bom e velho Ralph.

— Quem matou a vaca, Ralph?

— Silêncio, por favor, para Mestre Passelewe falar.

Nesse instante, um velhote muito ágil levantou-se do canto mais distante e humilde do saguão, tal como se levantara em todas as ocasiões semelhantes no último meio século. Tinha pelo menos oitenta e cinco anos de idade, estava quase cego, quase surdo, mas ainda capaz e desejoso de cantar com voz trêmula a mesma canção que cantara para deleite da Floresta Sauvage desde antes de Sir Ector ser enrolado em uma espécie de faixa de linho em seu berço. Não o escutavam na mesa principal — estava longe demais no Tempo para ser capaz de fazer sua voz chegar ao outro lado do salão —, mas todos conheciam o que a voz rachada cantava, e todos adoravam. Isto é o que ele cantou:

Qua-quando o Velho Rei Cole pa-passeava na praça,
Vi-viu a be-bela dama pi-pisando na po-poça
E-ela le-levantou a sa-saia
Pa-para po-por cima pu-pular,
E aí e-ele viu se-seu to-tornozelo
Na-não foi uma lo-loucura?
Na-não pôde deixar de vê-lo. E-e ajudar.

A canção tinha uns vinte versos desse tipo, nos quais o pobre Rei Cole via cada vez mais coisas que não deveria ver, e todos aplaudiam no final de cada estrofe até que, ao acabar, o velho Ralph foi soterrado por congratulações e sentou-se sorrindo vagamente diante da taça reabastecida de hidromel.

Chegara o momento de Sir Ector encerrar as manifestações. Levantou-se com imponência e pronunciou o seguinte discurso:

— Amigos, rendeiros e outros. Desacostumado como sou de falar em público...

Houve um débil aplauso, pois todos reconheciam o discurso que Sir Ector fazia nos últimos vinte anos, e o recebiam como a um irmão.

— ...Desacostumado como sou de falar em público, é meu prazeroso dever — poderia dizer que é meu *muito* prazeroso dever — dar as boas-vindas a todos e a todo mundo presente a esta nossa festa caseira. Foi um bom ano, e digo sem medo de contradição, tanto no pasto como no arado. Todos sabemos que a vaca Cumbrocke da Floresta Sauvage ganhou o primeiro prêmio da Feira de Gado de Cardoyle pela segunda vez: mais um ano e ficaremos de vez com essa taça. Mais poder para a Floresta Sauvage. Agora que estamos sentados aqui esta noite, sinto a falta de alguns rostos que partiram e vejo alguns novos que foram acrescentados ao círculo familiar. Esses assuntos estão nas mãos da toda poderosa Providência, pela qual todos nos sentimos gratos. Nós mesmos primeiro fomos criados e depois poupados para nos juntarmos e desfrutarmos a festa desta noite. Penso que devemos todos agradecer pelas bênçãos que nos foram dadas. Esta noite temos em nosso seio o famoso Rei Pellinore, cujos labores para livrar nossa floresta da temível Besta Gemente são conhecidos de todos. Deus abençoe o Rei Pellinore. [Viva, viva!] Também Sir Grummore Grummursum, um esportista, e digo diante dele, que ficará plantado em sua sela enquanto sua Busca não terminar. (Hurra!) Finalmente, por último, mas não em último lugar, estamos honrados pela visita do mais famoso caçador de Sua Majestade, Mestre Wilham Twyti, o qual nos mostrará, estou certo, tanta esportividade amanhã que iremos esfregar os olhos e desejar que uma matilha de cães reais possa sempre caçar na Floresta que todos nós amamos tanto. [Viva, viva, e várias imitações de gritos de caça.] Obrigado, queridos amigos, pelas boas-vindas espontâneas que deram a esses cavalheiros. Sei que eles irão aceitá-las com o espírito sincero e cálido do coração com que as ofertamos. E agora é o momento em que devo encerrar minhas breves observações. Outro ano já quase terminou e chegou a hora de olharmos para o futuro desafiador. Como será a Feira de Gado do próximo ano? Amigos, só posso desejar a todos um Natal muito feliz e, depois do Padre Sidebottom dar as graças em nome de todos, concluiremos cantando o Hino Nacional.

Os vivas que estouraram no final do discurso de Sir Ector foram abafados pelos psius, pois abafavam o final das Graças que o vigário rezava em latim, e depois todos se levantaram e, à luz do fogo, cantaram:

Deus salve o Rei Pendragon,
Possa seu reino ser longo,
Deus salve o Rei.
E que seja o mais glorioso,
Grande e soberbo,
Magnífico e estrondoso
Deus salve nosso Rei.

As últimas notas esmaeceram, o saguão esvaziou-se da jubilosa humanidade. As lanternas faiscaram nas ruas da aldeia, enquanto todos voltavam para suas casas em grupos, temendo os lobos do luar, e o Castelo da Floresta Sauvage adormeceu pacificamente e às escuras no estranho silêncio da neve sagrada.

16

Wart levantou cedo no dia seguinte. Fez um esforço deliberado no momento que acordou, jogou para o lado a grande manta de pele de urso debaixo da qual dormia e mergulhou seu corpo no ar gelado. Vestiu-se furiosamente, tremendo, dando pulos para se manter aquecido, soprando bafos azuis em si mesmo como se estivesse cuidando de um cavalo. Quebrou o gelo de uma bacia e mergulhou o rosto, fazendo caretas como se comesse algo amargo, disse *ui-iiii* e esfregou vigorosamente com uma toalha o rosto que picava. Então, já se sentia razoavelmente aquecido e foi para os canis provisórios ver os caçadores do Rei fazendo seus últimos ajustes.

Visto à luz do dia, o Mestre William Twyti parecia um homem enrugado, com olhar atormentado e uma expressão melancólica no rosto. Durante toda sua vida fora obrigado a perseguir os mais variados animais para a mesa real e, quando os caçava, a esquartejá-los corretamente. Era mais que um meio açougueiro. Tinha que saber que partes os cães deviam comer e que partes dar a seus assistentes. Tinha que cortar tudo bonito, deixando duas vértebras na cauda para fazer o lombo atraente, e quase desde quando podia se lembrar tinha estado ou perseguindo um cervo ou cortando-o em pedaços.

Não gostava particularmente de fazer isso. Os cervos e corças em manadas, os javalis isolados, as cabeças das raposas, a opulência das martas, os bandos de cabritos-monteses, as famílias de texugos e as alcateias de lobos — todos eram vistos por ele mais ou menos como algo que se esfolava ou estripava e depois se levava para casa para cozinhar. Podia-se conversar com ele sobre ossos e esporões, sebo e gordura, excrementos e estercos deste ou daquele jeito, mas ele era apenas educado. Sabia que você estaria apenas exibindo seus conhecimentos daquelas palavras que, para ele, eram parte de seu oficio. Você poderia falar de um enorme javali que quase o destroçara no inverno passado, e ele apenas o observaria com o olhar distante. Fora atingido dezesseis vezes por grandes javalis, e suas pernas tinham vergões brancos e brilhantes que se estendiam até o torso. Enquanto você falava, ele continuaria cuidando do trabalho que o ocupava no momento. Apenas uma coisa era capaz de mexer com o Mestre William Twyti. Verão ou inverno, neve ou sol, ele galopava e corria atrás de javalis e cervos, e todo o tempo sua alma estava em outro lugar. Mas ao mencionar *lebre* para Mestre Twyti, ele podia continuar galopando atrás do maldito cervo que parecia ser seu objetivo, mas teria um olho por cima do ombro procurando o bicho. Era a única coisa sobre a qual falava. Sempre estava sendo enviado para um castelo e outro, por toda a Inglaterra, e enquanto estivesse ali os súditos locais o festejavam e mantinham sua taça cheia e lhe perguntavam sobre suas grandes caçadas. Ele respondia distraído e com monossílabos. Mas se alguém mencionasse um bando de lebres, imediatamente ficava atento, e então batia a taça no tampo da mesa e começava a discursar sobre as maravilhas desse assombroso animal, declarando que nunca se podia prever exatamente seu comportamento, pois a mesma lebre podia uma hora ser macho e na outra fêmea, e se tinha gordura se consumia e se roía, coisas que nenhum animal da terra fazia, exceto ela.

Wart observou o grande homem em silêncio durante algum tempo e depois entrou outra vez em casa para ver se havia alguma esperança de desjejum. De fato havia, pois todo o castelo passava pelo mesmo tipo de excitação nervosa que o tirara da cama tão cedo, e até Merlin se vestira com calções que iriam virar moda séculos mais tarde entre os guardas de universidade.

A caçada de javalis era divertida. Nada parecida com o desentocar de texugos ou com a caçada à raposa de hoje. Talvez a coisa mais parecida seja a caçada a coelhos com furões — salvo que se usavam cães em vez de furões; a caça, em vez de coelho, era de javali, que podia facilmente matar você e, em vez de uma espingarda, se carregava uma lança para javalis da qual sua vida dependia. Em geral, não se caçavam javalis a cavalo. Talvez a razão para isso fosse porque a estação de caça de javalis acontecia nos dois meses de inverno, quando a neve da Velha Inglaterra era bem capaz de se embolar sob os cascos dos cavalos e fazer do galope coisa bem perigosa. O resultado era que você ficava a pé, armado apenas com a lança, contra um adversário que pesava muito mais e que podia destripá-lo de cima a baixo e jogar sua cabeça por cima das ameias. Só havia uma regra na caçada de javali: aguentar. Se o javali atacasse, você tinha que abaixar um joelho e virar a ponta da lança na direção do bicho. Tinha que segurar o cabo da lança com a mão direita, apoiando-o no chão para aguentar o choque, enquanto estendia ao máximo a mão esquerda com a ponta na direção do javali que atacava. A lâmina era afiada como uma navalha, e tinha uma guarda — barra horizontal — a uns quarenta e cinco centímetros da ponta. Essa guarda evitava que a lança entrasse mais de quarenta e cinco centímetros no peito do animal. Sem a guarda, um javali atacando poderia ter ímpeto para chegar até o final da lança, mesmo que esta o atravessasse, e ferir o caçador. Mas com a guarda o bicho parava na distância da lança, com quarenta e cinco centímetros de aço dentro dele. Era nessa situação que você tinha que aguentar.

O bicho pesava entre noventa e cento e oitenta quilos, e seu único objetivo na vida era grunhir, se arremessar e se esquivar até conseguir chegar a seu atacante e mastigá-lo em pedacinhos, enquanto o único objetivo do atacante era não deixar a lança cair, prendendo-a firmemente embaixo do braço, até que alguém viesse liquidar o bicho de vez. Se conseguisse manter firme sua ponta, sabia que havia pelo menos o comprimento da lança entre eles, não importa quanto o javali conseguisse arrastá-lo pela floresta. Se você refletir sobre isso, vai compreender a razão pela qual todos os esportistas do castelo se levantaram cedo para a caçada e tomaram seu desjejum com certa dose de emoções abafadas.

— Ah — disse Sir Grummore, roendo a costeleta de porco que tinha entre os dedos —, acordou cedo, hein?

— Sim, acordei — disse Wart.

— Bela manhã para caçar — disse Sir Grummore. — Está com a lança afiada, hein?

— Sim, estou — disse Wart. E foi até o aparador pegar também uma costeleta.

— Vamos, Pellinore — disse Sir Ector. — Coma alguns desses franguinhos aqui. Você ainda não comeu nada esta manhã.

O Rei Pellinore disse:

— Acho que não, obrigado de qualquer forma. Acho que não estou lá muito bem esta manhã, quê?

Sir Grummore tirou o nariz de perto da costeleta e perguntou de repente:

— Nervos?

— Oh, não — exclamou o Rei Pellinore. — Oh, realmente não é nada disso, quê? Acho que tomei algo ontem à noite que entrou em desacordo comigo.

— Bobagem, meu caro amigo — disse Sir Ector —, aproveite e coma uns franguinhos para manter a força.

Serviu dois ou três capões ao desafortunado rei, e este sentou-se miseravelmente na ponta da mesa, tentando engolir uns pedacinhos.

— Vai precisar disso lá pelo final do dia, ouso dizer — disse Sir Grummore, com boa intenção.

— Acha que sim?

— Sei que sim — disse Sir Grummore, e piscou para seu hospedeiro.

Wart notou que Sir Ector e Sir Grummore comiam com apetite exagerado. Achou que ele mesmo não conseguiria comer mais que uma costeleta e, quanto a Kay, este ficara longe da sala de desjejum.

Quando terminou o desjejum, e Mestre Twyti foi consultado, a cavalgada da caçada dirigiu-se para o ponto de encontro. Talvez os cães de caça parecessem — aos olhos de um mestre de caça de hoje — uma matilha muito heterogênea. Havia uma meia dúzia de alãos brancos e negros, que pareciam galgos com cabeça de bull terriers ou coisa pior. Esses, que eram os cães de caça especiais para javalis, estavam com focinheiras por causa de sua ferocidade. Os *gaze-hounds,* dos quais havia dois, caso fossem necessários, na verdade não eram mais que galgos, segundo a terminologia moderna, enquanto os *lymers* eram uma espécie de cruzamento do sabujo e do perdigueiro encarnado de hoje. Estes últimos estavam com coleiras e eram conduzidos com cordas. Os *brachets* eram como os beagles, e trotavam ao lado do dono do jeito como os beagles sempre trotaram, e que é encantador.

Com os cães de caça iam as pessoas a pé. Merlin, com seus calções de correr, parecia Lord Baden-Powell, exceto, é claro, que este não tinha barba. Sir Ector estava vestido com roupas de couro "sensatas" — não era considerado esportivo caçar de armadura — e caminhava ao lado de Mestre Twyti, com aquela expressão de enfado importante que sempre foi usada por mestres caçadores. Sir Grummore, logo atrás, arfava e perguntava a todos se tinham afiado suas lanças. O Rei Pellinore ficara atrás com os aldeãos, achando que havia mais segurança onde havia mais gente. Todos os aldeãos estavam ali, todas as almas masculinas da propriedade, desde Hob, o falcoeiro, até o velho Wat sem nariz, todos os homens carregando uma lança ou um forcado ou uma foice presa em um pedaço grosso de pau. Até mesmo algumas das jovens namoradeiras tinham vindo, com cestas de provisões para os homens. Era realmente uma grande caçada.

Na borda da floresta chegou o último participante. Era um homem alto e distinto, vestido de verde, e trazia um arco de dois metros.

— Bom dia, Senhor — ele cumprimentou, afavelmente, Sir Ector.

— Ah, sim — disse Sir Ector. — Sim, sim, bom dia, hein? Sim, bom dia.

Sir Ector levou o cavalheiro de verde para um lado e disse num sussurro tão alto que podia ser escutado por todos.

— Pelo amor de Deus, meu caro amigo, seja cuidadoso. Este é o próprio caçador do Rei, e aqueles outros dois são o Rei Pellinore e Sir Grummore. É bom você ser um bom sujeito, meu caro amigo, e não diga nada controverso, está bem, meu velho? Vai ser um bom sujeito?

— Claro que sim — disse o homem, tranquilizando-o —, mas acho que seria melhor se fôssemos apresentados.

Sir Ector enrubesceu profundamente e chamou:

— Ah, Grummore, venha até aqui um momento, sim? Quero lhe apresentar um amigo meu, velho chapa, um chapa chamado Wood, velho chapa. Wood com W, sabe, não com H. Sim, e este é o Rei Pellinore. Mestre Wood, Rei Pellinore.

— Salve — disse o Rei Pellinore, que realmente não abandonava o hábito de falar assim quando estava nervoso.

— Como está? — disse Sir Grummore. — Não é parente do Robin Hood, suponho?

— Oh, não, por nada — interrompeu rapidamente Sir Ector. — Dabliu, dois os e de no final, sabe, como essa coisa com que fazem mobilia, sabe, e lanças, e — bem, você sabe — lanças e mobílias.*

— Como está passando? — disse Robin.

— Salve — disse o Rei Pellinore.

— Bem — disse Sir Grummore —, é engraçado que os dois se vistam de verde.

— Sim, é engraçado, não é? — disse Sir Ector, ansioso. — Ele usa verde como luto por uma tia que morreu ao cair de uma árvore.

— Desculpe-me, por favor — disse Sir Grummore, agastado por ter tocado num assunto delicado, e tudo ficou bem.

— Agora, então, Sr. Wood — disse Sir Ector quando se recuperou. — Onde vamos fazer a primeira tentativa?

Logo que essa questão foi colocada, Mestre Twyti foi envolvido na conversa, e seguiu-se uma breve confabulação na qual todo tipo de palavras técnicas, como "bostas", foram usadas. Depois houve uma longa caminhada pela floresta invernal, e a diversão começou.

Wart já não tinha a sensação de pânico que atacara seu estômago quando comia seu desjejum. O exercício e o vento gelado tinham lhe dado alento, e agora seus olhos brilhavam quase tanto quanto os cristais de gelo sob a luz branca do sol de inverno, e seu sangue disparava com a excitação da caçada. Observava o treinador de cães que segurava as correias dos dois sabujos, e viu os cães puxarem cada vez mais à medida que o covil do javali se aproximava. Observava como, um a um até chegar nos *gaze-hounds* — que não caçam pelo cheiro —, os vários cães de caça ficavam inquietos e começavam a ganir de desejo. Notou que Robin parara e pegara uma bosta, que entregou para Mestre Twyti, e então toda a cavalgada fez alto. Tinham chegado ao local perigoso.

Até esse momento a caçada de javali era igual à caçada de filhotes, no sentido de que se procurava encurralar o animal. O objetivo da caçada era matar o javali o mais rapidamente possível. Wart assumiu sua posição no círculo ao redor da cova do monstro, dobrou um joelho na neve e apoiou a base de sua lança no chão, preparado para qualquer

* Sir Ector refere-se à madeira, outro significado de wood em inglês. [N. T.]

emergência. Sentiu o silêncio que caiu sobre o grupo e viu Mestre Twyti acenar silenciosamente para o tratador soltar os *lymers*. Imediatamente, os dois sabujos mergulharam no refúgio cercado pelos caçadores. Os cães corriam em silêncio.

Passaram cinco longos minutos nos quais nada aconteceu. Os corações trovejavam no peito dos que estavam no círculo, e uma pequena veia ao lado de cada pescoço pulsava em harmonia com cada coração. As cabeças viravam, rápidas, de um lado para o outro, cada homem avaliando seus vizinhos, e o sopro da vida corria docemente com o vento norte, e cada um compreendeu como era bela a vida que, em poucos segundos, uma presa fedorenta poderia arrancar de um ou outro deles, caso as coisas dessem errado.

O javali não expressou sua fúria com a voz. Não houve confusão no refúgio nem latidos dos sabujos. Apenas, a uns noventa metros de onde estava Wart, de repente apareceu uma criatura negra parada na margem da clareira. Nem parecia ser um javali, pelo menos nos primeiros segundos em que ficou ali parada. Surgira rápido demais para se parecer com alguma coisa. E estava atacando Sir Grummore antes que Wart reconhecesse o que era.

A coisa negra disparou na neve branca, levantando pequenos flocos. Sir Grummore — também parecendo negro contra a neve — levantou mais flocos ao dar um salto rápido e virar-se. Um tipo de grunhido, mas nenhum barulho de queda, chegou claramente trazido pelo vento norte, e o javali desapareceu. Quando este sumiu, mas não antes, Wart soube algumas coisas acerca dele — coisas que não teve tempo de notar enquanto o javali estava ali. Lembrou-se da espessa crina de pêlos duros espetados nas costas afiladas, o vislumbre de uma presa amarelada, as costelas proeminentes, a cabeça baixa, e a chama vermelha de um olho porcino.

Sir Grummore levantou-se incólume, sacudindo a neve e pondo a culpa em sua lança. Viam-se algumas gotas de sangue congelando na terra branca. Mestre Twyti levou o trompete aos lábios. Quando as primeiras e excitantes notas ecoaram pela floresta, os alões foram soltos e todo o grupo começou a se mover. Os *lymers* que tinham levantado o javali — a palavra correta para desentocá-lo — continuaram a persegui-lo, para se recompensar pelo trabalho. Os *brachets* davam o tom musical. Os alões galopavam latindo pela neve. Todos começaram a gritar e a correr.

— Eia, eia! — gritavam os aldeões. — Vamos, vamos! Avante, Sir, avante!

— Busca, busca! — gritava ansioso Mestre Twyti. — Vamos, vamos, senhores, deem espaço para os cães, por favor.

— Olhe, olhe! — gritou o Rei Pellinore. — Alguém viu para que lado o bicho foi? *As cy avaunt, cy as avaunt, as cy avaunt!*

— Aguenta firme, Pellinore! — gritou Sir Ector. — Cuidado com os cães, cuidado com os cães! Sozinho você não consegue pegá-lo, sabe disso. *Il est hault. Il est hault*!

Til est ho ecoavam todos. *Tilly-ho* cantavam as árvores. *Tally-ho* murmuravam os distantes bancos de neve, enquanto os galhos pesados, perturbados pelas vibrações, deixavam silenciosos e brilhantes flocos de neve cair sobre a terra fofa.

Wart se viu correndo junto com o Mestre Twyti.

Num certo sentido era como caçar lebres, só que acontecia numa floresta onde às vezes até se mover era difícil. Tudo dependia da música dos cães de caça e das várias notas que o mestre caçador entoava para anunciar onde estava e o que fazia. Sem eles, o grupo se perderia em dois minutos — e mesmo com eles, metade se perdeu em três minutos.

Wart colou-se a Twyti como um carrapicho. Era capaz de se movimentar com tanta rapidez quanto o caçador porque, apesar de este ter toda uma vida de experiência, Wart era menor e passava mais facilmente pelos obstáculos e, ademais, tinha recebido lições da Donzela Marian. Notou que Robin também mantinha o passo, mas logo os resmungos de Sir Ector e os balidos do Rei Pellinore ficaram para trás. Sir Grummore desistira logo, depois de perder quase todo o fôlego com o ataque do javali, e ficou bem atrás declarando que sua lança já não devia estar bem afiada. Kay ficou com ele, para que não se perdesse. Os aldeões a pé logo se extraviaram por não entenderem as notas do trompete. Merlin tinha rasgado as calças e parou para consertá-las com magia.

O sargento tinha inchado tanto o peito gritando o chamado de caça e dizendo para as pessoas para que lado deviam ir que perdera por completo o sentido de orientação e chefiava um bando desconsolado de aldeãos, em fila indiana e passo acelerado, na direção errada. Hob ainda estava correndo.

— Busca, busca! — arquejava o caçador, dirigindo-se a Wart como se este fosse um sabujo.

— Não tão rápido, mestre, estão se desalinhando.

No momento em que falava, Wart notou que a música dos cães estava mais fraca e queixosa.

— Parem — disse Robin — ou vamos cair em cima dele.

A música parou.

— Busca, busca! — gritou Mestre Twyti a plenos pulmões. — Em linha, oh-oh, oh-oh! — Volteou o talabarte para frente e, levando o trompete aos lábios, começou a tocar para reunir os cães. Respondeu uma única nota, de um dos *lymers*.

— Oh-oh. *Arere.* Para trás — gritou o caçador.

A nota do *lymer* cresceu em confiança, falhou e depois elevou-se num ladrar forte.

— Oh-oh para trás! Aqui, ho! Amigo. Escute o valente Beaumont! Aqui, aqui, espere, espere, espere.

O *lymer* foi interrompido pelos latidos em tenor dos *brachets.* O ruído foi crescendo com o trovejar sedento de sangue dos alões cobrindo as notas mais baixas.

— Eles cercaram o bicho — disse Twyti rapidamente, e os três humanos começaram novamente a correr, enquanto o caçador tocava *tu-tu-tu--ru-ru* em encorajamento.

O terrível javali estava encurralado num aglomerado de arbustos. Encontrara refúgio perto do tronco de uma árvore derrubada por alguma ventania, numa posição inexpugnável. Estava na defensiva, com o beiço superior contorcido no rosnado. O sangue do golpe de Sir Grummore brotava espesso entre as cerdas do lombo e descia pela perna, enquanto a baba da queixada caía na neve tingida de vermelho e a derretia. Os olhinhos dardejavam em todas as direções. Os cães estavam ao redor, latindo na sua cara, e Beaumont, com a espinha quebrada, retorcia-se a seus pés. Não prestava mais atenção alguma ao cão, que já não podia lhe fazer mal. Estava furioso, excitado e sanguinário.

— Oh-oh! — exclamou o caçador.

Avançou com a lança em riste à frente, e os cães, encorajados pelo mestre, avançaram com ele, passo a passo.

A cena mudou tão de repente como um castelo de cartas caindo. O javali já não estava encurralado, mas atacando Mestre Twyti. Quando atacou, os alões se aproximaram, mordendo-o ferozmente no ombro, pescoço ou perna, de forma que o que apareceu diante do caçador não era um javali, e sim um amontoado de animais. Ele não ousava usar a lança com medo de atingir os cães. O amontoado avançou sem freio, como se os cães não contassem para nada. Twyti reverteu a lança, esperando conter o ataque com o cabo, mas no momento em que fazia isso a batalha desabou em cima dele. Ele saltou para trás, tropeçou numa raiz e a batalha o soterrou. Wart saltava ao redor, tentando usar sua lança em desespero, mas não encontrava um lugar onde se atrevesse a enfiá-la. Robin, no mesmo movimento, jogou de lado sua lança e desembainhou a espada, meteu-se no meio dos rosnados, e calmamente puxou um alão pela perna. O cão não se soltava, mas havia espaço onde seu corpo estivera. E ali ele enfiou a espada vagarosamente uma, duas e três vezes. Toda a superestrutura começou a desabar, se recuperou um pouco, desabou outra vez, e caiu pesadamente pelo lado direito. A caçada terminara.

Mestre Twyti puxou vagarosamente uma perna de debaixo do javali, levantou-se, segurou o joelho com uma das mãos e o moveu com cuidado em várias direções, assentiu consigo mesmo e esticou as costas. Depois pegou sua lança e, sem dizer nada, arrastou-se até Beaumont. Ajoelhou-se a seu lado e colocou a cabeça do cão no colo. Acariciou-a e disse:

— Escutem o Beaumont. Devagarzinho, Beaumont, *mon amy. Oyez à Beaumont,* o Valente. Busca, *le douce Beaumont,* busca, busca. Beaumont lambeu sua mão, mas não conseguiu sacudir a cauda. O caçador acenou para Robin, que estava de pé, atrás, e fixou seus olhos nos do cão.

— Bom cão, Beaumont, o Valente, durma agora, meu velho amigo Beaumont, meu bom e velho cão.

A espada de Robin guiou Beaumont para fora deste mundo, para que corresse livre com Orion e rolasse pelas estrelas.

Por um instante, Wart não gostou de estar olhando Mestre Twyti. Aquele homem estranho e rijo como couro levantou-se sem dizer nada e chicoteou os cães para que soltassem o corpo do javali, como estava acostumado a fazer. Colocou o trompete nos lábios e soprou sem tremer as quatro longas notas do *mort.* Mas estava tocando as notas por uma razão diferente, e surpreendeu Wart porque parecia estar chorando.

O toque do trompete fez a maioria dos extraviados chegar no devido tempo. Hob já estava lá e Sir Ector chegou em seguida, afastando os galhos com sua lança de javali, cheio de importância e gritando:

— Muito bem, Twyti. Esplêndida caçada, muito. Assim é que se caça uma besta selvagem, é o que digo. Quanto pesa?

Os outros foram chegando em grupos, o Rei Pellinore saltando de um lado para o outro e gritando:

— *Tally-ho! Tally-ho! Tally-ho!* — ignorando que a caçada tinha terminado. Quando lhe informaram isso, parou e disse, com voz débil. — *Tally* o quê? — e depois ficou em silêncio.

Até a fila indiana do sargento acabou chegando, ainda em marcha forçada, e parou na clareira enquanto o sargento lhes explicava com grande satisfação que se não fosse por ele, todos estariam perdidos. Merlin apareceu segurando os calções pois não conseguira ajeitá-los com sua mágica. Sir Grummore chegou coxeando com Kay, dizendo que fora uma das melhores caçadas que já vira, apesar de não ter visto nada, e então a tarefa de "desmanche" do açougueiro pôde ser feita como deveria.

Aqui houve um pouco de excitação. O Rei Pellinore, que não passara muito bem o dia inteiro, cometeu o erro fatal de perguntar quando os cães receberiam sua parte em carniça. Ora, como todos sabem, a carniça é uma recompensa de entranhas etc. que é dada aos cães sobre a pele da besta morta (*sur le quir*), e, como todo mundo sabe, um javali morto não é esfolado. É estripado sem que a pele seja tirada, e já que a pele não é tirada, não pode haver carniça. Todos sabemos que os cães são recompensados com um *fouail*, ou mistura de intestinos e pão cozidos sobre uma fogueira e, é claro, o pobre Rei Pellinore usara a palavra errada.

Assim, o Rei Pellinore foi curvado por cima do animal morto, no meio de muitos hurras, e o monarca, que protestava, recebeu uma boa pranchada com a lâmina da espada de Sir Ector. O Rei, então, saiu vagando pela floresta murmurando:

— Vocês são um bando de cafajestes mal-educados.

O javali foi esquartejado, os cães recompensados, e os aldeões que estavam por ali de pé, conversando em grupos, pois se sentassem na neve iam se molhar, comeram as provisões que as jovens tinham levado em cestos. Um pequeno barril de vinho, providencialmente enviado por Sir Ector, foi aberto, e todos puderam se servir. Os pés do javali foram atados, um pau enfiado entre eles e dois homens levantaram o bicho nos ombros. William Twyti ficou atrás, e cortesmente menosprezou a presa.

Nesse instante o Rei Pellinore reapareceu. Antes mesmo que o vissem, puderam escutar suas pisadas nos galhos e os gritos:

— Vejam, vejam! Venham logo. Aconteceu uma coisa terrível! — Surgiu dramaticamente na beira da clareira, no momento em que sacudia um galho cuja carga era muito pesada e despejou quilos de neve em sua cabeça. O Rei Pellinore nem prestou atenção. Saiu debaixo do monte de neve como se não tivesse notado nada, ainda gritando:

— Olhem, olhem!

— O que é, Pellinore? — gritou Sir Ector.

— Oh, venham rápido! — gritou o Rei, e virando-se distraído, sumiu novamente na floresta.

— Será que ele está bem, você acha? — inquiriu Sir Ector.

— Temperamento excitável — disse Sir Grummore. — Muito.

— Melhor segui-lo e ver o que está fazendo.

O cortejo afastou-se lentamente na direção do Rei Pellinore, seguindo o rumo errático das pegadas frescas na neve.

Não estavam preparados para o espetáculo que encontraram. No meio de uma moita de tojo morto estava sentado o Rei Pellinore, com lágrimas escorrendo pelo rosto. No colo, tinha uma enorme cabeça de serpente, que ele acariciava. Na outra ponta da cabeça de serpente havia um corpo comprido e magro, amarelo e com manchas. No final do corpo havia umas coxas de leão que terminavam nos cascos fendidos de um cervo.

— Pronto, pronto — dizia o Rei. — Eu não ia deixar você de vez. Era só porque queria dormir numa cama de penas, só um pouquinho. Já estava voltando, honestamente que estava. Oh, por favor não morra, Besta, e não me deixe sem um pouco do seu excremento.

Quando viu Sir Ector, o Rei assumiu o controle da situação. O desespero lhe deu autoridade.

— Ora vamos, Ector — exclamou. — Não fique aí parado como um bobo. Traga logo para cá aquele barril de vinho.

Trouxeram o barril e deram um gole generoso para a Besta Gemente.

— Pobre criatura — disse, indignado, o Rei Pellinore. — Definhou, positivamente definhou de desgosto porque ninguém se interessou mais por ela. Como pude ficar todo esse tempo com Sir Grummore, sem nunca pensar na minha velha besta, é algo que realmente não sei como aconteceu. Olhem estas costelas, vejam. Parecem as argolas de um barril. E deitada aí sozinha na neve, quase sem vontade de viver. Vamos, Besta, veja se pode tomar outro gole disto. Vai lhe fazer bem.

— Esparramando-me num colchão de penas — acrescentou o monarca com remorso, olhando para Sir Grummore — como... como um rim!

— Mas como... como você encontrou isso? — gaguejou Sir Grummore.

— Desabei em cima. E nada tenho que agradecer a vocês. Correndo como um bando de paspalhões e batendo uns nos outros com as espadas. Topei com a besta aqui nesta moita de tojo, com neve a lhe cobrir as costas e lágrimas nos olhos e ninguém que cuidasse dela nesse mundo enorme. É o que acontece quando não se leva uma vida regular. Antes, estava tudo bem. Levantávamos na mesma hora, fazíamos a Busca em horas regulares e íamos para a cama às dez e meia. Agora, vejam só! Está completamente destroçada e será culpa sua se ela morrer. Sua e de sua cama.

— Mas Pellinore! — disse Sir Grummore.

— Cale a boca — respondeu de imediato o Rei. — Não fique aí balindo como um idiota, homem. Faça alguma coisa. Ache outra vara para que possamos levar a velha Gemente até a casa. Vamos, Ector, perdeu o juízo? Temos que levá-la para casa e colocá-la diante do fogo da cozinha. Mande alguém preparar pão e leite. E quanto a você, Twyti, ou seja lá como queira se chamar, pare de brincar com esse trompete e corra na frente para preparar alguns cobertores aquecidos.

"Quando chegarmos em casa", concluiu o Rei Pellinore, "a primeira coisa que faremos será lhe dar uma refeição nutritiva, e então, se já estiver bem pela manhã, vou lhe dar umas duas horas de vantagem e, depois, viver novamente a velha vida. Que tal isso, Gemente, o quê? Venha cá, Robin Hood ou seja lá quem você for", pode achar que eu não sei, mas eu sei, "pare de ficar apoiado nesse arco com esse olhar de pedaço de pau negligente. Mexa-se, homem, e chame esse sargento cheio de músculos para ajudá-lo a carregar a Besta. Vamos, vamos, levantem devagar. Vamos, seus engraçadinhos, e cuidado para não tropeçar. Camas de penas e carniças, realmente. Muita infantilidade. Vamos, avancem, prossigam, passo adiante, marchem! Cabeças tontas é o que eu digo".

"E quanto a você, Grummore", acrescentou o Rei, mesmo depois de ter concluído, "pode se enrolar na sua cama e se sufocar por lá".

17

— Acho que já é tempo — disse Merlin, olhando-o uma tarde por cima dos óculos — de você ter outra dose de educação. Isto é, o Tempo passa.

Era uma tarde no começo da primavera e tudo o que se via da janela parecia belo. O manto do inverno desaparecera, levando consigo Sir Grummore, Mestre Twyti, Rei Pellinore e a Besta Gemente, que ressuscitou graças à influência de bons cuidados e de pão e leite. Saltara para a neve com todos os sinais de gratidão, para ser seguida, duas horas mais tarde, pelo excitado Rei, e os observadores da muralha puderam ver como ela confundiu suas pegadas na neve de maneira muito engenhosa, ao alcançar os limites da floresta. Corria para trás, dava saltos de meio metro para o lado, apagando as pegadas com a cauda, trepando em ramos horizontais e executando outros truques com satisfação evidente. Também viram o Rei Pellinore — que obedientemente tinha ficado com os olhos fechados e contado até dez mil enquanto isso tudo acontecia — ficar muito confuso quando chegou ao ponto difícil e, por fim, galopar na direção errada arrastando o cão atrás de si.

Era uma tarde adorável. Pela janela da sala de aula, os lariços da floresta distante já tinham atingido todo seu verdor resplandecente, a terra faiscava e inchava com milhões de gotas, e todos os pássaros do mundo voltavam para casa para namorar e cantar. No final da tarde, os aldeãos iam para suas hortas plantar feijões, e parecia que com todas essas ocorrências, e com as lesmas (coincidentemente com os feijões), os brotos, os carneiros e os pássaros, todas as coisas vivas tinham conspirado para aparecer.

— O que você gostaria de ser? — perguntou Merlin.

Wart olhou pela janela, escutando o canto dobrado dos tordos no sereno.

— Uma vez já fui pássaro, mas apenas na gaiola, e nunca tive oportunidade de voar — disse. — Ainda que não se deva ter a mesma educação duas vezes, você não acha que eu poderia ser um pássaro para aprender isso?

Ele fora pego pela mania de pássaros que ataca as pessoas sensíveis na primavera, e que às vezes leva até a excessos, como fazer criação de pássaros.

— Não vejo nenhuma razão porque não — disse o mágico. — Por que não tentar isso hoje à noite?

— Mas os pássaros dormem de noite.

— É a melhor oportunidade para observá-los sem que saiam voando. Você poderia ir com Arquimedes esta noite, e ele lhe contaria sobre eles.

— Você iria comigo, Arquimedes?

— Adoraria — disse a coruja. — Estou mesmo querendo dar um passeio.

— Você sabe por que os pássaros cantam, ou como? — perguntou Wart, pensando no tordo. — É uma linguagem?

— Claro que é uma linguagem. Não é uma grande linguagem como a fala humana, mas é extensa.

— Gilbert White observa, ou vai observar, como você queira colocar — disse Merlin —, que "a linguagem dos pássaros é muito antiga e, como outras formas antigas de falar, pouco é dito, mas muito é sugerido". Ele também diz em algum lugar que "as gralhas, na estação de reprodução, às vezes, tentam cantar, na alegria de seus corações, mas sem grande sucesso".

— Gosto das gralhas — disse Wart. — É engraçado, mas acho que são meus pássaros favoritos.

— Por quê? — perguntou Arquimedes.

— Bem, gosto delas. Gosto da sua insolência.

— Pais negligentes, filhos atrevidos e insolentes — citou Merlin, que estava com espírito de professor.

— É verdade — disse Arquimedes, refletindo — que todos os corvídeos têm um senso de humor distorcido.

Wart explicou:

— Adoro a maneira como elas gostam de voar. Não voam simplesmente, como os outros pássaros, mas voam com prazer. É adorável vê-las voar em bando de volta ao ninho, à noite, todas alegres e mexendo umas com as outras de maneira rude. Às vezes viram de costas e desabam, só para parecer ridículas, ou então porque esqueceram que estão voando e começam a se coçar com força para se livrar das pulgas, sem pensar.

— São pássaros inteligentes, a despeito do humor rasteiro — disse Arquimedes. — São pássaros que têm parlamentos, sabe, e um sistema social.

— Quer dizer que têm leis?

— Claro que têm leis. Elas se reúnem no outono, num campo, para debater o assunto.

— Que tipo de leis?

— Ah, bem, leis sobre a defesa da ninhada, casamento e coisas assim. Não é permitido casar fora da ninhada e, se uma perde o sentido da decência, e traz uma virgem preta de uma comunidade vizinha, todo mundo se reúne para destruir seu ninho tão logo seja construído. Mandam o transgressor para os subúrbios, sabe, e é por isso que todo bando de gralhas têm ninhos espalhados, em várias árvores distantes.

— Outra coisa de que gosto nelas é sua disposição — disse Wart. — Podem ser ladras e brincalhonas, e brigam e maltratam umas às outras e se provocam aos gritos, mas tem a coragem de atacar os inimigos em chusma. Acho que é preciso coragem para atacar uma águia, mesmo estando em bando. E mesmo quando estão nisso, fazem palhaçadas.

— São uma chusma — disse Arquimedes, com soberba. — Você disse a palavra certa.

— Bem, pelo menos é uma chusma de pândegos — disse Wart —, e eu gosto delas.

— E qual é o seu pássaro favorito, Archimedes? — Merlin perguntou educadamente, para manter a paz.

A coruja pensou um pouco sobre o assunto e depois disse:

— Bem, é um pergunta complicada. É um pouco como perguntar qual o seu livro preferido. No geral, contudo, acho que devo preferir o pombo.

— Para comer?

— Estava deixando de fora esse aspecto — disse a coruja em tom civilizado. — Na verdade, o pombo é o prato favorito de todos os predadores grandes o suficiente para pegá-los, mas eu pensava apenas nos hábitos domésticos.

— Descreva-os.

— O pombo é uma espécie de Quaker — disse Arquimedes. — Veste-se de cinza. Filho amoroso, amante fiel, pai prudente e sabe, como todos os filósofos, que a mão do homem está contra si. Aprendeu durante séculos a arte de escapar. Nenhum pombo jamais cometeu um ato de agressão ou se voltou contra seus perseguidores: mas nenhum outro pássaro, da mesma maneira, tem tantas habilidades para escapar. Aprendeu a pular de uma árvore do lado contrário ao homem, e a voar tão baixo para que haja uma sebe entre eles. Nenhum outro pássaro consegue estimar tão bem as distâncias. Vigilante, empoado, oloroso, de penas frouxas — o que faz os cães não gostarem de tê-los na boca — e protegidos contra o chumbo por essas mesmas penas, os pombos arrulham uns para os outros com verdadeiro amor, alimentam com muita solicitude seus filhos habilmente escondidos, e fogem dos agressores com verdadeira filosofia — uma raça de amantes da paz permanentemente em caravanas de vagões com toldos para fugir dos índios. São individualistas adoráveis que sobrevivem às forças do massacre apenas com a sabedoria da fuga.

"Sabe que um casal de pombos sempre se empoleira de costas um para o outro, para que possam vigiar nas duas direções?", acrescentou Arquimedes.

— Sei que nossos pombos domésticos fazem isso — disse Wart. — Acho que a razão por que as pessoas estão sempre tentando matá-los é que eles são muito gananciosos. O que eu gosto nos pombos selvagens é como batem as asas, como sobem e fecham as asas e mergulham, em seus voos de namoro, e até parecem voar como pica-paus.

— Não parecem muito com os pica-paus — disse Merlin.

— Não, não parecem — admitiu Wart.

— E qual o seu pássaro favorito? — perguntou Arquimedes, considerando que se deveria permitir ao mestre a ocasião para se manifestar.

Merlin juntou os dedos como Sherlock Holmes e respondeu imediatamente.

— Prefiro o tentilhão. Meu amigo Lineu o chama de *coeleb* ou pássaro solteiro. O bando tem o bom senso de se separar no inverno, ficando todos os machos em um bando e todas as fêmeas em outro. Assim, pelo menos nos meses de inverno, reina a perfeita paz entre eles.

— A conversa surgiu a partir da questão de se os pássaros podiam falar — observou Arquimedes.

— Outro amigo meu sustenta, ou irá sustentar — disse Merlin, imediatamente, na sua voz mais doutoral —, que a questão da linguagem dos pássaros parte da imitação. Aristóteles, você sabe, também atribui a tragédia à imitação.

Arquimedes suspirou profundamente e observou em tom profético:

— É melhor mesmo você tirar isso do peito.

— É assim — disse Merlin. — O gavião-peneira, ou seu primo gavião-quiriquiri, mergulha sobre um rato, e o pobre rato, trespassado pelas garras aguçadas, solta sua agonia em um só grito de *quíiiii!* Da próxima vez que o gavião vê um rato, sua própria alma grita *quíii* em imitação. Outro gavião, talvez sua própria companheira, atende a esse grito, e depois de alguns milhões de anos todos os gaviões-peneiras chamam uns aos outros com seu grito individual de *quíii-quíii.*

— Você não pode construir toda essa história a partir de um pássaro — disse Wart.

— Nem quero. Os falcões gritam como suas presas. O pato selvagem grasna como os sapos que come, e os picanços também, como criaturas em desespero. Os melros e os tordos fazem um estalido como as cascas dos caracóis que despedaçam. Os vários tentilhões fazem o ruído de sementes quebrando e o pica-pau imita o bater na madeira que faz para tirar os insetos que come.

— Mas nenhum pássaro canta apenas uma nota!

— Não, claro que não. Os cantos de chamada surgem com a imitação, e depois os vários cantos de pássaros se desenvolvem subindo e descendo a partir disso.

— Percebo — disse Arquimedes, friamente. — E quanto a mim?

— Bem, você sabe perfeitamente — disse Merlin — que o musaranho sobre o qual vocês pulam grita *kwiik!* É por isso que os filhotes seus se chamam *Kee-wick*.

— E os velhos? — perguntou, sarcástico, Arquimedes.

— *Ruuu, ruuu* — gritou Merlin, recusando-se a ceder. — É óbvio, caro amigo. Depois de seu primeiro inverno, é assim que faz o vento nas árvores ocas onde preferem dormir.

— Percebo — disse Arquimedes, mais friamente que nunca. — Dessa vez, note-se, não se trata de uma questão de presas.

— Ora, vamos — respondeu Merlin. — Existem outras coisas além daquilo que você come. Até mesmo os pássaros de vez em quando bebem, por exemplo, ou se banham na água. São as notas líquidas de um rio que escutamos no cantar de um papo-roxo.

— Parece então — disse Arquimedes — que não se trata apenas do que comemos, mas também do que bebemos ou escutamos.

— E por que não?

A coruja disse resignadamente:

— Ah, bem.

— Acho a ideia interessante — disse Wart para encorajar seu tutor. — Mas como é que surge uma linguagem a partir dessas imitações?

— No começo, eles repetem — disse Merlin —, e depois fazem variações. Vocês parecem não perceber quanto significado reside no tom e na velocidade da voz. Suponha que eu diga "que belo dia" assim simplesmente. Vocês responderiam, "sim, é mesmo". Mas se eu dissesse, "que *belo* dia" em um tom carinhoso, vocês poderiam me considerar uma pessoa simpática. Mas, de novo, se eu dissesse "que belo dia", perdendo o fôlego, vocês poderiam procurar ver que bicho me mordeu e me assustou. Foi assim que os pássaros desenvolveram sua linguagem.

— Você se importaria de nos contar, já que sabe tanto sobre o assunto — disse Arquimedes —, quantas coisas variadas nós pássaros somos capazes de expressar alterando a velocidade e a ênfase das emissões de nossas notas de chamada?

— Ora, uma quantidade enorme de coisas. Você pode cantar *kwiik* num tom carinhoso, se estiver apaixonado, ou *kwiik* com raiva, como desafio ou ódio. Pode cantar numa escala crescente, como um grito de chamada, se não souber onde está seu parceiro, ou para chamar a atenção dele se estranhos estiverem por perto do ninho. Ao se aproximar do velho ninho durante o inverno pode cantar *kwiik* apaixonadamente, um reflexo condicionado dos prazeres que já desfrutou lá dentro, e se eu me aproximar de repente, você pode gritar *kwiik-kwiik-kwiik* como um alarme sonoro.

— Para falar sobre reflexos condicionados — falou Arquimedes, azedo —, prefiro olhar para os ratos.

— E pode. E quando encontrar um, posso afirmar que você vai fazer outro som característico das corujas, embora nem sempre mencionado nos livros de ornitologia. Refiro-me ao ruído *tak ou tsi,* que os seres humanos chamam de estalar os lábios.

— E o que se supõe que esse som imita?

— Obviamente o ruído dos ossos do rato quebrando-se.

— Você é um professor esperto — disse Arquimedes —, e quanto ao que diz respeito às pobres corujas, vamos deixar morrer o assunto. Tudo o que posso dizer a partir de minha experiência pessoal é que a coisa não é bem assim. O chapim pode dizer não apenas que está em perigo, mas também qual o tipo de perigo. Pode dizer "Cuidado com o gato", ou "Olha lá o falcão", ou "Cuidado com a coruja-marrom" tão claramente como o ABC.

— Não nego isso — disse Merlin. — Só estou falando sobre as origens da linguagem. Suponha que você tente me dizer qual a canção de algum pássaro que não tenha sido originalmente uma imitação?

— O bacurau — disse Wart.

— O zumbido das asas das abelhas — respondeu imediatamente seu tutor.

— O rouxinol — gritou Arquimedes, desesperado.

— Ah — disse Merlin, reclinando-se em sua confortável poltrona —, agora devemos imitar o canto da alma de nossa adorada Proserpina, espreguiçando-se para despertar em sua essência líquida.

— Tiriu — disse Wart, suavemente.

— Piiu — acrescentou, baixinho, a coruja.

— Música! — concluiu o necromante em êxtase, incapaz de sequer começar uma pequena imitação.

— Olá — disse Kay abrindo a porta da sala de aula. — Desculpem o atraso para a aula de geografia. Estava tentando flechar alguns passarinhos com minha besta. Olhem, flechei um tordo.

18

Wart estava deitado mas desperto, como lhe fora dito que ficasse. Tinha que esperar até Kay adormecer, e então Arquimedes iria lhe levar a magia de Merlin. Estava deitado debaixo da grande manta de pele de urso e olhava pelas janelas as estrelas da primavera, já não geladas e metálicas, mas como se tivessem sido recém-lavadas e inchado com a umidade. Era uma noite adorável, sem chuva ou nuvens. O céu entre as estrelas era do veludo mais profundo e carregado. Emolduradas pela grossa janela oeste, Alderbarã e Betelgeuse competiam com Sírio acima do horizonte, a estrela-cão-de-caça olhava para seu mestre Orion, que ainda não se erguera no horizonte. Pela janela entrava também a fragrância das flores que desabrochavam, pois as groselhas e cerejas selvagens, as ameixas e o pilriteiro já tinham florescido, e não menos que cinco rouxinóis disputavam um concurso de beleza ao alcance do ouvido perto do caramanchão e das árvores que assomavam.

Wart estava deitado de costas, com a pele de urso meio jogada para o lado e as mãos cruzadas atrás da cabeça. Estava bonito demais para que dormisse, e temperado demais para a coberta. Observava as estrelas numa espécie de transe. Logo já seria verão, quando poderia dormir nas ameias e observar as estrelas flutuando tão perto do seu rosto como se fossem mariposas — e, pelo menos a Via Láctea, como se fossem pólen de mariposas. Ao mesmo tempo, estariam tão distantes que pensamentos inexprimíveis de espaço e eternidade se embaralhariam no seu peito anelante, e ele se imaginaria caindo cada vez mais para cima entre elas, nunca as alcançando, nunca chegando ao fim, tudo deixando e perdendo na velocidade tranquila do espaço.

Dormia a sono solto quando Arquimedes veio chamá-lo.

— Coma isso — disse a coruja, e entregou-lhe um rato morto.

Wart sentia-se tão estranho que pegou a coisa peluda sem protestos e a atirou na boca sem nenhum pressentimento de que seria desagradável. Assim, não se surpreendeu quando o bocado revelou-se excelente, com um gosto frutado, como se estivesse comendo um pêssego com casca, ainda que, naturalmente, a casca do pêssego não fosse tão saborosa como a do rato.

— Agora é melhor sairmos voando — disse a coruja. — Basta dar um pulo até o peitoril da janela, para que se acostume antes de decolarmos.

Wart pulou para o peitoril e automaticamente deu um impulso extra com suas asas, tal como quem salta sacode os braços. Aterrissou no peitoril com um baque, como as corujas costumam fazer, não conseguiu parar a tempo e tropeçou direto para fora da janela.

"Assim", pensou alegremente consigo mesmo, "é que acabo quebrando meu pescoço".

Era curioso, mas não estava levando a vida seriamente. Percebeu as muralhas do castelo passando como um raio por ele, e o chão e o fosso como se nadando para cima. Balançou as asas e o chão afundou novamente, como a água escorrendo por um vazamento. Em um segundo aquela batida das asas perdeu o efeito, e o chão começou a subir de novo. Bateu novamente as asas. Era estranho avançar assim, com a terra subindo e descendo debaixo dele, no profundo silêncio de suas asas de penugem franjada.

— Pelo amor de Deus — ofegou Arquimedes, balançando no escuro a seu lado —, pára de voar como um pica-pau. Qualquer um podia confundi-lo com uma corujinha-buraqueira, se essas criaturas já tivessem sido importadas. O que você está fazendo é acelerar a velocidade de voo com uma batida da asa. Com essa batida você sobe, mas depois perde a velocidade de voo e começa a entrar em estol. Então, você dá outra batida e reverte a queda, subindo de novo. É uma confusão se manter ao seu lado.

— Bem — disse Wart, descuidado —, se parar de fazer isso vou me esborrachar de uma vez.

— Idiota — disse a coruja. — Balance as asas lentamente o tempo todo, como eu, em vez de ficar dando esses pulos com elas.

Wart fez o que lhe foi dito e ficou surpreso ao descobrir que a terra ficara estável e se movia por baixo dele sem oscilação, num passo regular. Nem sentia que estava se movendo.

— Assim é melhor.

— Como tudo parece estranho — observou o menino com algum espanto, agora que tinha tempo de olhar ao redor.

E, realmente, o mundo parecia estranho. De certa forma, a melhor descrição seria dizer que se parecia com o negativo de uma fotografia, pois ele via um raio além do espectro visível aos olhos humanos. Uma câmara infravermelha tira fotografias no escuro, quando não podemos ver, e também tira fotografias à luz do dia. As corujas são assim, portanto não é verdade que só possam ver de noite. Veem igualmente bem de dia, só que têm a vantagem de também enxergar bastante bem à noite. Assim, preferem naturalmente caçar nessas horas, quando as outras criaturas estão mais à sua mercê. Para Wart, as árvores verdes pareceriam esbranquiçadas à luz do dia, como se estivessem cobertas com a florescência de maçãs, e agora, à noite, tudo tinha o mesmo tipo diferente de aparência. Era como voar no lusco-fusco que reduzia tudo a sombras da mesma cor, e, tal como no lusco-fusco, havia uma quantidade considerável de escuridão.

— Está gostando? — perguntou a coruja.

— Muito. Sabe, quando fui um peixe, havia partes da água que eram mais frias ou quentes que outras, e agora é a mesma coisa aqui no ar.

— A temperatura — disse Arquimedes — depende da vegetação do fundo. Arvores e ervas provocam calor acima delas.

— Bem — disse Wart —, posso entender porque os répteis que desistiram de ser peixes decidiram virar pássaros. Realmente é divertido.

— Você está começando a juntar as partes — notou Arquimedes. — Importa-se se nos sentarmos?

— E como fazer isso?

— E preciso entrar em estol. Isso significa que você deve se levantar até perder velocidade de voo e então, quando sentir que começa a cair, sentar-se. Nunca reparou como os pássaros voam para cima para se empoleirar? Não descem direto nos galhos, mas mergulham por baixo e sobem. No final da subida, param e pousam.

— Mas os pássaros aterrissam também no chão. E os patos selvagens na água? Não podem subir para sentar lá.

— Bem, é perfeitamente possível aterrissar em superfícies planas, porém é mais difícil. É preciso deslizar em velocidade de estol o tempo todo e, então, aumentar a resistência ao ar curvando as asas, abaixando as patas, cauda etc. Já deve ter reparado que poucos pássaros fazem isso com graça. Observe como um corvo desaba e como o pato selvagem espalha água. Os que têm a asa como uma concha, como a garça-real e o maçarico, parecem conseguir aterrissar melhor. Na verdade, nós, corujas, não somos tão ruins nisso.

— E os pássaros de asas compridas como o andorinhão, suponho que sejam os que fazem pior, já que nem podem levantar de uma superficie plana.

— As razões são diferentes — disse Arquimedes —, mas o fato é verdadeiro. Mas temos que conversar voando? Começo a ficar cansado.

— Eu também.

— As corujas gostam de pousar a cada cem metros.

Wart imitou Arquimedes disparando para o galho que tinham escolhido. Começou a cair justo quando estava em cima dele, agarrou o galho com os pés peludos no último momento, balançou para trás e para frente duas vezes, e viu que tinha pousado com sucesso. Dobrou as asas.

Enquanto Wart sentava-se quieto admirando a paisagem, seu amigo começou a fazer uma conferência sobre o voo dos pássaros. Contou como, apesar de a andorinha ser um voador tão bom que podia dormir voando a noite inteira, e embora o próprio Wart admirasse a maneira como as gralhas se divertiam com seus voos, o verdadeiro aeronauta das camadas mais baixas era o maçarico. Explicou como os maçaricos se divertiam com acrobacias aéreas, e faziam figuras espetaculares como mergulhos em parafusos, voltas em queda e espirais ascendentes pela simples graça da coisa. Eram as únicas aves que tinham prática em deslizar do alto para aterrissar — exceto ocasionalmente o mais velho, alegre e mais belo de todos os aeronautas conscientes, o corvo. Wart prestou pouca ou nenhuma atenção à conferência e, em vez disso, acostumava os olhos com as estranhas tonalidades da luz, e observava Arquimedes pelo canto de um deles. Pois Arquimedes, enquanto falava, buscava distraidamente seu jantar. Essa busca era uma cena estranha.

O pião que está girando e começa a perder velocidade, começa vagarosamente a fazer círculos com a extremidade de cima antes de cair. A ponta debaixo do pião continua no mesmo lugar, mas a ponta de cima faz círculos cada vez maiores quando vai chegando o final. Era isso que Arquimedes distraidamente fazia. Seus pés permaneciam parados, mas ele movia a parte superior do corpo, girando e girando, como alguém no cinema tentando ver por trás de uma mulher gorda, sem ter certeza de que lado conseguirá a melhor visão. Como ele podia girar quase completamente sua cabeça em cima dos ombros, pode-se imaginar que valia a pena observar essa palhaçada.

— Que é que você está fazendo? — perguntou Wart.

No momento em que perguntou, Arquimedes desapareceu. Primeiro havia uma coruja falando sobre os maçaricos, e depois não havia mais coruja. Só, bem abaixo de Wart, escutou-se um baque e uma mexida nas folhas, quando o torpedo aéreo voou direto no meio de uma moita, sem levar em conta os obstáculos.

Em um minuto a coruja estava sentada de volta a seu lado no galho, degustando distraidamente um pardal morto.

— Posso fazer isso? — perguntou Wart, mostrando uma inclinação sanguinária.

— Para falar a verdade — disse Arquimedes, depois de mastigar seu bocado —, não pode. O rato mágico que o transformou numa coruja é o suficiente para você — que, afinal, passou o dia comendo como um humano —, e as corujas não matam por prazer. Além disso, espera-se que eu esteja trazendo você aqui para educá-lo e, logo que terminar meu lanche, é isso que faremos.

— Aonde você vai me levar?

Arquimedes terminou de comer o pardal, limpou delicadamente o bico na folhagem, e virou os olhos completamente para Wart. Esses olhos grandes e redondos tinham, como expressou um famoso escritor, uma floração de luz como a floração púrpura em um cacho de uva.

— Agora que você aprendeu a voar — disse —, Merlin quer que experimente os Gansos Selvagens.

O lugar onde se encontrou era absolutamente liso. No mundo humano raramente vemos superfícies lisas, pois as árvores e casas e sebes dão um perfil ondulado à paisagem. Mesmo a grama estende a miríade de suas lâminas. Mas aqui, no ventre da noite, a lama molhada, ilimitada, era tão lisa quanto um pudim negro. Se fosse areia molhada, ainda assim teria aquelas pequenas marcas de ondas, como o palato da boca.

Nessa enorme vastidão lisa, vivia um elemento — o vento. Pois o vento era um elemento. Era uma dimensão, um poder da escuridão. No mundo humano, o vento vem de algum lugar e vai para outro e, nessa caminhada, passa pelos lugares — árvores ou ruas ou cercas vivas. Este vento vinha de lugar nenhum. Horizontal, infinito, sem ruído, exceto por uma ressonância tangível, seu peso dimensional assombroso se estendia pela lama. Podia-se traçar nele uma linha com uma régua. A titânica linha cinza era inamovível e sólida. Podia-se pendurar um guarda-chuva ali, e este ficaria pendurado.

Wart, rosto voltado para esse vento, sentia-se como não criado. Exceto pela solidez molhada sob seus pés palmípedes, vivia no nada — um nada sólido, como o caos. Suas sensações eram as de um ponto geométrico, existindo misteriosamente na menor distância entre dois pontos; ou como uma linha desenhada numa superfície plana que tivesse comprimento, largura, mas nenhuma magnitude. Nenhuma magnitude! Era a própria essência da magnitude. Era energia, corrente, força, direção, uma torrente constante do mundo em limbo.

Fronteiras tinham sido colocadas nesse purgatório profano. Longe, ao leste, talvez a uns dois quilômetros de distância, havia uma inquebrantável muralha de som. Oscilava um pouco, parecendo se expandir e contrair, mas era sólida. Era ameaçadora, desejosa de vítima — pois era o oceano imenso e implacável.

Cerca de uns três quilômetros a oeste havia três pontos de luz formando um triângulo. Eram as fracas lamparinas de cabanas de pescadores, que tinham se levantado cedo para pegar a maré nos canais complicados do pântano de sal. Suas águas às vezes corriam na direção contrária à do oceano. Essas eram as características completas de seu mundo — o ruído do mar e essas três pequenas luzes: escuridão, planura, vastidão e umidade; e, no golfo da noite, a corrente do golfo de vento.

Quando a luz do dia começou a aparecer, o menino descobriu, por premonição, que estava no meio de uma multidão de pessoas como ele. Estavam pousados na lama, que agora começava a ser perturbada pelo mar raivoso, baixo, que retornava, ou então já estavam correndo pela água, despertados por ela, mas fora da perturbação da arrebentação. Os que estavam pousados eram grandes chaleiras, os bicos enfiados debaixo das asas. Os que nadavam, às vezes mergulhavam as cabeças e as sacudiam. Alguns, caminhando pela lama, levantavam-se e sacudiam vigorosamente as asas. O silêncio profundo era quebrado pelo tagarelar de uma conversa. Havia cerca de quatrocentos deles na vizinhança cinzenta — criaturas muito bonitas, os Gansos Selvagens de testa branca, os quais, uma vez vistos de perto, homem algum jamais esqueceria.

Muito antes de o sol aparecer, todos já se preparavam para o voo. Grupos familiares constituídos no ano anterior iam se reunindo em bandos, e esses bandos por sua vez se uniam a outros, possivelmente sob o comando de um avô, ou então de algum líder proeminente. Quando os grupos se completavam, surgia um leve tom de excitação nas falas. Começavam a mover as cabeças de um lado para o outro, às sacudidelas. Então, voltando-se para o vento, de repente estavam todos voando juntos, quatorze ou quarenta de uma vez, com as amplas asas escavando a escuridão e um grito de triunfo nas gargantas. Depois, giravam, subindo rapidamente, e desapareciam de vista. Vinte metros acima e já desapareciam na escuridão. Nas primeiras saídas não vocalizavam muito. Tendiam a ser taciturnos antes de o Sol nascer, fazendo apenas observações ocasionais, ou gritando seu aviso de alarme de uma nota só ao perceberem alguma ameaça. Escutando o aviso, todos subiam verticalmente para os céus.

Wart começou a sentir-se incomodado. Os esquadrões nas sombras ao seu redor, muito próximos a ele, largando a cada minuto, o contagiavam. Começou a ficar inquieto e a querer seguir o exemplo deles, mas estava acanhado. "Talvez", pensou, "os grupos familiares, se ressentissem com sua intrusão. E não queria voar sozinho". Queria se juntar e desfrutar do exercício do voo matinal, que evidentemente era um prazer. Havia camaradagem, disciplina livre e *joie de vivre.*

Quando o ganso que estava a seu lado estendeu as asas e saltou, ele automaticamente fez o mesmo. Uns oito dos que estavam perto tinham batido os bicos e ele os imitara como se aquilo fosse contagioso, e agora, com os mesmos oito, se viu asa a asa subindo horizontalmente pelo ar. No momento em que deixou a terra, o vento tinha desaparecido. Sua agitação e brutalidade sumiram, como se cortadas por uma faca. Wart estava dentro dele, e em paz.

Os oito gansos se estenderam em formação de linha, com espaços regulares entre si, ele no final. Tomaram o rumo leste, onde as luzes fracas haviam estado e agora, diante deles, a bola do sol começava a aparecer. Uma explosão de laranja-vermelho rompeu a escuridão do banco de nuvens para além da terra. O resplendor se espalhou, o pântano salgado tornando-se cada vez mais visível abaixo. Ele o via como uma charneca ou pântano de características indefinidas que se tornara marítimo por acidente — suas urzes, ainda parecendo urzes, tendo se associado com algas marinhas até se tornarem urzes salgadas e encharcadas, com frondes escorregadias.

Os riachos que deviam correr pela charneca eram de água do mar sobre lama azulada. Havia redes compridas aqui e ali, levantadas em postes, nas quais gansos distraídos podiam se chocar. Essas, ele agora se dava conta, devem ter sido a origem dos avisos. Dois ou três marrecos pendiam de uma delas, e bem longe, a leste, um homem que parecia uma mosca laborava em cima da lama, com diminuta persistência, para encher sua bolsa.

O sol, quando se levantou, tingiu de chamas o mercúrio dos riachos e a própria lama brilhante. Os maçaricos, que piavam suas queixas fúnebres desde muito antes de a luz aparecer, saíram voando do meio das ervas daninhas. Os patos selvagens, que tinham dormido na água, chegavam piando suas notas duplas, como os silvos de um foguetinho. Os marrecos, penosamente, levantavam voo da terra, contra o vento. As narcejas corriam e se acotovelavam como camundongos. Uma nuvem de pequenas narcejas do norte, mais compactas que os estorninhos, girava no ar com o ruído de um trem. Aos gritos animados, a guarda negra dos corvos subiu dos pinheiros nas dunas. Pássaros costeiros de todos os tipos povoavam a linha da maré, enchendo-a de atividade e beleza.

O alvorecer, o alvorecer marinho e a maestria do voo coordenado tinham beleza tão intensa que o menino quis cantar. Queria cantar um coro à vida e, já que mil gansos estavam ao seu lado no ar, não teve que esperar muito. As linhas dessas criaturas, ondulando como fumaça nos céus ao saudar o nascer do sol, cantavam e riam ao mesmo tempo. Cada esquadrão tinha uma voz diferente, alguns na pândega, outros triunfantes, outros sentimentais ou alegres.

A abóbada da alvorada se enchia de arautos, e isto é o que cantavam:

Tu, mundo que gira, deslizando sob nossas asas aladas,
Levanta o venerável sol para saudar os favoritos da alvorada.

Veja, em cada peito o escarlate e o vermelhão,
Escuta, de cada garganta o clarim e o carrilhão.

Escuta as linhas selvagens em formações vibrantes,
Trompetes e caçadores celestiais, corcéis da aurora brilhante.

Livre, livre; longe e longe; e belo em asa ondulante,
Chega o ganso de testa branca com seu som cantante.

Wart estava em um campo comum, em plena luz do dia. Seus companheiros de voo pastavam à sua volta, arrancando a relva com puxões laterais dos bicos pequenos e flexíveis, inclinando os pescoços em voltas abruptas, bem diferentes das curvas graciosas do cisne. Sempre, enquanto se alimentavam, um deles ficava de guarda, o pescoço levantado como se fosse uma cobra. Tinham se acasalado nos meses de inverno, ou então nos invernos anteriores, assim tinham a tendência de se alimentar aos pares dentro da família e do esquadrão. A jovem fêmea, sua vizinha na planura de lama, estava em seu primeiro ano. Mantinha um olhar inteligente em sua direção.

Observando-a cautelosamente, ele notou sua compleição compacta e roliça e um conjunto de sulcos no pescoço. Esses sulcos, ele verificou com o canto dos olhos, eram o resultado de uma diferença na plumagem. As penas eram côncavas, o que separava uma das outras, formando uma textura de cristas que ele achou graciosa.

Naquele instante a jovem gansa deu-lhe um empurrão com o bico. Ela estava de sentinela.

— Agora é a sua vez — disse, abaixando a cabeça sem esperar resposta e, no movimento, começou a pastar. Para se alimentar, ela saiu de perto dele.

Ele ficou de sentinela. Mas não sabia o que estava vigiando, nem conseguia perceber inimigo algum, só as moitas de capim e seus companheiros bicando. Mas não estava chateado de ficar de sentinela para eles.

— O que você está fazendo? — ela perguntou, passando por ele depois de uma meia hora.

— Estou de guarda.

— Então, continue — ela disse com um risinho, ou seria um grasnido? — Você é bobo.

— Por quê?

— Você sabe.

— Honestamente — ele disse. — Não sei. Estou agindo errado? Não compreendo.

— Bique o seguinte. Você já está aí pelo menos o dobro do tempo que lhe toca.

Fez como ela havia dito, e o ganso adiante dele assumiu o posto, e então ele foi comer ao lado dela. Eles mordiscavam, observando um ao outro com os olhos redondos.

— Você acha que eu sou estúpido — ele disse timidamente, confessando pela primeira vez a um animal o segredo de sua verdadeira espécie —, mas isso é porque não sou um ganso. Nasci humano. Na verdade este é meu primeiro voo.

Ela ficou levemente surpresa.

— Não é comum — disse. — Os humanos geralmente experimentam os cisnes. Os últimos que andaram por aqui foram os Filhos de Lir. De qualquer forma, acho que somos todos anseriformes.

— Já ouvi falar dos Filhos de Lir.

— Eles não gostaram. Eram definitivamente nacionalistas e religiosos, sempre circulando ao redor de uma das capelas na Irlanda. Pode-se dizer que mal notaram os outros gansos.

— Eu estou gostando.

— Achei que sim. Por que lhe mandaram para cá?

— Para minha educação.

Os dois pastaram em silêncio, até que suas próprias palavras o lembraram de algo que queria perguntar.

— As sentinelas — perguntou. — Estamos em guerra?

Ela não compreendeu a palavra.

— Guerra?

— Estamos combatendo pessoas?

— Combatendo? — ela perguntou em dúvida. — Às vezes, os machos combatem por suas fêmeas e coisas assim. Mas é claro que não se derrama sangue, é só uma rixa, para saber quem é o melhor. É isso que você quer dizer?

— Não. Quero dizer combater contra exércitos, contra outros gansos, por exemplo.

Ela estava se divertindo.

— Que ridículo! Você quer dizer um bando de gansos ficar se atracando ao mesmo tempo. Seria divertido ver.

Seu tom o surpreendeu, pois seu coração, sendo tão jovem, ainda era um coração terno.

— Divertido vê-los se matando?

— Se matarem? Um exército de gansos matando uns aos outros?

Ela começou a compreender a ideia, devagar e cheia de dúvidas, com uma expressão de desgosto no rosto. Quando compreendeu, saiu de perto. Foi para outra parte do campo em silêncio. Ele a seguiu, mas ela lhe deu as costas. Dando voltas para captar seu olhar, ficou surpreendido com o desgosto que viu — como se ele tivesse feito alguma sugestão obscena.

Ele disse, queixoso:

— Desculpe-me. Eu não compreendo.

— Pare de falar no assunto.

— Desculpe-me.

Depois acrescentou, aborrecido:

— Uma pessoa pode perguntar, acho. Parece uma pergunta natural, com as sentinelas.

Mas ela estava realmente zangada.

— Pare com isso de uma vez! Que mente horrível você deve ter! Não tem o direito de dizer essas coisas. E é claro que existem sentinelas. Aí estão os falcões e as águias, não é? E as raposas e os arminhos e os humanos com suas redes? Todos são inimigos naturais. Mas que tipo de criatura pode ser tão baixa a ponto de sair em bandos para assassinar outros de seu próprio sangue?

— As formigas fazem isso — ele disse, obstinadamente. — E eu só estava tentando aprender.

Ela se abrandou, esforçando-se para ser compreensiva. Se pudesse, gostaria de ter uma mente aberta e, na verdade, tinha tendências literárias.

— Meu nome é Lyo-lyok. E melhor você dizer que se chama Kee-kwa, e então os outros poderão pensar que veio da Hungria.

— Todos vocês vêm de diferentes lugares?

— Bem, em grupos, é claro. Aqui estão alguns da Sibéria, alguns da Lapônia e vejo um ou dois da Islândia.

— Mas não brigam entre si pelo pasto?

— Puxa, como você é bobo! — ela disse. — Não existem fronteiras entre os gansos.

— E o que são fronteiras, por favor?

— Linhas imaginárias sobre a Terra, suponho. Mas como se pode ter fronteiras quando se voa? Essas suas formigas — e também os humanos — acabariam tendo que deixar de brigar, se voassem.

— Eu gosto de lutar — disse Wart. — É uma coisa de cavaleiros.

— Porque você é um bebê.

19

Havia algo de mágico no tempo e no espaço controlado por Merlin, pois Wart teve a sensação de ter passado muitos dias e noites entre o povo cinza, naquela única noite de primavera quando deixou seu corpo dormindo sob a pele de urso.

Ele começou a gostar de Lyo-lyok, embora ela fosse uma garota. Sempre lhe fazia perguntas sobre os gansos. Ela ensinava o que sabia com gentileza e, quanto mais ele aprendia, mais amava seus bravos, nobres, calmos e inteligentes parentes. Ela contou-lhe como cada Ganso de Testa Branca era um indivíduo — não governado por leis ou líderes, exceto quando isso acontecia espontaneamente. Não tinham reis como Uther, nem leis como as duras leis normandas. Não possuíam coisas em comum. Qualquer ganso que achasse algo bom para comer considerava aquilo como seu e bicava qualquer um que tentasse roubá-lo. Ao mesmo tempo, nenhum ganso reclamava nenhum direito territorial em lugar algum do mundo — exceto seu ninho, e este era propriedade privada. Ela contou-lhe muito sobre as migrações.

— Suponho que o primeiro ganso que fez o voo da Sibéria até Lincolnshire e voltou — disse ela — teve ter criado sua família na Sibéria. Então, quando o inverno chegou, e era preciso descobrir comida, deve ter tentado refazer o caminho pela rota que só ele conhecia. Mas foi seguido por sua família crescente, ano após ano; foi seu piloto e almirante. Quando chegou seu momento de morrer, obviamente os melhores pilotos eram seus filhos mais velhos que tinham percorrido com ele a rota mais vezes que os outros. Naturalmente, os filhos mais novos e os recém-emplumados estavam inseguros quanto ao caminho e, portanto, devem ter ficado agradecidos por ter alguém para seguir. Talvez, entre os filhos mais velhos, havia alguns reconhecidos por todos como estúpidos, e dificilmente a família confiaria neles.

— É assim que se escolhe um almirante — disse ela. — Pode ser que Wink-wink, no outono, venha até nossa família e diga: "Desculpem-me, mas será que por acaso vocês têm um piloto confiável? O pobre vovô morreu na época das cerejas, e Tio Onk não é eficiente. Estamos buscando alguém a quem seguir". E aí nós diremos: "O Tio-avô vai ficar feliz se vocês pegarem carona conosco. Mas, vejam bem, não nos responsabilizamos se as coisas não forem boas". "Muito obrigado", ele dirá. "Tenho certeza de que podemos confiar no Tio-avô. Vocês se importam se eu tocar nesse assunto com os Honks que, fiquei sabendo, estão com a mesma dificuldade?" "De maneira nenhuma".

— E assim — ela explicou — foi como o Tio-avô se tornou um almirante.

— É uma boa maneira.

— Olhe só as divisas dele — ela disse, respeitosamente, e ambos deram uma olhada no imponente patriarca, cujo peito realmente era cheio de listras negras, tal como as fitas douradas na manga dos almirantes.

Começou uma excitação crescente no bando. Os jovens gansos flertavam abertamente ou se reuniam em grupos para discutir seus pilotos. Também faziam brincadeiras, como crianças na expectativa de uma festa. Um desses jogos consistia em fazer um círculo, enquanto os jovens machos, um depois do outro, iam até o meio com os pescoços esticados, fingindo assobiar. Quando estavam no meio do círculo corriam o último pedaço batendo as asas. Mostravam, assim, como eram valentes, e que almirantes excelentes seriam quando crescessem. Também começou a se espalhar entre eles o estranho hábito de sacudir os bicos para os lados, que era comum antes do voo. Os anciãos e sábios, que conheciam as rotas de migração, também começaram a ficar inquietos. Ficavam atentos às formações de nuvens, avaliando o vento e sua força, e de onde estava vindo. Os almirantes, cheios de responsabilidades, desfilavam pelo tombadilho com passadas imponentes.

— Por que estou inquieto? — ele perguntou. — Por que estou com essa sensação no meu sangue?

— Espere e verás — disse ela, misteriosamente. — Amanhã, talvez, ou depois de amanhã...

Quando o dia chegou, havia uma diferença entre o pântano salgado e a lama da margem. O homem que parecia uma formiga caminhando pacientemente todas as manhãs até suas grandes redes, com as marés bem gravadas na cabeça — pois um erro ali significava morte certa —, ouviu um clarim distante no céu. Já não viu milhares nas planícies de lama, e não viu nenhum nos pastos de onde viera. A seu modo, era um sujeito simpático — pois ficou solenemente parado e tirou o chapéu de couro da cabeça. Ele fazia isso, religiosamente, todas as primaveras, quando os gansos selvagens o deixavam, e todos os outonos, quando via o primeiro bando regressar.

Um vapor leva dois ou três dias para cruzar o Mar do Norte — muitas horas passando por cima das águas viscosas. Mas para os gansos, para os marinheiros do ar, para as cunhas angulares que fazem retalhos das nuvens, para os cantores dos céus com o vento por trás — uns cento e dez quilômetros por hora atrás de outros cento e dez —, para esses misteriosos geógrafos — a quase cinco quilômetros acima, dizem, com os cúmulos a seus pés em vez de água —, para eles a coisa era diferente.

As canções que cantavam estavam cheias disso. Algumas eram vulgares, outras eram sagas, outras até leves. Uma boba que divertia Wart era assim:

Zanzamos pelos céus ao som de clonk
E baixamos sobre os pastos com um plonk
Hank-bank, Hink-bink, Honk-bonk.

Baixamos o pescoço, soltando um plink
Como a água pinga na pia com um tlink
Honk-bonk, Hank-bank, Hink-bink.

Vamos comer em grupo fazendo bank
Rasgando a relva com um yank
Hink-bink, Honk-bonk, Hank-bank.

Mas Hink ou Honk gostamos todos do plonk,
E Honk ou Hank gostamos todos do yank
E Hank ou Hink fazemos todos um yink
Para Honk, ou Hank ou Hink!

Uma sentimental era assim:

Selvagem e livre, selvagem e livre.
Tragam meu ganso de volta para mim, para mim.

E uma vez, quando passavam por uma ilha rochosa habitada por gansos-bernacas, que pareciam solteironas com luvas de couro preto, chapéus de cozinheiro cinzas e contas azeviche, todo o esquadrão disparou, escarnecendo:

Bernaca Branta se espoja na lama,
Bernaca Branta se espoja na lama,
Bernaca Branta se espalha na lama,
Enquanto voando vamos nós
Glória, glória, vamos lá, querida.
Glória, glória, vamos lá, querida.
Glória, glória, vamos lá, querida.
Para o Polo Norte voando juntos

Uma das canções mais escandinavas era chamada de "Dádiva da Vida":

Ky-yow respondeu: A dádiva da vida é a saúde.
Pé de pato, Pena lisa, Pescoço flexível,
Olho limpo:
Esses têm a riqueza do mundo.

Velho Ank respondeu: A honra é toda nossa.
Desbravador de caminhos, Provedor do povo, Planejador e
Sábio comandante:
Estes ouviram a chamada.

Lyo-lyok o alegre disse: Amor tive por vida.
Penas macias, Passos suaves, Ninho quente e
Caminhar na linha:
Esses vivem para sempre.

Aahng era por Apetite: Ah, comer!
Comedor de gororoba, Rasgador de grama, Espreitador de
Restolho, Enchedor de papo:
Esses batem as asas.

Wink-wink louva a Camaradagem, a livre e justa
Fraternidade.
Alinhem-se à popa, Escalonem, Ponta à frente, Sobre as nuvens.
Esses aprendem a Eternidade.

Mas eu escolhi as fortes cadências que ficam no ar.
Música de trompete, Canções de risos, Coração épico,
Imitador do mundo.
Esse é Lyow, o cantor.

Às vezes, quando desciam das alturas dos cirros para apanhar ventos melhores, viam no meio de rebanhos de cúmulos imensas torres moldadas com vapor, tão brancas quanto roupa recém-lavada e sólidas como merengues. Às vezes, uma dessas florescências do céu, esses salpicos brancos de neve de um gigantesco Pégaso, se estenderiam diante deles por milhas e milhas. Eles estabeleciam o curso em direção a elas, observando como ficavam cada vez mais silenciosas e imperceptivelmente maiores, um crescimento imóvel — e então, quando estavam quase nelas, quando estavam prestes a chocar os narizes contra aquela massa aparentemente sólida, o sol obscurecia. Espectros de bruma subitamente se moviam como serpentes do ar, girando ao redor deles por um segundo. A umidade cinza os envolvia, e o sol, moedinha de cobre, se esvanecia. As asas próximas às suas próprias asas sombreavam o nada, até que cada pássaro era um som solitário, uma presença depois da não criação. E lá pairavam no nada não mapeado, aparentemente sem velocidade, sem direita nem esquerda, sem topo nem fundo, até que então, de repente, a moedinha de cobre brilhava e as serpentes encolhiam. Então, num instante, estavam novamente no mundo adornado de joias — o mar abaixo deles como turquesa e todos os belos lugares recém-criados do paraíso, com o orvalho do Éden ainda pairando.

Um dos marcos da migração chegava quando passavam uma falésia sobre o oceano. Havia outros marcos quando, por exemplo, sua linha de voo cruzava com uma fila indiana de cisnes que iam para Abisco, fazendo um ruído que parecia o latido de cães abafado por um lenço, ou quando ultrapassavam uma coruja chifruda avançando, intrépida, sozinha —, entre cujas penas quentes das costas, *dizia-se,* um pequeno filhote pegava carona. Mas a ilha solitária era o melhor.

Era uma cidade de pássaros. Todos chocando, todos discutindo e, no entanto, todos amistosos. No alto do rochedo, onde a turfa curta era encontrada, uma miríade de mergulhões ocupava-se com suas tocas. Abaixo deles, na Rua do Bico Afiado, os pássaros estavam tão perto uns dos outros, e em plataformas tão estreitas, que tinham de ficar de costas para o mar, segurando-se fortemente com as patas. Na Rua das Alcas, abaixo daquela, as alcas mantinham seus rostos afilados, que pareciam brinquedos, virados para cima, tal como os tordos quando estão chocando. Mais abaixo estavam os Cortiços das Gaivotas-de-Bico. E todos os pássaros que, como os humanos, só punham um ovo cada um, estavam tão apertados que suas cabeças se entrelaçavam — e tinham tão pouco desse nosso famoso espaço vital que, quando um novo pássaro insistia em pousar na saliência que já estava lotada, um dos outros tinha que cair fora. Eram como uma multidão incontável de vendedoras de peixe na maior banca de mercado do mundo, se metendo em brigas particulares, comendo em sacos de papel, xingando o árbitro, ralhando com seus filhos e se queixando dos maridos.

— Mexa um pouco para lá, titia — diziam.

Ou:

— Saia do caminho, vovó.

— A danada da Flossie foi para lá e se sentou em cima dos pequenos.

— Guarde o caramelo no bolso e assoe o nariz.

— Ora, ora, se não é o tio Albert com a cerveja.

— Tem espaço para uma criança?

— Lá se foi tia Emma. Caiu da plataforma.

— Meu chapéu está no lugar?

— Droga, que confusão!

As espécies se mantinham mais ou menos juntas, mas não brigavam por isso. Aqui e ali, na Rua das Alcas, via-se às vezes uma gaivota cinza sentada em uma saliência, decidida a manter seus direitos. Havia talvez uns dez mil deles e o barulho que faziam era ensurdecedor.

Depois vinham os fiordes e as ilhas da Noruega. Foi sobre uma dessas ilhas, aliás, que o grande W. H. Hudson escreveu uma história verdadeira de ganso, que devia fazer as pessoas pensarem. Havia um fazendeiro na costa, conta ele, cujas ilhas sofriam com as raposas —, então ele colocou uma armadilha para raposas em uma delas. Quando foi ver a armadilha no dia seguinte, descobriu que um velho ganso selvagem fora capturado, obviamente um Grande Almirante, por causa da sua dureza e das muitas divisas. Esse fazendeiro levou o ganso vivo para sua casa, cortou as pontas das suas asas para que não voasse, amarrou suas pernas e o soltou com seus próprios patos e galinhas no quintal. Ora, um dos efeitos da praga de raposas era que o fazendeiro tinha de trancar o galinheiro à noite. Ele costumava juntá-las ao entardecer e, depois, trancava a porta. Depois de um tempo, começou a notar uma coisa curiosa: as galinhas já não precisavam ser reunidas; ficavam esperando por ele na choça. Ele observou esse processo uma tarde, e descobriu que o potentado cativo assumira a responsabilidade de reuni-las, o que descobrira com sua própria inteligência. Toda noite, na hora de fechar, o sagaz velho almirante convocava seus companheiros domésticos cuja liderança havia assumido, e prudentemente os reunia, com esforço próprio, no lugar adequado, como se tivesse compreendido totalmente a situação. E os gansos selvagens livres, que haviam sido liderados por ele, nunca mais pousaram na ilha — que anteriormente era um de seus abrigos —, onde seu capitão tinha sumido.

Finalmente, para além das ilhas, estava o pouso de destino do primeiro dia de viagem. Ah, o sopro de delícia e autocongratulação! Eles desabavam dos céus, deslizando de lado, fazendo acrobacias e até mergulhos giratórios de nariz para baixo. Estavam orgulhosos de si mesmos e de seu piloto, ansiosos pelos prazeres familiares que os aguardavam.

Percorriam o último trecho planando, com as asas curvadas para baixo. No último momento cavavam o vento com elas, agitando-as vigorosamente. Depois — bump — estavam no chão. Mantinham as asas acima da cabeça por um instante e depois as dobravam rápida e graciosamente. Tinham cruzado o Mar do Norte.

— Bem, Wart — disse Kay com voz exasperada —, você quer ficar com toda a coberta? E por que está suspirando e resmungando tanto? Também estava roncando.

— Eu não ronco — respondeu Wart indignado.

— Ronca sim.

— Não ronco.

— Ronca sim. Buzina que nem um ganso.

— Eu não.

— Sim.

— Eu não. E você ronca pior.

— Não, eu não ronco.

— Sim, você ronca.

— Como posso roncar pior se você não ronca?

Quando terminaram a discussão já estavam atrasados para o café da manhã. Vestiram-se apressados e correram para a primavera.

20

Era tempo de colher o feno outra vez, e Merlin passara o ano todo com eles. O vento visitou-os, e a neve, e a chuva, e o sol outra vez. Os meninos estavam com as pernas mais compridas, mas de resto tudo era igual.

Seis anos se passaram.

Às vezes, Sir Grummore vinha fazer uma visita. As vezes, o Rei Pellinore era visto galopando pelas cercanias atrás da Besta, ou com a Besta atrás dele se acontecesse de ficarem muito atrapalhados. Cully perdeu as listras verticais de sua plumagem do primeiro ano e se tornou mais cinza, mais soturno, mais louco, e caracterizado por elegantes faixas horizontais onde antes estavam as listras compridas. Os esmerilhões eram soltos a cada inverno e outros novos apanhados no ano seguinte. O cabelo de Hob ficou branco. O sargento de armas desenvolveu uma barriga e quase morria de vergonha, mas continuou a gritar Um-Dois, numa voz mais rouca, em toda as ocasiões possíveis. Ninguém mais pareceu mudar em nada, exceto os meninos.

Cresceram muito. Corriam como potros selvagens, como antes, e iam ver Robin quando queriam, e tiveram inúmeras aventuras, compridas demais para serem registradas.

A educação extra de Merlin seguia como antes, pois naqueles tempos, mesmo os adultos eram tão infantis que não viam nada de desinteressante em serem transformados em corujas. Wart foi transformado em vários animais diferentes. A única diferença era que agora, nas lições de torneio, Kay e seu companheiro eram concorrentes fortes para o sargento barrigudo e, acidentalmente, davam-lhe o troco por muitos dos tabefes que haviam recebido antes. Depois de adolescentes, ganharam mais e mais armas autênticas como presentes nos aniversários, até que no final tinham armaduras completas e arcos de quase um metro e oitenta de comprimento, que lançavam as flechas grandes. Não era de bom-tom usar um arco maior do que sua própria altura, pois se considerava que, fazendo isso, você estaria gastando energia desnecessária, como se usasse uma espingarda de elefante para atirar em um *ovis ammon*. Em todo o caso, os homens sensatos tinham o cuidado de não usar um arco maior do que eles. Era uma forma de bazófia.

Com a passagem dos anos, Kay tornou-se mais difícil. Sempre usava um arco maior do que ele, e não atirava com precisão. Perdia a cabeça e desafiava quase todo mundo para uma luta e, nos poucos casos em que realmente chegava a lutar, invariavelmente saía perdendo. Também ficou sarcástico. Fazia o sargento passar maus momentos, atormentando-o por causa da barriga, e fazia o mesmo com Wart, por causa do pai e da mãe, quando Sir Ector não estava por perto. Não parecia querer fazer isso. Era como se não gostasse, mas não pudesse evitar.

Wart continuava a ser estúpido, a gostar de Kay e a se interessar por pássaros.

Merlin parecia ficar mais jovem a cada ano — o que era nada mais que natural, pois realmente ficava.

Archimedes se casou e criou várias ninhadas simpáticas de jovens de penas no quarto da torre.

Sir Ector teve ciática. Três árvores foram atingidas por raios. Mestre Twyti vinha todo Natal, sem alterar um fio de cabelo. Mestre Passelewe lembrou-se de um novo verso sobre o Rei Cole.

Os anos passavam normalmente, e a neve da Velha Inglaterra caía como se esperava que caísse — às vezes com um pássaro de peito vermelho em um canto da pintura, um sino de igreja ou uma janela iluminada do outro —, e acabou se aproximando o momento de Kay ser iniciado como um cavaleiro completo. À medida que o dia se aproximava, os dois rapazes se distanciavam — pois Kay não queria mais se juntar a Wart nos mesmos termos, porque precisaria ter mais honras como cavaleiro e não poderia dar-se ao luxo de ter intimidade com seu escudeiro. Wart, que teria de ser o escudeiro, seguia-o desconsolado enquanto lhe era permitido, e depois, sentindo-se completamente infeliz, ia tentar se divertir sozinho, da melhor maneira que podia.

Ia para a cozinha.

"Bom, agora sou uma Cinderela", disse a si mesmo. "Embora tenha recebido, até o presente momento, e por alguma razão misteriosa, a melhor parte de nossa educação, agora devo pagar por meus prazeres e por ter visto todos aqueles maravilhosos dragões, feiticeiras, peixes, girafas, formigas, gansos selvagens e outros iguais, sendo um escudeiro de segunda classe e segurando para Kay suas lanças extras, enquanto ele fazia a ronda de uma ou outra fonte e tinha uma justa com todos os que passam por lá. Não importa, foi bom enquanto durou, e não é tão ruim assim ser Cinderela, quando você está numa cozinha com um fogão grande o suficiente para assar um boi."

Wart olhou com triste afeição para a cozinha agitada, colorida pelas chamas a ponto de parecer um inferno.

Naqueles tempos, a educação de qualquer cavalheiro civilizado costumava passar por três etapas, pajem, escudeiro, cavaleiro e, de qualquer maneira, Wart passara pelas duas primeiras. Era como ser filho de um cavalheiro moderno que enriqueceu com o comércio, pois então o pai o teria iniciado de baixo, com sua educação de boas-maneiras. Como pajem, Wart aprendera a pôr a mesa com três toalhas e um forro, a trazer a carne da cozinha e a servir Sir Ector ou seus hóspedes com o joelho dobrado, uma toalha limpa sobre os ombros, uma para cada visitante, e uma para limpar as bacias. Foram-lhe ensinadas todas as artes nobres do bem servir e, desde quando pode se recordar, permaneciam-lhe agradavelmente na ponta do nariz os vários aromas da menta — usada para refrescar a água nos jarros — ou do manjericão, camomila, erva-doce, hissopo e alfazema — que lhe ensinaram a esfregar nos pisos de junco —, ou de angélica, açafrão, anis e estragão, que eram usados para temperar os antepastos que ele devia carregar. Portanto, estava acostumado com a cozinha, sem contar o fato de que todo mundo que vivia no castelo era um amigo que poderia ser visitado em qualquer ocasião.

Wart sentou-se perto do enorme fogão e olhou ao redor com prazer. Olhou para os compridos espetos que, com frequência, tinha girado quando era menor, sentado atrás de um velho anteparo de palha ensopada de água, para que ele mesmo não se assasse, e para as conchas e colheres, cujos cabos podiam ser medidos em metros, com as quais estava acostumado a regar a carne. Olhou, com água na boca, os preparativos para o jantar — uma cabeça de javali com um limão entre as mandíbulas e bigodes de amêndoas quebradas, que seria servido com uma fanfarra de trombetas; um tipo de torta de carne de porco com molho de maçã ácida, creme apimentado, e várias pernas de pássaros, ou folhas condimentadas saindo do topo para mostrar o que havia dentro — e um mingau de aspecto absolutamente delicioso. Disse a si mesmo, com um suspiro, "Não é tão ruim assim ser um servo, afinal".

— Ainda suspirando? — perguntou Merlin, que apareceu vindo de algum lugar. — Como estava naquele dia em que fomos assistir à justa do Rei Pellinore?

— Ah, não — disse Wart. — Ou melhor, ah, sim, e pela mesma razão. Mas realmente não me importo. Tenho certeza de que serei um escudeiro melhor do que o velho Kay seria. Olhe o açafrão naquele mingau. Combina com a luz do fogo nos presuntos defumados.

— É lindo — disse o mago. — Só os tolos querem ser grandes.

— Kay não quer me contar o que acontece quando se é feito cavaleiro — disse Wart. — Diz que é muito sagrado. O que acontece?

— Só uma grande agitação. Você vai ter que tirar a roupa dele e colocá-lo em uma banheira enfeitada com vários penduricalhos, e depois dois cavaleiros experientes aparecerão — provavelmente Sir Ector chamará Sir Grummore e o Rei Pellinore — e os dois se sentarão na beira da banheira e lhe farão um longo discurso sobre os ideais de cavaleiros como eles. Quando acabarem, despejarão um pouco da água do banho sobre ele e farão sobre ele o sinal da cruz, e então você terá que conduzi-lo até uma cama limpa para se secar. Depois, você vai vesti-lo como um eremita e levá-lo para a capela, e lá ele ficará acordado a noite toda, guardando sua armadura e dizendo orações. As pessoas dizem que é solitária e terrível essa vigília, mas realmente não é nada solitária porque o vigário e o homem que cuida das velas e um guarda armado e provavelmente você também, como seu escudeiro, terão que sentar com ele ao mesmo tempo. De manhã, você o conduzirá à cama para ter um bom sono — depois que se confessar e assistir à missa e oferecer uma vela com uma moeda enfiada o mais próximo possível da chama acesa — e depois, quando todos repousarem, você o vestirá de novo com as suas melhores roupas para o jantar. Antes do jantar, você o conduzirá até o salão nobre, com suas esporas e lanças todas prontas, e o Rei Pellinore colocará sua primeira espora, e Sir Grummore a segunda, e então Sir Ector o cingirá com sua lança e o beijará e lhe dará uma palmada no ombro, dizendo, "Seja um bom cavaleiro".

— É só isso?

— Não. Vocês vão outra vez à capela, e Kay oferece sua espada ao vigário, e o vigário a devolve para ele, e depois disso nosso bom cozinheiro o encontra na porta e reclama as esporas como prêmio e diz, "Guardarei essas esporas para vós, e se em algum momento não vos comportardes como um verdadeiro cavaleiro deve se comportar, eu as jogarei na sopa".

— Esse é o final?

— Sim, exceto pelo jantar.

— Se eu fosse feito cavaleiro — disse Wart, olhando sonhadoramente para o fogo —, insistiria em fazer minha vigília sozinho, como Hob faz com seus falcões, e pediria a Deus que me deixasse enfrentar todo o mal do mundo em minha própria pessoa, assim, se eu vencesse, nenhum mal restaria, e se perdesse, seria o único a sofrer.

— Seria extremamente pretensioso de sua parte — disse Merlin —, e você seria vencido e sofreria por isso.

— Não me importaria.

— Não? Espere até acontecer e veja.

— Por que as pessoas, como adultos, não pensam da maneira que eu penso como jovem?

— Ah, céus! Você está me deixando confuso. Por que não espera até crescer para saber o motivo?

— Não acho que isso seja uma resposta, de jeito nenhum — respondeu Wart, com toda a razão.

Merlin torceu as mãos.

— Bem, enfim, suponha que eles não lhe deixem enfrentar todo o mal do mundo?

— Eu poderia pedir — disse Wart.

— Você poderia pedir — repetiu Merlin.

Ele enfiou a ponta de sua barba na boca, olhou tragicamente para o fogo e começou a mastigá-la ferozmente.

21

O dia da cerimônia se aproximava, os convites para o Rei Pellinore e Sir Grummore foram enviados, e Wart cada vez mais se refugiava na cozinha.

— Vamos, Wart, meu caro rapaz — dizia Sir Ector, com pesar. — Não imaginei que você fosse ficar assim. Esse mau humor não combina com você.

— Não estou de mau humor — disse Wart. — Não me importo com nada e estou muito feliz por Kay se tornar um cavaleiro. Por favor, não pense que estou chateado.

— Você é um bom rapaz — disse Sir Ector. — Sei que não está realmente chateado, então anime-se. Bem sabe que Kay, à sua maneira, não é tão mau assim.

— Kay é um ótimo sujeito — disse Wart. — Só não estou feliz porque ele não quer mais ir lançar os falcões nem fazer qualquer outra coisa comigo.

— Ele é ainda muito jovem — disse Sir Ector. — Isso passa.

— Tenho certeza que sim — respondeu Wart. — E só que ele não quer que eu vá com ele, nesse momento. E então, claro, eu não irei. — Mas irei — acrescentou. — Assim que ele me ordenar, farei exatamente o que ele disser. Sinceramente, acho Kay uma boa pessoa e não estou de jeito nenhum chateado.

— Tome uma taça desse vinho das Canárias — disse Sir Ector —, e vá ver se o velho Merlin consegue alegrar um pouco essa cara.

— Sir Ector me deu uma taça de vinho das Canárias — disse Wart — e me mandou ver se você conseguia me alegrar um pouco.

— Sir Ector é um homem sábio — disse Merlin.

— Bom — disse Wart —, e então?

— A melhor coisa a fazer quando se está triste — respondeu Merlin, começando a fumar e soltar baforadas — é aprender alguma coisa. Essa é a única coisa que nunca falha. Você pode ficar velho e trêmulo em sua anatomia, pode passar a noite acordado escutando a desordem de suas veias, pode sentir saudades de seu único amor, pode ver o mundo ao seu redor ser devastado por lunáticos malvados ou saber que sua honra foi pisoteada no esgoto das mentes baixas. Só há uma coisa para isso: aprender. Aprender por que o mundo gira e o que o faz girar. Essa é a única coisa da qual a mente não pode jamais se cansar, nem se alienar, nem se torturar, nem temer ou descrer, e nunca sonhar em se arrepender. Aprender é o que lhe resta. Veja a quantidade de coisas que existem para aprender — ciência pura, a única pureza que existe. Você pode estudar Astronomia no decorrer de uma vida, História Natural em três, Literatura em seis. E então, depois que tiver exaurido um milhar de tempos de vida em Biologia e Medicina e Teologia e Geografia e História e Economia — ora, você pode começar a fazer uma roda de carroça com a madeira apropriada, ou passar cinquenta anos aprendendo a começar a vencer seu adversário em esgrima. Depois disso, pode começar outra vez a Matemática, até chegar a época de aprender a arar a terra.

— Além de todas essas coisas — disse Wart —, o que você me sugere agora?

— Deixe-me ver — considerou o mago. — Tivemos uns curtos seis anos disso, e nesse tempo acho que terei razão em dizer que você foi várias espécies de animal, vegetal, mineral etc. — muitas coisas na terra, ar, fogo e água.

— Não sei muito — disse Wart — sobre os animais e a terra.

— Então é melhor você conhecer meu amigo texugo.

— Nunca conheci um texugo.

— Ótimo — disse Merlin. — Além de Archimedes, ele é a criatura mais culta que conheço. Você gostará dele.

— Por falar nisso — acrescentou o mago, parando no meio do feitiço —, tem uma coisa que devo lhe dizer. Esta é a última vez que serei capaz de transformá-lo em outra coisa. Toda a magia para esse tipo de coisa já foi gasta, e esse será o final de sua educação. Quando Kay for armado cavaleiro, meu trabalho estará terminado. Você, então, terá que partir para ser seu escudeiro no vasto mundo, e eu irei para outro lugar. Você acha que aprendeu alguma coisa?

— Eu aprendi e fui feliz.

— Então, está bem — disse Merlin. — Tente se lembrar do que aprendeu.

Prosseguiu com o feitiço, apontou sua vara de pau-santo para a Ursa Menor que, nesse momento, começara a brilhar na escuridão ao se pendurar pela cauda na Estrela do Norte, e exclamou, alegremente:

— Aproveite bem essa última visita. Dê minhas lembranças ao Texugo.

A voz pareceu vir de muito longe e Wart se viu de pé ao lado de um outeiro antigo, parecido com um gigantesco monte de toupeira, com um buraco preto à frente.

"O texugo vive lá dentro", disse a si mesmo, "e eu devo entrar e falar com ele. Mas não vou. Já era ruim o bastante nunca ser um cavaleiro, e agora meu próprio e querido tutor que encontrei na única Busca que certamente farei vai ser tirado de mim, e não haverá mais aulas de História Natural. Muito bem, terei uma última noite de felicidade antes de minha condenação, e como sou um animal agora, serei um animal mesmo, e pronto."

E assim ele zanzou, ferozmente, pela neve do crepúsculo, pois era inverno.

Quando você estiver se sentindo desesperado, uma boa coisa para ser é um texugo. Em relação aos ursos, lontras e doninhas, é a coisa mais próxima de um urso que ainda resta na Inglaterra, e sua pele é tão grossa que não faz diferença se o mordem. Quanto à sua própria mordida, existe algo na formação de suas mandíbulas que a faz quase impossível de ser deslocada — portanto, por mais que a coisa que você estiver movendo tente se desvencilhar, não há nenhum motivo para você soltá-la. Texugos são uma das poucas criaturas que podem mastigar tudo o mais, desde ninhos de vespas e raízes a coelhinhos.

E aconteceu que um ouriço foi a primeira coisa que apareceu no caminho de Wart.

— Porco-espinho — disse Wart, examinando sua vítima com olhos embaçados, míopes —, vou mastigar e engolir você.

O ouriço, que escondera seus espertos olhinhos de botão e o comprido nariz sensível dentro do corpo enroscado, e ornamentara seus ferrões com um arranjo de não muito bom gosto de folhas mortas, antes de ir dormir durante o inverno em seu ninho de relva, acordou e guinchou do jeito mais lamentável.

— Quanto mais você guinchar — disse Wart —, mais eu vou mastigar. Isso faz o sangue ferver dentro de mim.

— Ah, Mistre Tejugão — gritou o ouriço, mantendo-se bem fechadinho. — Bonzinho Mistre Tejugão, tenhai misererecórdia de um pobre ouricinho e não sejai tão tirârânico. Nossa sina, mistre, é não ser mastigados e engolidos. Tenhai piedosidade, bondadoso senhor, de um servo inútil, picadilho de pulgas, que serquer sabe qual das mãos é a direreita, e qual é a esquereda.

— Ouriço — exclamou Wart, sem complacência —, abstenha-se de gemer, nem uma vez, nem duas.

— Ai! de minha pobrezeza, de minha querida esponsa e meus filhinhos.

— Aposto que não tem nenhum. Saia já daí, seu covarde. Prepare-se para enfrentar seu destino.

— Senhor Mistre Tejugão — implorou o infeliz —, por favorzinho, não sejai maumau, meu doce Mistre Tejugão, meu senhorzinho. Compadeçai de um pobre ouricinho. Concedai-lhe o grato esplendoroso ar da vida a este mais humildinho dos animais, senhor dos senhores, e ele cantará sua glóriria em doces canções ou lhe mostrará como susugar o leitinho das vacas no orvalhalinho todo perolado.

— Cantar? — perguntou Wart, muito espantado.

— Ah, sim, cantar — exclamou o ouriço. E às pressas começou a cantar de uma maneira muito apaziguadora, mas um pouco abafada porque não ousava se desenrolar.

E cantou, muito fúnebre, para dentro do estômago:

Ah, Genevieve
Doce Genevieve,
Seus dias vêm,
Seus dias vão,
Mas à luz da Memória
De tanto tempo atrás.
O sonhos gentis retornarão,

E também cantou, sem nenhuma pausa fazer entre as canções, *Lar Doce Lar* e *A Velha Ponte Rústica do Moinho.* Depois, por ter acabado seu repertório, respirou fundo, embora trêmulo, e começou outra vez com *Genevieve.* E depois seguiu com *Lar Doce Lar* e *A Velha Ponte Rústica do Moinho.*

— Vamos — disse Wart —, pode parar com isso. Eu não vou te comer.

— Clementíssimo Mistre — suspirou humildemente o ouriço. — Bendiremos os santos e o conserelho de governantes por vós e vossos gentis maxilares, enquanto as pulgas saltararem e os ouricinhos não trepaparem nas chaminés.

Então, receando que sua breve caída na prosa pudesse endurecer o coração do tirano, lançou-se sem fôlego à *Genevieve* pela terceira vez.

— Pelo amor de Deus, pare de cantar — disse Wart. — Desenrola. Não lhe farei nenhum mal. Vamos, seu ouricinho tolo, me diga onde aprendeu essas canções.

— Desenrola é uma palavra — respondeu, trêmulo, o ouriço, que não se sentia nada impaciente no momento —, mas enrola é outra. Se é para veres meu narizinho nu, senhor, nesse momentoso momento, poderias sessentir um comichãozinho em vossos brancos dentes? E tudo é amor e medo na guerra, pelo que todos sabemos. Vamos, então, cantar outrara vez em vossa honra, gentil Mistre Tejugão, sobre aquela ponte rústica do moinho?

— Não quero escutá-la outra vez. Você canta muito bem, mas já foi suficiente. Desenrola, seu tolo, e me diga onde aprendeu a cantar.

— A gente não é um ouriço comum — tremeu a pobre criatura, permanecendo tão firmemente enrolada como antes. — A gente foi criada um a unzinho, por um gentil-homem muito do bem-nascido, ele era sim, como a gente teria sido criada no peito da mamãezinha. Ah, não mastigai nossos órgãos vitais maciozinhos, adororado Mistre Texugão, pois ele era um cavaleiro nato, certamente, ele era, e criou a gente toda com leitinho de vaca chupado de louça de porcelilana. Ah, só há pouquinhos ouricinhos tratados com louça de porcelilana, só pouquinhos.

— Não sei sobre o que você está falando.

— Ele era um gentil-homem, era, ele era sim. Do jeito que vou lhe dizendo. Ele pegou a gente quando a gente era bem pequenininho e nos dava comidinha como não existe mais, não, não. E era um gentil-homem que nos dava comidinha na salalara dele, como nunca um ouricinho viu antes nem há de ver. Comidinha na porcelilana, e ai! que foi um dia triste quando ele sumiu por nada, por caprichinho, foi, pode ter certeza.

— Qual era o nome desse gentil-homem?

— Ele era um gentil-homem, ele era. Não com nome próprio, nada assim de se lembrar, mas era um gentil-homem, ele era sim, e dava comidinha pra gente em porcelilana.

— Ele se chamava Merlin? — perguntou Wart, curioso.

— Era, era sim o nome esse. Um nome distintoso era, mas a gente não dava conta de enrolar a língua pra dizer assim. Ah, Mir ele chamava ele mesminho, e dava comidinha pra gente em porcelilana, como um gentil-homem muito respeitaculoso.

— Ah, vamos, desenrola — exclamou Wart. — Conheço o homem que criou você e acho que vi você quando era um bebê no algodão em rama no velho chalé dele. Vamos, ouriço, lamento tê-lo assustado. Somos amigos e, pelos velhos tempos, quero ver seu narizinho cinzento e úmido se mexer.

— Mexer o nariz é um falar — disse o ouriço, obstinado —, e não mexer esse nariz é outro. Agora, por favor, vade embora Mistre Texugão e deixai um pobre sujeitinho tirar sua soneca de inverno. Pensai em besouros e mel, adoroso barão, e que bandos de anjos cantem para seu repouso.

— Tolice — exclamou Wart. — Não lhe farei nenhum mal porque conheço você desde que era pequeno.

— Ah, esses texugos — disse a pobre coisa para seu estômago — saem zanzando por aí sem nenhum mal no coração. Que o Senhor vos abençoe, mas sem quererer mordem aqui e ali sem nem se dar conta e, Deus vos abençoe, mas o que pode um ouricinho fazerer? É por causa da pele deles, é por isso sim, desde novinho ficam morderendo um ao outro e também a mamãezinha deles, e não sentem nada e então mordem os outros da mesma maneira. Até com meu nobre mestrinho, senhor Mirli, eles ficavam nos calcanharares dele com seus yik-yik, quando queriam comer, os que ele criava de pequeninos — e santa igreja!, como eles choraravam! Ai de mim! É uma coisa terrível ter qualquer coisa com os texugos, todo mundo sabe.

"Não olham por onde andam", acrescentou o ouriço, antes que Wart pudesse protestar. "Vão tropeçando de um lado para o outro como se fosse taperete com seus pezinhos. Passar por eles um momento é uma sina, porque sem nenhuma intenção má eles zapzip, assim mesmo, por autodefesa de cego com fome, e então, como você fica?"

"O único ponto bonzinho de acertar neles", continuou o ouriço "é no nariz". O calcanhanhar de Aquiles deles, é sim, como diz nas escrituras deles. Acerte um deles no nariz e bitu-bam, e a vidinha boa dele vai embora antes de ele poderer nem cheirar. É um belo golpe de mistre, é sim.

"Mas como um pobre ouricinho vai acertarar um no nariz? Não tem com que bater, nem jeito de segurarar. E então eles vêm onde a gente está e pedem pra gente se desenrolar!"

— Está bem, não precisa se desenrolar — disse Wart, resignado. — Lamento ter despertado você, companheiro, e lamento tê-lo assustado. Acho você um ouriço charmoso, e encontrá-lo me fez ficar mais contente outra vez. Volte a dormir como estava quando cheguei e eu vou procurar meus amigos texugos, como me disseram para fazer. Boa noite, ouriço, e boa sorte na neve.

— A noite pode ser boa — murmurou o porco resmungão —, e também, outra vez, pode não ser. Primeiro é para desenrolar e depois para enrolar. Uma coisa num momento e outra coisa no seguinte. Ai ai, mundo complicadinho. Mas boa noite, minhas senhoras, é meu lema, venha granizo, venha neve, e assim continuaremos.

Com essas palavras, o humilde animal se enrolou ainda mais aconchegado que antes, deu vários resmungos ásperos e já estava longe longe, em um mundo de sonho tão mais profundo do que nossos sonhos humanos, como um sono completo de inverno é muito mais longo do que o sossego de uma única noite.

"Bom", pensou Wart, "sem dúvida, ele consegue superar seus problemas bem rapidamente. Engraçado cair no sono de novo tão rápido assim. Aposto que o tempo todo ele não esteve mais do que semi acordado e vai pensar que foi apenas um sonho quando acordar na primavera, como certamente vai acontecer".

Observou por um momento a bolinha suja de folhas, ervas e pulgas, enrolada firmemente dentro do seu buraco, depois resmungou e se dirigiu outra vez para o monte do texugo, seguindo suas próprias pegadas oblongas deixadas na neve.

— Então Merlin o enviou a mim para terminar sua educação — disse o texugo. — Bom, eu só posso lhe ensinar duas coisas: cavar e amar sua casa. Esses são os verdadeiros propósitos da filosofia.

— Você me mostrará sua casa?

— Sem dúvida — disse o texugo —, embora, claro, eu não a use toda. É uma velha construção irregular e grande demais para um homem só. Suponho que algumas de suas partes podem ter mil anos. São cerca de quatro famílias que moram nela, aqui e ali, em largura e comprimento, do porão ao sótão, e às vezes passamos meses sem nos encontrar. Um velho e louco lugar é o que deve parecer a vocês, gente moderna, mas, enfim, é aconchegante.

Foi caminhando devagar pelos corredores do lugar encantador, rolando de uma perna para outra, com a estranha cauda larga de texugo, a máscara branca de sua cara com suas faixas pretas parecendo fantasmagórica na escuridão.

— Se quiser lavar as mãos, é no final daquela passagem — disse.

Os texugos não são como as raposas. Têm um sítio especial onde deixam seus ossos usados e refugos, verdadeiras fossas na terra, e quartos cujas camas reviram com frequência, para mantê-las limpas. Wart ficou encantado com o que viu. Admirou sobretudo o Grande Saguão, que era o cômodo central do outeiro — era difícil saber se deveria pensar nele como um colégio ou como um castelo —, e as várias suítes e túneis de ligação se irradiavam a partir dalí. Estava um pouco coberto de teia de aranha por ser um tipo de sala comum que não era cuidada por uma família em particular, mas era decididamente solene. O texugo a chamava de Sala do Acordo. Ao redor das paredes apaineladas havia quadros antigos de texugos falecidos, famosos em sua época pela erudição ou religiosidade, iluminados de cima por luzes de pirilampos. Havia cadeiras imponentes com as armas dos texugos gravadas a ouro nos encostos de marroquim — o couro estava rasgando —, e um retrato do Fundador sobre a lareira. As cadeiras estavam arrumadas em semicírculo ao redor do fogo, e havia muitos leques de mognos com os quais todos podiam proteger os rostos do calor das chamas, e um tipo de tabuleiro em declive por meio do qual os decantadores poderiam ir do meio para a ponta do semicírculo. Algumas togas pretas estavam penduradas na galeria externa, e tudo era extremamente antigo.

— Estou solteiro no momento — disse o texugo, se desculpando, quando voltaram para seu quarto, muito bem-arrumado, com papel de parede florido —, por isso, lamento, mas tenho só uma cadeira. Você terá que se sentar na cama. Sinta-se em casa, meu querido, enquanto faço um pouco de ponche, e me diga como vão as coisas no mundão lá de fora.

— Ah, vão do mesmo jeito. Merlin está bem, e Kay será armado cavaleiro na próxima semana.

— Uma cerimônia interessante.

— Que braços enormes você tem — comentou Wart, observando-o misturar a bebida com uma colher. — E também eu, por falar nisso — e olhou para seus próprios músculos arqueados. Ele era praticamente um tórax firme sustentando um par de antebraços, poderosos como coxas.

— É de cavar — disse a sábia criatura, com complacência. — A toupeira e eu, e suponho que você teria que se pôr a cavar bastante para competir conosco.

— Encontrei um ouriço lá fora.

— É mesmo? Hoje em dia dizem que ouriços podem transmitir febre de porco e doenças do pé e da boca.

— Eu o achei muito agradável.

— Eles têm mesmo um tipo de apelo patético — disse o texugo, com tristeza —, mas receio dizer que, no geral, simplesmente os mastigo. Há algo de irresistível no barulhinho de carne porcina na boca.

"Os egípcios", acrescentou, e com isso queria dizer os ciganos, "também são fãs deles como comida".

— O meu não queria se desenrolar.

— Você deveria tê-lo jogado na água, e então ele teria lhe mostrado rapidamente as pernocas. Tome, o ponche está pronto. Sente-se perto do fogo e fique à vontade.

— É ótimo sentar aqui com a neve e o vento lá fora.

— É mesmo. Vamos brindar à boa sorte de Kay como cavaleiro.

— Boa sorte a Kay, então.

— Boa sorte.

— Bem — disse o texugo, abaixando seu copo outra vez com um suspiro. — Diga-me, o que deu em Merlin para enviá-lo aqui?

— Ele falou em aprendizagem — disse Wart.

— Ah, bom, se é aprendizagem o que lhe traz aqui, você veio ao lugar certo. Mas você não acha um pouco chato?

— Às vezes acho — disse Wart — e, às vezes, não. No fim, posso aguentar uma boa quantidade de aprendizagem se for sobre História Natural.

— Estou justamente escrevendo um ensaio nesse momento — disse o texugo, tossindo de modo acanhado para mostrar que estava absolutamente determinado a continuar — que explica por que o Homem se tornou o rei dos animais. Talvez você queira ouvi-lo?

"É para meu doutorado, sabe", acrescentou apressado, antes que Wart pudesse protestar. Tinha pouquíssimas chances de ler seus ensaios para alguém, portanto, não se conformaria se deixasse essa oportunidade escapar.

— Muito obrigado — disse Wart.

— Será bom para você, querido rapaz. É justamente o ideal para coroar uma educação. Estudar os pássaros e os peixes e os animais: depois, terminar com o Homem. Que afortunada foi sua vinda! Agora, com os diabos, onde coloquei o manuscrito?

O velho escarafunchou por ali com suas grandes garras até virar um monte de papéis sujos de terra, uma ponta dos quais fora usada para acender alguma coisa. Então sentou-se em sua poltrona de couro, que tinha uma depressão funda no meio; pôs seu capelo de veludo com borla; e apareceu com umas lunetas que equilibrou na ponta do nariz.

— Huum! — fez o texugo.

Imediatamente, ficou paralisado pela timidez e sentou-se ruborizado com seus papéis, incapaz de começar.

— Vamos — disse Wart.

— Não está muito bom — ele explicou, com recato. — É só um rascunho, sabe. Ainda tenho que alterar muita coisa antes de enviá-lo.

— Tenho certeza de que é interessante.

— Ah, não, não é nem um pouco interessante. É só uma coisa esporádica que fiz em uma meia hora esporádica, só para passar o tempo. De qualquer forma, é assim que começa.

"Huum!", fez o texugo. A seguir, adotou uma voz impossivelmente alta em falsete e começou a ler tão rápido quanto podia.

— As pessoas perguntam, com frequência, como uma questão ociosa, se o processo da evolução começou com a galinha ou com o ovo. Havia um ovo de onde a primeira galinha surgiu, ou foi uma galinha que botou o primeiro ovo? Minha tendência é dizer que a primeira coisa criada foi o ovo.

"Quando Deus manufaturou todos os ovos a partir do qual deveriam depois emergir os peixes e as serpentes e os pássaros e os mamíferos e mesmo os ornitorrincos, ele chamou os embriões à Sua frente e viu que eram bons."

"Talvez eu deva explicar", acrescentou o texugo, abaixando seus papéis nervosamente e olhando para Wart por cima deles, *"que todos os embriões se parecem muito.* Eles são o que você é antes de nascer e, quer você vá ser um sapo ou um pavão ou um leopardo ou um homem, quando você é um embrião, parece um ser humano particularmente repulsivo e desamparado. Eu continuo como a seguir:"

"Os embriões ficaram diante de Deus, com suas mãos frágeis unidas educadamente sobre seus estômagos e as cabeças pesadas respeitosamente inclinadas, e Deus lhes falou."

"Ele disse: Agora, embriões, aqui estão vocês, todos parecendo exatamente iguais, e Nós lhe daremos a chance de escolher o que vocês querem ser. Quando crescerem, de qualquer maneira, ficarão maiores, mas Nós temos o prazer de lhes conferir mais uma dádiva. Vocês podem alterar qualquer parte de si mesmos em qualquer coisa que pensem que lhes será útil mais tarde na vida. Por exemplo, no presente momento, não podem cavar. Aquele que quiser transformar suas mãos em um par de pás ou ancinhos pode fazer isso. Ou, para dizer de outra maneira, no momento vocês so podem usar suas bocas para comer. Aquele que quiser usar a boca como arma agressiva, basta pedir para mudá-la e será um crocodilo ou um tigre de dentes de sabre. Agora, então, levantem e escolham suas ferramentas, mas lembrem-se de que crescerão como aquilo que escolheram e deverão se manter assim."

"Todos os embriões refletiram sobre o assunto, e então, um por um, aproximaram-se do trono eterno. Eram permitidas duas ou três especializações, assim alguns escolheram usar os braços como máquinas voadoras e as bocas como armas, ou trituradoras ou perfuradoras ou colheres, enquanto outros escolheram usar os corpos como barcos e as mãos como remos. Nós, texugos, pensamos muito e decidimos pedir três privilégios. Pedimos para transformar nossas peles em escudos, nossas bocas em armas e nossos braços em ancinhos. Esses privilégios nos foram dados. Todos se especializaram de um jeito ou de outro, e alguns de maneiras bem esquisitas. Por exemplo, um dos lagartos do deserto decidiu trocar todo o corpo por mata-borrão, e um dos sapos que vivia nas secas antípodas decidiu simplesmente ser uma garrafa-d'água.

"Os pedidos e sua aceitação demoraram dois longos dias", eram sexta-feira e sábado, pelo que me lembro, "e no finalzinho do sábado, quase na hora de fechar para o domingo, já tinham passado todos os embriõezinhos exceto um. Esse embrião era o do Homem".

"Bom, nosso homenzinho", disse Deus. "Você esperou até o último momento e teve bastante tempo para decidir, e Nós temos certeza de que deve ter refletido bem todo esse tempo. O que poderemos fazer por você?"

"'Por favor, Deus'", disse o embrião, "'acredito que O Senhor me fez na forma na qual estou agora por razões que só o Senhor conhece, e acho que seria indelicado modificá-la. Se puder escolher, continuarei como estou. Não trocarei nenhuma das partes que o Senhor me deu por outras ferramentas sem dúvida inferiores, e permanecerei toda minha vida como embrião sem defesa, me esforçando ao máximo para obter para mim mesmo alguns instrumentos fracos a partir da madeira, do ferro e de outros materiais que o Senhor achar conveniente colocar frente a mim. Se eu quiser um barco, tentarei construir um com árvores, e se eu quiser voar, construirei uma carruagem que o faça por mim. Provavelmente, estou sendo muito tolo ao recusar me aproveitar da gentileza que o Senhor nos ofereceu, mas me esforcei ao máximo para refletir bem sobre isso, e agora espero que as fracas decisões deste pequeno inocente conte com o Seu beneplácito'."

"'Muito bem'", exclamou o criador, deliciado. "'Venham aqui, todos vocês embriões, com seus bicos e não sei mais o quê, para ver Nosso primeiro homem. Ele foi o único, entre todos vocês, que adivinhou nosso pequeno enigma, e Nós temos o grande prazer de conferir a ele a Ordem de Domínio sobre as Aves do Ar e as Feras da Terra e os Peixes do Mar. Agora, o resto de vocês pode partir para se amar e se multiplicar, pois é hora de fechar para o final de semana. Quanto a você, Homem, será nu de ferramenta por toda sua vida, mas será um usuário de ferramentas. Parecerá um embrião até que o enterrem, mas todos os outros serão embriões frente a seu poderio. Eternamente subdesenvolvido, permanecerá sempre, em potência, como Nossa imagem, capaz de ver algumas das Nossas tristezas e sentir algumas das Nossas alegrias. Em parte, estamos tristes por você, Homem, mas em parte, esperançosos. Agora, vá e tente fazer o melhor possível. E, escuta, Homem, antes de partir...'."

"'Sim?'", perguntou Adão, voltando-se para trás.

"'Nós só queremos dizer'", disse Deus, acanhado, torcendo as mãos. "'Bem, Nós só queremos dizer, Deus lhe abençoe'."

— É uma boa história — disse Wart, em dúvida. — Gosto mais dessa que a de Merlin sobre o rabino. E é interessante, também.

O texugo ficou todo confuso.

— Não, não, meu rapaz. Você exagera. No máximo, uma parábola menor. Além disso, receio que seja um pouco otimista.

— Como?

— Bem, é verdade que o homem tem a Ordem de Domínio e é o mais poderoso dos animais — se com isso se quer dizer o mais terrível —, mas ultimamente eu às vezes duvido se ele é o mais abençoado.

— Eu não acho que Sir Ector seja muito terrível.

— De qualquer maneira, se Sir Ector fosse passear à beira de um rio, não apenas os pássaros fugiriam dele e os animais também, mas até os peixes disparariam para o outro lado. Eles não fazem o mesmo uns com os outros.

— O homem é o rei dos animais.

— Talvez. Ou deveríamos dizer o tirano? E depois, de qualquer maneira, temos que admitir que ele tem uma quantidade de vícios.

— O Rei Pellinore não tem muitos.

— Ele iria para a guerra se o rei Uther declarasse uma guerra. Você sabe que o *Homo sapiens* é quase o único animal que trava guerras?

— As formigas também.

— Não diga "as formigas também" de uma maneira geral, meu caro rapaz. São mais de quatro mil tipos diferentes de formigas, e de todos esses tipos só consigo me lembrar de uns cinco que são beligerantes. São cinco formigas, uma térmita que conheço, e o Homem.

— Mas as alcateias de lobos da Floresta Sauvage atacam nosso rebanhos de ovelhas todo inverno.

— Lobos e ovelhas pertencem a espécies diferentes, meu amigo. A verdadeira guerra é a que acontece entre bandos da mesma espécie. Das centenas de milhares de espécies, só posso me lembrar de sete que são beligerantes. Mesmo o Homem tem algumas variedades, como os Esquimós e os Ciganos e os Lapões e alguns Nômades da Arábia, que não guerreiam, porque não disputam fronteiras. A verdadeira guerra é mais rara na Natureza do que o canibalismo. Você não acha que isso é um tanto desastroso?

— Pessoalmente — disse Wart —, eu gostaria de ir para a guerra, se pudesse me tornar um cavaleiro. Gostaria dos estandartes e das trombetas, das armaduras brilhantes e dos ataques gloriosos. E ah! gostaria muito de realizar grandes proezas, de ser corajoso e dominar meus próprios medos. Na guerra, Texugo, você não tem coragem e resistência e camaradas a quem ama?

O sábio animal pensou por um longo tempo, olhando absorto o fogo. No final, pareceu mudar de assunto.

— De quem você gosta mais — perguntou —, das formigas ou dos gansos selvagens?

22

O Rei Pellinore chegou para o importante final de semana em um estado de grande agitação.

— Vocês sabem? Quer dizer, já escutaram? — exclamou. — É um segredo, o quê?

— O que é um segredo, o quê? — eles lhe perguntaram.

— Ora, o Rei — exclamou sua majestade. — Vocês sabem sobre o Rei?

— Qual é o problema com o rei? — inquiriu Sir Ector. — Não me diga que ele está vindo caçar com aqueles seus malditos cães ou algo parecido, é?

— Ele está morto — gritou o Rei Pellinore, tragicamente. — Está morto, o pobre sujeito, e nunca mais vai poder caçar.

Sir Grummore levantou-se, respeitosamente, e tirou seu boné de ficar em casa.

— O Rei está morto — ele disse. — Longa vida ao Rei.

Todos os outros sentiram que também deveriam levantar-se, e a ama dos rapazes começou a chorar.

— E agora, e agora — ela soluçava. — Sua real majestade morta e acabada, um cavaleiro tão respeitável. Recortei muitas iluminuras dele feitas à mão, dos Missais Ilustrados, sim, e preguei no consolo da lareira. Desde o tempo em que estava de fraldas, direto para as Torres do mundo, e visitando várias regiões como o Príncipe Encantador, não havia uma pintura dele que eu não recortasse, sim, e lhe dirigia meus últimos pensamentos todas as noites.

— Componha-se, ama — disse Sir Ector.

— É solene, não é? o quê? — disse o Rei Pellinore. — Uther, o Conquistador, 1066 a 1216.

— Um momento solene — concordou Sir Grummore. — O Rei está morto. Longa vida ao Rei.

— Devemos baixar as cortinas — disse Kay, que sempre foi um respeitador das maneiras corretas — ou abaixar as bandeiras a meio mastro.

— Tem razão — disse Sir Ector. — Que alguém vá avisar o sargento de armas.

Obviamente, era tarefa de Wart executar essa ordem, pois era agora o mais jovem nobre presente, portanto, saiu correndo alegremente para achar o sargento. Logo, os que ficaram no solário puderam ouvir uma voz gritando: "Agora, Um-Dois, luto especial para sua majestade, abaixem quando eu disser Dois!", e a seguir o agitar de todos os estandartes, bandeiras, pendões, flâmulas, bandeirolas, insígnias, pavilhões e reconhecimentos, enchendo de animação os torreões nevados da Floresta Sauvage.

— Como você soube? — indagou Sir Ector.

— Eu estava galopando pelas cercanias da floresta atrás da Besta, sabe, quando encontrei um frade solene de veste cinzenta, e ele me contou. É uma notícia realmente de última hora.

— Pobre velho Pendragon — disse Sir Ector.

— O Rei está morto. Longa vida ao Rei — disse Sir Grummore.

— Está muito bem para você ficar dizendo isso, meu querido Grummore — exclamou o Rei Pellinore, com petulância —, mas quem é o Rei que deve ter essa vida tão longa, o quê, segundo você?

— Bem, seu herdeiro — disse Sir Grummore, um tanto desconcertado.

— Nosso abençoado monarca — disse a ama, lacrimosa — nunca teve herdeiros. Qualquer um que estuda a família real sabe disso.

— Misericórdia! — exclamou Sir Ector. — Mas com certeza ele deve ter algum parente próximo?

— Exatamente — exclamou o Rei Pellinore, muito excitado. — Essa é a parte excitante, o quê? Nenhum herdeiro nem parente próximo, e quem vai sucedê-lo no trono, o quê? Era por isso que meu frade estava todo nervoso, e por isso ele estava perguntando quem seria o sucessor, quem? O quê?

— Você quer dizer que não existe um Rei de Gramarye? — exclamou Sir Grummore, com indignação.

— Nem a sombra de um — exclamou o Rei Pellinore, todo importante. — E houve sinais e prodígios de grande portento.

— Acho que isso é um escândalo — disse Sir Grummore. — Só Deus sabe o que acontecerá com nossa querida e velha terra. Com certeza, por causa dos heréticos e dos comunistas.

— Que tipo de sinais e prodígios? — perguntou Sir Ector.

— Bom, apareceu um tipo de espada em uma pedra, o quê, em uma espécie de igreja. Não dentro da igreja, se entende o que quero dizer, e não dentro da pedra, mas esse tipo de coisa, o quê, como se poderia dizer.

— Não entendo o que a igreja tem a ver — disse sir Grummore.

— Está numa bigorna — explicou o rei.

— A igreja?

— Não, a espada.

— Mas pensei que você tivesse dito que a espada estava dentro da pedra.

— Não — disse o Rei Pellinore. — A pedra está fora da igreja.

— Olha aqui, Pellinore — disse Sir Ector. — Descanse um pouco, meu velho, e depois comece tudo de novo. Tome, beba um pouco deste corno de hidromel e vá com calma.

— A espada — disse o Rei Pellinore — está presa em uma bigorna que está numa pedra. Passa direto pela bigorna e entra na pedra. A bigorna está grudada na pedra. A pedra está do lado de fora da igreja. Passa o hidromel.

— Não acho isso muito prodigioso — observou Sir Grummore. — O prodígio é que deixem esse tipo de coisa acontecer. Mas nunca se sabe hoje em dia, com todos esses agitadores saxões.

— Meu querido companheiro — exclamou Pellinore, ficando outra vez excitado —, não é onde a pedra está, o quê, que estou tentando dizer, mas o que está escrito nela, o quê, e onde ela está.

— O quê?

— Quê? No punho.

— Ora, vamos, Pellinore — disse Sir Ector. — Fique sentado bem quieto com seu rosto virado para a parede por um minuto e depois nos diga o que você está querendo dizer. Vá com calma, meu velho. Não precisa se apressar. Fique sentado quieto, olhando para a parede, isso meu bom companheiro, e fale o mais devagar que puder.

— Há palavras escritas nessa espada nessa pedra do lado de fora dessa igreja — explicou o Rei Pellinore, bem humilde —, e essas palavras são as seguintes. Oh, por favor, tentem me escutar, vocês dois, em vez de ficar me interrompendo o tempo todo por nada, pois isso faz a cabeça de qualquer mortal se confundir.

— Que palavras são essas? — perguntou Kay.

— Essas palavras dizem assim, pelo que pude entender do que o velho frade de veste cinzenta falou — disse o rei Pellinore.

— Continue, vamos — disse Kay, pois o Rei tinha feito uma pausa.

— Continue — disse Sir Ector. — O que essas palavras nessa espada nessa bigorna nessa pedra do lado de fora dessa igreja dizem?

— Com certeza, propaganda comunista — disse Sir Grummore.

O Rei Pellinore fechou bem os olhos, estendeu os braços em ambas as direções e anunciou com letras maiúsculas:

— AQUELE QUE TIRAR ESTA ESPADA DESTA PEDRA E BIGORNA É POR DIREITO O REI NASCIDO PARA GOVERNAR TODA A INGLATERRA.

— Quem disse isso? — perguntou Sir Grummore.

— A espada diz isso, como estou falando.

— Bem faladeira essa espada — observou sir Grummore, cético.

— Está escrito nela — exclamou o Rei Pellinore, chateado. — Escrito nela em letras de ouro.

— Então, por que você não a tirou de lá? — perguntou Sir Grummore.

— Mas já lhe disse que eu não estava lá. Tudo isso que estou contando para vocês foi aquele frade de quem lhes falei quem me contou, como estou lhes contando.

— E essa espada com essa inscrição foi tirada da pedra? — inquiriu Sir Ector.

— Não — sussurrou o Rei Pellinore, dramático. — Aí é que está toda a questão. Ninguém consegue de jeito nenhum tirar essa espada, apesar de todos ficarem tentando até para se divertir, e então tiveram que convocar um torneio para toda a Inglaterra, no Primeiro Dia do Ano, para que o homem que vier ao torneio e puxar a espada possa ser o Rei de toda a Inglaterra para sempre, o quê, eu digo.

— Oh, pai — exclamou Kay. — O homem que tirar a tal espada da pedra será o Rei de toda a Inglaterra. Não podemos ir ao torneio, pai, e tentar uma vez?

— Não me ocorreria essa ideia — disse Sir Ector.

— Até Londres é uma grande distância — disse Sir Grummore, balançando a cabeça.

— Meu pai foi lá uma vez — disse o Rei Pellinore.

— Oh, é claro que podemos ir — disse Kay. — Quando eu for armado cavaleiro, terei que ir a um torneio em algum lugar, e esse acontece justamente na data certa. Todas as melhores figuras estarão lá, e poderemos ver os cavaleiros famosos e os grandes reis. Não importa a espada, claro, mas pense no torneio, provavelmente o maior que jamais houve em Gramarye, e todas as coisas que poderemos ver e fazer. Meu querido pai, se me ama, deixe-me ir a esse torneio, para que eu tenha a chance de levar o melhor prêmio de todos, em meu primeiro combate.

— Mas, Kay, eu nunca estive me Londres — disse Sir Ector.

— Mais um motivo para ir. Acredito que alguém que não for a um torneio como esse estará provando que não tem sangue nobre nas veias. Pense no que as pessoas vão dizer de nós se não formos e não tentarmos nossa chance com a espada. Dirão que a família de Sir Ector era demasiado vulgar e sabia que não teria chance.

— Todos sabemos que a família não tem chances — disse Sir Ector —, isto é, quanto à espada.

— Tem gente demais em Londres — observou Sir Grummore, como uma conjetura desconfiada. — É o que dizem.

Deu um suspiro profundo e virou os olhos arregalados para seu anfitrião.

— E lojas — acrescentou o Rei Pellinore, de repente, também começando a respirar fundo.

— Maldição! — exclamou Sir Ector, batendo o corno de bebida na mesa com tal força que espirrou. — Vamos todos a Londres, então, e ver o novo Rei!

Todos se levantaram como um só homem.

— Por que eu não seria tão digno quanto meu pai? — exclamou o Rei Pellinore.

— Que os raios me partam! — exclamou Sir Grummore. — Afinal, maldição, é a capital!

— Hurra! — gritou Kay.

— Deus tenha misericórdia — disse a ama.

Nesse momento, Wart chegou com Merlin, e todo mundo estava muito excitado para reparar que, se ele já não fosse um adulto, estaria prestes a chorar.

— Ah, Wart — exclamou Kay, esquecendo no momento que estava se dirigindo a seu escudeiro, voltando à familiaridade de sua juventude. — O que você acha? Vamos todos a Londres para um grande torneio no Primeiro Dia do Ano!

— Vamos?

— Sim, e você vai carregar meu escudo e lanças para as justas, e eu sairei vitorioso e serei um grande cavaleiro!

— Bom, fico feliz por estarmos indo — disse Wart —, porque Merlin também está de partida.

— Ah, não vamos precisar de Merlin.

— Ele está de partida — repetiu Wart.

— De partida? — perguntou Sir Ector. — Pensei que fôssemos nós que estivéssemos partindo.

— Ele está indo embora da Floresta Sauvage.

— Ora, Merlin, o que é isso? Não estou entendendo nada — disse Sir Ector.

— Vim dizer adeus, Sir Ector — disse o velho mago. — Amanhã meu aluno Kay será armado cavaleiro, e na próxima semana meu outro aluno partirá como seu escudeiro. Já não tenho mais utilidade aqui, e chegou minha hora de ir embora.

— Vamos, vamos, não diga isso — disse Sir Ector. — Acho que você é um velho companheiro muito útil, seja para o que for. Você fica e me ensina, ou vira o bibliotecário ou algo assim. Não se deixa um velho pai sozinho, depois de suas crianças abandonarem o ninho.

— Nós todos nos encontremos outra vez — disse Merlin. — Não há motivo para tristeza.

— Não vá — disse Kay.

— Tenho que ir — retrucou o tutor. — Tivemos um bom tempo, enquanto éramos jovens, mas é da natureza do tempo passar. Existem muitas outras coisas nas outras partes do reino das quais devo cuidar no momento, e é um momento especialmente ocupado para mim. Vamos, Archimedes, diga adeus à nossa companhia.

— Adeus — disse Archimedes, com carinho para Wart.

— Adeus — disse Wart, sem olhar para ele, de jeito nenhum.

— Mas você não pode ir — exclamou Sir Ector. — Não sem um mês de aviso prévio.

— Não posso? — retrucou Merlin, assumindo a posição sempre usada por um filósofo que tinha a intenção de se desmaterializar. Pôs-se na ponta dos pés, enquanto Archimedes segurava firme em seu ombro, e começou a girar lentamente, como um pião, e cada vez mais e mais rápido até ser apenas uma mancha de luz esverdeada. Em poucos segundos não havia mais ninguém ali.

— Adeus, Wart — gritaram duas vozes fracas do lado de fora da janela do solário.

— Adeus — disse Wart, pela última vez. E o pobre infeliz saiu rapidamente da sala.

23

A elevação de Kay ao grau de cavaleiro aconteceu em meio a grandes preparativos. Seu banho suntuoso teve que ser preparado na despensa, entre dois porta-toalhas e uma velha caixa de jogos selecionados, contendo um tabuleiro de palha já muito gasto para dardos — era chamado de *fléchette* naquele tempo — porque todos os outros quartos estavam cheios de pacotes. A ama passava o tempo todo fazendo ceroulas novas para todo mundo, partindo do princípio de que o clima de qualquer lugar fora da Floresta Sauvage seria traiçoeiro ao extremo e, quanto ao sargento, poliu toda a armadura até quase ficar quebradiça, e afiou o gume das espadas até quase no final.

Finalmente, chegou a hora de partir.

Talvez, se você não viveu na Velha Inglaterra do século XII, ou seja lá quando foi, nem em um castelo remoto nas fronteiras dos Pântanos, achará difícil imaginar as maravilhas daquela viagem.

O caminho, ou trilha, a maior parte do tempo seguia pelos altos espinhaços das serras ou colinas, e eles podiam olhar, dos dois lados, para os pântanos desolados onde suspiravam os juncos cobertos de neve e onde o gelo estalava e, ao pôr do sol vermelho, os patos grasnavam alto no ar de inverno. Toda a região era assim. Às vezes, aparecia uma charneca de um lado do espinhaço, e uma floresta de cem mil acres no outro, com todos os grandes galhos cobertos de branco. Em alguns momentos, podiam ver um fio de fumaça entre as árvores, ou um ajuntamento bem distante de construções entre os juncos impenetráveis, e duas vezes passaram por cidades bem respeitáveis, com várias estalagens das quais se gabar, mas no conjunto era uma Inglaterra não civilizada. Os melhores caminhos tinham, de cada lado, o mato limpo no comprimento de um tiro de arco, para evitar que os viajantes fossem mortos por ladrões escondidos.

Eles dormiam onde podiam, algumas vezes na cabana de algum camponês que tivesse condições de recebê-los, às vezes no castelo de um cavaleiro irmão que os convidasse para descansar um pouco, às vezes à luz do fogo e pulgas de um galpão pequeno e sujo, com um ramo amarrado em um mastro do lado de fora — era essa a tabuleta usada pelas estalagens naquele tempo — e uma ou duas vezes em campo aberto, todos amontoados para se proteger do frio, entre os cavalos pastando. Aonde quer que fossem e onde quer que dormissem, o vento do leste soprava nos juncos, e os gansos selvagens voavam alto na luminosidade noturna, grasnando para as estrelas.

Londres estava cheia até a borda. Se Sir Ector não tivesse a sorte de ser o proprietário de uma pequena terra em Pie Street, onde agora havia uma respeitável estalagem, eles teriam tido dificuldades para encontrar alojamento. Mas ele era o proprietário e, para falar a verdade, retirava a maior parte de seus dividendos dessa fonte, portanto conseguiram três camas para os cinco. Consideraram-se afortunados.

No primeiro dia do torneio, Sir Kay conseguiu colocá-los a caminho das liças pelo menos uma hora antes que as justas tivessem chance de começar. Passara a noite acordado, imaginando como iria vencer os melhores barões da Inglaterra, e não foi capaz de comer seu desjejum. Agora, ia à frente da cavalgada, com as faces pálidas, e Wart desejou poder fazer alguma coisa para acalmá-lo.

Para pessoas da província, que conheciam apenas o desmantelado campo de torneios do castelo de Sir Ector, a cena que viram foi maravilhosa. Era uma enorme cavidade verde na terra, quase tão grande como a arena de um campo de futebol. Era três metros mais baixa que o terreno ao redor, com encostas em declive, e a neve havia sido removida dali. Fora mantido quente com palhas, que tinham sido tiradas naquela manhã, e agora a relva cerrada brilhava verde na paisagem branca. Em toda a volta da arena havia um mundo de cores tão deslumbrantes e movimentadas e faiscantes que faziam a pessoa piscar os olhos. As madeiras da tribuna de honra estavam pintadas de escarlate e branco. Os pavilhões de seda das pessoas famosas, armados por todo lado, eram azul-celeste, verde, cor de açafrão e quadriculados. As bandeiras e bandeirolas que flutuavam por todo lado ao vento brusco agitavam-se com todas as cores do arco-íris, a se esticarem e bater nos mastros, e a linha divisória no meio da arena era também feita de quadrados de tabuleiro em preto e branco. A maioria dos combatentes e seus acompanhantes ainda não tinha chegado, mas se podia ver a partir dos poucos que já estavam ali como as pessoas importantes transformariam o cenário em um amontoado de flores, e como as armaduras brilhariam, e as mangas festonadas dos arautos dançariam ao vento quando levassem as cornetas de bronze aos lábios para sacudir as nuvens felpudas do inverno com toques de júbilo e fanfarras.

— Meu Deus! — exclamou Sir Kay. — Esqueci minha espada em casa.

— Não pode combater sem uma espada — disse Sir Gummore. — Completamente irregular.

— Melhor voltar e buscá-la — disse Sir Ector. — Dá tempo.

— Meu escudeiro fará isso — disse Sir Kay. — Que maldito erro para cometer! Vamos, escudeiro, volte com toda a rapidez à estalagem e traga minha espada. Ganhará um xelim se chegar a tempo.

Wart ficou tão pálido quanto Sir Kay estava, e olhou como se fosse esbofeteá-lo. Então, disse:

— Isso será feito, mestre.

Virou seu vagaroso palafrém contra a corrente dos que chegavam.

"Oferecer dinheiro para mim!", exclamou Wart consigo mesmo. "Baixar os olhos do alto de sua bela montaria para esse pangaré e me chamar de Escudeiro! Oh, Merlin, dê-me paciência com o bruto e não me deixe jogar o maldito xelim na cara dele!"

Quando chegou à estalagem, ela estava fechada. Todo mundo fora ver o famoso torneio, e todo o pessoal da casa seguira a multidão. Aqueles eram tempos sem lei e não era seguro deixar sua casa — ou mesmo nela dormir — a menos que tivesse certeza de que ela estaria inexpugnável. As venezianas de madeira aparafusadas nas janelas do térreo tinham cinco centímetros de espessura, e as portas possuíam trancas duplas.

"E agora, o que faço", perguntou-se Wart, "para ganhar meu xelim?"

Olhou, pesaroso, para a pequena estalagem sem abertura e começou a rir.

"Pobre Kay", pensou. "Toda essa coisa do xelim foi só porque ele estava assustado e infeliz, e agora tem motivos para isso. Bom, ele terá algum tipo de espada, nem que eu tenha que invadir a Torre de Londres."

"Como é que uma pessoa faz para conseguir uma espada?", ele continuou. "Onde posso roubar uma? Será que conseguiria tocaiar algum cavaleiro, mesmo estando montado nesse pangaré, e tomar sua arma pela força? Tem que haver algum ferreiro ou homem de armas numa grande cidade como esta, cuja loja deveria estar aberta."

Virou sua montaria e saiu a meio galope. No final da rua, havia uma igreja tranquila, com um tipo de praça em frente à sua porta. No meio da praça, havia uma grande pedra com uma bigorna e uma bela espada novinha estava enfiada na bigorna.

"Ora", pensou Wart, "suponho que isso seja uma espécie de memorial de guerra, mas terá que servir. Tenho certeza de que ninguém se chateará com Kay por causa de um memorial de guerra, se souberem de sua situação desesperada."

Amarrou as rédeas em um mourão da cerca, percorreu a passos largos a trilha de cascalho e segurou a espada.

— Venha, espada — disse. — Peço sua clemência para lhe tirar por uma causa nobre.

"Isto é extraordinário", pensou Wart. "Sinto-me estranho quando seguro esta espada e vejo tudo muito mais claramente. Vejo as lindas gárgulas da igreja e do monastério ao qual ela pertence. Vejo de que maneira esplêndida os estandartes famosos da nave estão ondulando. Como aquele nobre teixo levanta as cascas vermelhas de sua madeira para reverenciar Deus. Como a neve está limpa. Posso sentir o cheiro de algo como matricária e a sarça doce — e será música o que estou escutando?"

Era música, seja da flauta de Pá ou flautins, e a luz no adro da igreja era tão clara, mas não estonteante, que se poderia pegar um alfinete a vinte metros de distância.

— Tem alguma coisa neste lugar — disse Wart. — Tem pessoas. Oh, pessoas, o que vocês querem?

Ninguém respondeu, mas a música era alta e a luz, linda.

— Pessoas — exclamou Wart —, tenho que pegar esta espada. Não é para mim, mas para Kay. Depois a trago de volta.

Ainda nenhuma resposta, e Wart virou-se outra vez para a bigorna. Viu as letras douradas, que não leu, e as joias no pomo do punho, cintilando sob a bela luz.

— Venha, espada — Wart disse.

Segurou o cabo com as duas mãos e puxou contra a pedra. Houve um melodioso acorde de flautins, mas nada se moveu. Wart soltou o cabo, quando estava começando a sentir as palmas da mão arderem, e deu um passo atrás, vendo estrelas.

— Está bem presa — disse.

Ele a segurou outra vez e puxou com toda a força. A música tocou mais forte, e a luz ao redor do adro da igreja brilhou como ametista; mas a espada continuava presa.

— Ah, Merlin — exclamou Wart — ajude-me com esta espada.

Houve uma espécie de barulho agitado e um acorde longo tocou. Ao redor de toda a igreja apareceram centenas de velhos amigos. Levantaram-se juntos das paredes da igreja, como os fantasmas de Punch e Judy dos velhos tempos, e havia texugos e rouxinóis e gralhas e lebres e gansos selvagens e falcões e peixes e cães e unicórnios caprichosos e vespas solitárias e crocodilos e porcos-espinhos e grifos e os milhares de outros animais que ele conhecera. Eles assomavam pela parede da igreja, os amigos e ajudantes de Wart, e todos falaram solenemente em turnos. Alguns tinham saído dos estandartes da igreja, onde estavam pintados em heráldica, outros das águas e do céu e dos campos ao redor — mas todos, até o menor camundongo, tinham vindo ajudar por conta do amor. Wart sentiu sua força crescer.

— Trabalhe suas costas — disse um lúcio (ou chuço) saído de um dos estandartes heráldicos — como você fez uma vez quando eu ia agarrá-lo. Lembre-se de que a força brota da nuca.

— E esses antebraços — perguntou um texugo, com seriedade —, que estão unidos por um tórax? Vamos, meu querido embrião, encontre a sua ferramenta.

Um esmerilhão, pousado no topo do teixo, exclamou:

— Vamos lá, Capitão Wart, qual é a primeira lei da pata? Acho que uma vez escutei algo parecido com "nunca soltar?".

— Não trabalhe como um pica-pau teimoso — advertiu com carinho uma coruja amarelo-castanha. — Mantenha a força equilibrada, meu queridinho, e conseguirá.

— Agora, Wart — disse um ganso de testa branca —, se uma vez você foi capaz de voar pelo grande Mar do Norte, com certeza é capaz de coordenar alguns pequenos músculos das asas aqui e ali. Junte sua força com o espírito de sua mente, e ela sairá como manteiga. Vamos, vamos, *Homo sapiens,* pois todos nós, seus humildes amigos, estamos aqui esperando para comemorar.

Wart aproximou-se da grande espada pela terceira vez.

Estendeu sua mão direita com suavidade e a puxou tão gentilmente como se a puxasse de uma bainha.

Houve muitos aplausos, um barulho como o de um realejo que não parava. No meio do barulho, depois de um longo tempo, ele viu Kay e lhe deu a espada. As pessoas no torneio estavam fazendo um terrível rebuliço.

— Mas esta não é a minha espada — disse Sir Kay.

— Foi a única que consegui encontrar — respondeu Wart. — A estalagem estava fechada.

— É uma bela espada. Onde você a encontrou?

— Eu a encontrei presa a uma pedra, no adro de uma igreja.

Sir Kay, muito nervoso, estava observando o torneio, esperando sua vez. Não prestou muita atenção ao seu escudeiro.

— É um lugar estranho para achar uma espada.

— Tem razão, e ela estava presa através de uma bigorna.

— O quê? — gritou Sir Kay, virando de repente para ele. — Você disse mesmo que esta espada estava presa em uma pedra?

— Estava — disse Wart. — Era uma espécie de memorial de guerra.

Sir Kay o encarou, espantado, por vários segundos, abriu a boca, fechou-a outra vez, passou a língua pelos lábios, então virou as costas e mergulhou na multidão. Estava procurando Sir Ector, e Wart o seguiu.

— Pai — gritou Sir Kay —, venha aqui um instante.

— Sim, meu rapaz — disse Sir Ector. — Esse pessoal consegue cair de maneira esplêndida. Ora, qual é o problema, Kay? Você está branco como um lençol.

— Você se lembra daquela espada que o Rei da Inglaterra iria puxar?

— Sim.

— Então, aqui está ela. Eu a tenho. Está em minha mão. Eu a puxei da pedra.

Sir Ector não disse bobagem alguma. Olhou para Kay e olhou para Wart. Depois, olhou para Kay de novo, durante muito tempo e amorosamente, e disse:

— Vamos de novo para a tal igreja.

— Agora, então, Kay — ele disse, quando chegaram ao adro da igreja. Olhou com gentileza para seu primogênito, mas direto nos olhos. — Aqui está a pedra, e você está com a espada. Ela o fará o Rei da Inglaterra. Você é meu filho, do qual me orgulho e sempre me orgulharei, seja o que for que você faça. Você jura que você a puxou com sua própria força?

Kay olhou para seu pai. Também olhou para Wart e para a espada.

Então, entregou a espada para Wart em completo silêncio.

E disse:

— Sou um mentiroso. Foi Wart quem a puxou.

Quanto a Wart, houve um tempo depois disso em que Sir Ector lhe dizia para pôr a espada outra vez na pedra — o que ele fazia — e Sir Ector e Kay tentavam em vão puxá-la. Wart a tirava para eles, e a colocava de novo na pedra uma ou duas vezes. Depois disso, houve um outro momento ainda mais doloroso.

Ele viu que seu querido protetor estava parecendo muito velho e sem forças, e que estava se dobrando com dificuldade, para pôr no chão seu joelho com gota.

— Senhor — disse Sir Ector, sem olhar para cima, embora estivesse falando com seu próprio rapaz.

— Por favor, não faça assim, pai — Wart disse, ajoelhando-se também. — Deixe-me ajudá-lo a se levantar, Sir Ector, porque assim está me fazendo infeliz.

— Não, não, meu senhor — disse Sir Ector, com algumas velhas lágrimas muito delicadas. — Nunca fui vosso pai nem de vosso sangue, mas reconheço bem que sois de um sangue mais alto do que eu poderia pensar.

— Muita gente me falou que o senhor não era meu pai — disse Wart —, mas isso não importa nada.

— Senhor — disse Sir Ector, com humildade —, sereis meu bom e benevolente senhor quando fordes Rei?

— Não faça assim! — disse Wart.

— Senhor — disse Sir Ector —, não vos pedirei nada a não ser que façais de meu filho, vosso irmão de criação, Sir Kay, senescal de todas as vossas terras.

Kay também estava se ajoelhando, e isso era mais do que Wart podia suportar.

— Oh, parem — ele exclamou. — Claro que ele pode ser o senescal, se eu tiver que ser esse Rei e, oh, meu pai, não se ajoelhe assim porque destroça meu coração. Por favor, levante, Sir Ector, e não faça tudo tão horrível. Oh, meu Deus, meu Deus. Queria nunca ter visto esta maldita espada, afinal.

E Wart também começou a chorar.

24

Talvez devesse ter um capítulo sobre a coroação. Os barões naturalmente fizeram um rebuliço mas, como Wart estava preparado para continuar colocando a espada na pedra e puxando-a outra vez até o Juízo Final, e como não havia ninguém mais que pudesse fazer a mesma coisa, no final tiveram que desistir. Alguns celtas se revoltaram e foram subjugados mais tarde, mas no geral, o povo da Inglaterra e os guerrilheiros como Robin ficaram contentes e sossegaram. Estavam cansados da anarquia que fora a parte deles sob Uther Pendragron: cansados dos suseranos e de gigantes feudais, dos cavaleiros que faziam o que lhes aprouvesse, da discriminação racial e da regra da Força como Direito.

A coroação foi uma cerimônia esplêndida. E ainda mais esplêndido é que ela foi como um dia de aniversário ou Natal. Todo mundo enviou presentes para Wart, por sua proeza de ter aprendido a tirar espadas de pedras, e vários burgueses da Cidade de Londres lhe pediram que os ajudassem a tirar rolhas emperradas de garrafas, a desentupir torneiras que estavam entupidas e outras emergências domésticas que não haviam conseguido resolver. O Menino-Cão e Wat se associaram e lhe enviaram uma mistura para indisposição, contendo quinino e absolutamente sem preço. Lyo-lyok enviou-lhe flechas feitas com suas próprias penas. Cavall veio, simplesmente, e lhe deu seu coração e sua alma. A ama da Floresta Sauvage enviou-lhe uma mistura para tosse, trinta dúzias de lenços todos marcados e um par de camisas com peito duplo. O sargento lhe enviou suas medalhas da Cruzada, para serem preservadas pela nação. Hob passou a noite em agonia, sem poder dormir, e enviou Cully com peias novinhas de couro branco, anilhas e campainhas de prata. Robin e Marian fizeram uma expedição que durou seis semanas e enviaram um manto completo feito de peles de martas dos pinhais. Little John enviou um arco de teixo, de dois metros de comprimento, que ele próprio não era capaz de manejar. Um ouriço anônimo enviou quatro ou cinco folhas sujas com pulgas. A Besta Gemente e o Rei Pellinore pensaram juntos e enviaram um pouco do excremento mais perfeito, embrulhado em folhas verdes da primavera, dentro de um corno dourado com talabarte de veludo vermelho. Sir Grummore enviou uma grosa de lanças, todas com as armas da sua velha escola. Os cozinheiros, atendentes, aldeães e guardas do Castelo da Floresta Sauvage, que receberam uma moeda de ouro cada um e foram enviados para a cerimônia num *char-à-banc* puxado por um boi, pago por Sir Ector, trouxeram uma enorme imitação em prata da vaca Crumbocke, que ganhara o campeonato pela terceira vez, e Ralph Passelewe para cantar no banquete da coroação. Archimedes enviou seu próprio trineto, para que se empoleirasse no espaldar do trono do Rei no jantar, e fizesse bagunça no chão. O Lorde Prefeito e os Regedores da Cidade de Londres fizeram uma subscrição para um espaçoso aquário-gaiola-com-casa-de-bichos na Torre, no qual todas as criaturas eram deixadas sem alimento um dia por semana para o bem de seus estômagos — e onde, pela comida fresca, boas acomodações, atenção constante e todas as conveniências modernas, os amigos de Wart se recolheram na velhice de suas asas, patas e barbatanas, para o pôr do sol de suas vidas felizes. Os cidadãos de Londres enviaram cinquenta milhões de libras para manutenção da casa dos bichos, e as Ladies da Inglaterra confeccionaram um par de pantufas de veludo preto com as iniciais de Wart bordadas em ouro. Kay enviou seu próprio troféu do grifo, com afeto sincero. Houve muitos outros presentes de bom gosto, de vários barões, arcebispos, príncipes, reis tributários de terra de sepultura, corporações, papas, sultões, comissões reais, conselhos distritais, czares, beis, mahatmas e assim por diante, mas o melhor presente de todos foi enviado com todo afeto pelo seu próprio protetor, o velho Sir Ector. Esse presente era um grande chapéu orelha-de-burro, mais parecido com uma serpente de faraó, cujo topo se podia acender. Wart acendeu-o e o deixou brilhar. Quando a chama tinha praticamente se apagado, Merlin estava de pé diante dele, com seu chapéu de mago.

— Então, Wart — disse Merlin —, aqui estamos nós, ou estávamos, outra vez. Como você fica bem com essa coroa. Não me era permitido contar-lhe antes, ou até então, mas seu pai era, ou será, o rei Uther Pendragon, e fui eu mesmo, disfarçado de mendigo, quem o levou para o castelo de Sir Ector, nas suas fraldas douradas. Sei tudo sobre seu nascimento e parentesco e quem lhe deu seu verdadeiro nome. Sei os sofrimentos que o esperam e as alegrias, e como já não haverá ninguém que ousará chamá-lo pelo amigável nome de Wart. No futuro, será seu glorioso destino suportar o fardo e desfrutar a nobreza de seu próprio título: portanto, agora, eu lhe rogo o privilégio de ser o primeiríssimo de seus súditos a se dirigir a você como — meu amado soberano, Rei Arthur.

— Você ficará comigo por muito tempo? — perguntou Wart, sem entender muito do que estava se passando.

— Sim, Wart — disse Merlin. — Ou melhor, como eu deveria dizer (ou terei dito?), Sim, Rei Arthur.

EXPLICIT LIBER PRIMUS

Apêndices

A OBRA

A saga do homem em busca de sua melhor natureza

O único e eterno rei, de T. H. WHITE é considerado em todo o mundo o mais completo e original relato da saga imortal do Rei Arthur — a "Bíblia" da legenda arturiana. Sua publicação, há pouco mais de meio século, formulou a visão que todas as gerações subsequentes fizeram, e fazem, do mito arturiano — mito que, antes de White, era objeto quase exclusivo do estudo acadêmico. Todas as releituras e re-elaborações posteriores a *O único e eterno rei*, sejam literárias (como *As brumas de Avalon*), cinematográficas [o musical *Camelot*, o desenho animado *A espada era a lei*, de Walt Disney] ou teatrais, bem como uma infinidade de ensaios e teses sobre o tema, têm como referência primeira a grande obra de White. *O único e eterno rei* influenciou diretamente, também, o desenvolvimento dos dois grandes ciclos épicos da literatura britânica do pós-guerra, *Narnia* e *O senhor dos anéis*, imaginados e escritos por C. S. Lewis e J. R. R. Tolkien, respectivamente.

White recria a saga épica do Rei Arthur, de sua educação e experiências de infância até o momento de sua morte, com o *insight* psicológico e social dos quais, obviamente, careciam os primeiros relatos da lenda, que remontam ao princípio do segundo milênio. O ponto de partida para *O único e eterno rei* é o romance *Le morte d'Arthur*, de Sir Thomas Malory (1407-1471), a primeira compilação, em uma narrativa linear, dos relatos esparsos, orais e escritos, que até então compunham a legenda arturiana. White é fiel, em seu relato, às linhas gerais da narrativa de Malory e lhe dá um detalhamento quase impressionista, a que acrescenta sentidos e valores. Ele escreveu a obra enquanto a Europa submergia nos conflitos da Segunda Guerra Mundial, e quis aproximar a leitura da saga à compreensão daqueles tempos tumultuados e insanos. Para tal usou largamente, e com desenvoltura de poucos antes dele, dos recursos do anacronismo, que lhe permitiram inserir conceitos e conhecimentos contemporâneos e acrescentar à narrativa original histórias e personagens de outras eras, que se mesclam para aprofundar suas próprias lendas e aquela na qual se encontram como convidados.

É o tom contemporâneo, que White consegue antes de tudo com o uso dos anacronismos, que dá a *O único e eterno rei* o tom de romance moderno, baseado em um mito e ao mesmo tempo desmitificador. E é o que ajuda o leitor a se identificar com a história, em vez de colocá-la estritamente no âmbito e no contexto do período arturiano. O recurso do anacronismo é usado logo no começo de *A espada na pedra*, o primeiro dos cinco volumes da saga, com o propósito de estabelecer de imediato perante o leitor o tom que o relato terá. Em um encontro entre Sir Ector e Sir Grummore (à pág. 11), White coloca os personagens bebendo vinho do Porto e referindo-se a uma tradicional escola britânica, Eton, para esclarecer em seguida, pela voz do narrador (o autor, ainda que não se explicite, é o narrador, uma evidência proposital em todo o livro):

> "Não era exatamente Eton que ele queria dizer, pois o Colégio da Sagrada Maria só seria fundado em 1440, mas a um lugar do mesmo tipo. Também, estavam bebendo hidromel e não Porto, mas mencionar o vinho moderno dá uma ideia melhor."

O único e eterno rei é o livro central em toda a extensa obra do autor, e aquele em que procura respostas para as questões do mundo moderno. O anacronismo é aí novamente a ferramenta de busca: White expõe e relaciona a vida de Arthur aos problemas do mundo moderno para esgrimir teses e antíteses. Ainda em *A espada na pedra* (à pág. 250), Merlin e Wart conversam sobre as artes da cavalaria, e Wart expressa o desejo de que Deus lhe permita enfrentar todo o mal do mundo em sua própria pessoa; Merlin contrapõe-se à afirmação dizendo que seria extremamente pretensioso da parte dele, e o levaria à destruição. Merlin faz mais que um contraponto — faz uma profecia —, e o narrador faz um pronunciamento: diz pela voz de Merlin e pelo destino de Arthur que a sociedade não pode ser governada apenas pelo poder. Stephen Dunne, estudioso inglês de sua obra, diz que o universo mitológico arturiano, segundo White, não propõe uma representação fugidia do real, mas "ainda é o mundo como nós o conhecemos". Infelizmente, ele acrescenta.

T. H. White também consegue evitar a monotonia de fazer a mera recriação da lenda arturiana, com a adição de personagens criados por ele e outros, que toma emprestado de outras lendas. A personagem do Rei Pellinore é exclusiva de *O único e eterno rei*, e uma adição à narrativa e ao elenco de Malory. As muitíssimas aventuras de Wart, o menino que se tornará o Rei Arthur, também são itens agregados, e sempre convergem para o tema da formação do indivíduo — aliás, muitos estudiosos apontam o tema da educação como o pilar básico na estrutura da obra.

A educação de Wart dá a White todos os pretextos de que necessita para discorrer sobre o tema do aprimoramento da natureza humana. Foi esse discurso subjacente que fez de sua versão da lenda de Arthur a mais tocante para o leitor moderno. É sua voz e sua tese central que se fazem ouvir na breve e poderosa alocução de Merlin à pág. 252 de *A espada na pedra*:

"A melhor coisa a fazer quando se está triste é aprender algo. Essa é a única coisa que nunca falha. Você pode ficar velho e trêmulo em sua anatomia, pode passar a noite acordado escutando a desordem de suas veias, pode sentir saudades de seu único amor, pode ver o mundo a seu redor ser devastado por lunáticos malvados ou saber que sua honra foi pisoteada no esgoto das mentes baixas. Só há uma coisa para isso: aprender. Aprender por que o mundo gira e o que o faz girar. Essa é a única coisa da qual a mente não pode jamais se cansar, nem se alienar, nem se torturar, nem temer ou descrer, e nunca sonhar em se arrepender. Aprender é o que lhe resta."

Essa extraordinária lição ficou durante mais de meio século inacessível aos brasileiros; agora, toda a sabedoria de *O único e eterno* rei chega até nós na mais bela edição da obra em todo o mundo, inteiramente ilustrada por ALAN LEE e na magnífica tradução de uma das melhores escritoras da língua portuguesa. MARIA JOSÉ SILVEIRA.

OS PROTAGONISTAS

Uma linhagem perene no imaginário universal

O Rei Arthur é a personagem principal de *O único e eterno rei* e o centro emocional de todo o ciclo. O romance acompanha a vida de Arthur do começo ao fim, e os principais eventos de sua vida conformam toda a história. Arthur é o filho do Rei Uther Pendragon e de Igraine, uma rainha Orkney. Ele resulta do rapto e da sedução de Igraine por Uther; é entregue por Merlin, que depois virá a ser seu tutor, a Sir Ector, que irá criá-lo junto ao seu filho Kay no Castelo da Floresta Sauvage. Depois de tornar-se rei, as ideias de Arthur sobre governo reconfiguram a sociedade do reino, e essas mudanças determinam a trama, a cronologia e o cenário dos cinco volumes que compõem a obra. O próprio título do ciclo determina que, embora a história termine com Arthur, ele será sempre o supremo líder de seu povo. Apesar de sua extraordinária importância para o romance, T. H. White faz do Rei Arthur uma personagem bastante descomplicada, qualidade que foi objeto eventual de críticas: o Arthur de White não é um guerreiro glorioso, mas um formidável administrador e reformador político. Quando criança, Arthur (então chamado Wart) é honesto, confiável, modesto e tem bom coração; como rei, ele preserva tais qualidades. O Rei Arthur marca seu governo por uma nova e importante filosofia que o faz um grande rei, mas suas ideias são basicamente as de Merlin. O que o torna excepcional é sua fé absoluta nas ideias que discute com o tutor e o fato de ser capaz de invocá-las e aplicá-las quando se torna rei.

Arthur desenvolve uma sábia consciência ao longo dos cinco volumes da obra, mas esse desenvolvimento é gradual e sua natureza básica nunca é drasticamente alterada. Um benevolente otimismo não permite que reconheça de imediato o evidente envolvimento entre Lancelot e Guenevere; mais tarde, a mesma benevolência faz com que ele os convença a manter seu caso em segredo. Arthur envelhece e torna-se mais sábio, mas continua incapaz de agir de forma áspera com aqueles que ama, não importa o quanto eles o tratem mal. Em certo sentido, é a simplicidade e a séria cautela de Arthur que levam à queda de seu reino. Embora a causa direta para sua tragédia seja seu caso incestuoso com Morgause, sente-se que Camelot também está perdida porque estagnou. A energia e o progresso do primeiro período do reinado Arthur diminui e cessa, Camelot corrompe-se e não sobrevive.

Lancelot é o protagonista do terceiro volume, O *cavaleiro imperfeito*, e o maior dos cavaleiros na companhia da Távola Redonda. É também o melhor amigo de Arthur, mas um amigo complexo e cheio de contradições. Lancelot é igualmente o oposto de Arthur, porque embora esteja sempre apto a se colocar rapidamente em ação, raramente usa essa habilidade para fazer do mundo um lugar melhor. A feiúra de Lancelot lhe dá a sensação de que ele pouco vale, um sentimento de inadequação que se manifesta muito cedo, mas essa baixa autoestima tem sua exata e oposta correspondência no talento impressionante, quase sobrenatural, que demonstra nas lides da cavalaria. A facilidade com que Lancelot conquista todas as glórias possíveis a um cavaleiro, aliada a um lancinante senso de inferioridade, é a fonte de suas contradições internas e de comportamento. O Golum de Tolkien deve muito à forma como White desenvolveu a personagem de Lancelot. Ele é a um só tempo religioso e voluptuoso, quieto e exaltado, manso e violento. E é simultaneamente o melhor amigo e o traidor de Arthur.

A Rainha Guenevere é a terceira figura no triângulo amoroso que domina a segunda metade do romance. Ela é bonita, mas ciumenta, egoísta, caprichosa e rasa. Guenevere é capaz de expressar um amor genuíno e profundo, como o que sente por Arthur e Lancelot, mas enquanto a culpa de Lancelot sobre seu envolvimento amoroso adquire proporções épicas e ameaça destruí-lo, qualquer culpa que sinta Guenevere sobre o caso vem depois de sua brutal necessidade de estar fisicamente com Lancelot. Ela mal se preocupa em esconder o envolvimento e, a certa altura, fica visivelmente excitada com a possibilidade de reunir-se a Lancelot diante de Arthur. Ao envelhecer, Guenevere tenta desesperadamente permanecer jovem e bela. Ela é uma personagem central, mas é mais importante pela forma como os outros se sentem a seu respeito do que pelo que faça ou sinta. O romance *As brumas de Avalon* surge da percepção dessa visão essencialmente masculina que norteia o relato de *O único e eterno rei*, e vai compor a mesma saga do ponto de vista de suas personagens femininas.

Merlin é um mago que já viveu no futuro, portanto sabe o que vai acontecer a seguir. Merlin é tutor e amigo de Arthur, sua consciência, e a criação da Távola Redonda e de um reino mais civilizado por Arthur deve-se largamente a sua influência. Embora poderoso, Merlin é também muito gentil — e ligeiramente fora de centro. Depois de raptado por uma bruxa chamada Nimue, no segundo volume, só irá reaparecer no quinto volume da saga.

PERSONAGENS DESTE VOLUME

Os simbolos da partida em "A espada na pedra"

Sir Ector é o padrasto de Arthur e o pai biológico de Kay. Ele tem bom caráter e bom temperamento, é algo pomposo e vociferante. Embora quase sempre pareça uma caricatura, Sir Ector demonstra em geral ser menos tolo do que esperamos que venha a ser.

Sir Kay é o irmão adotivo de Arthur e um cavaleiro da Távola Redonda. Mimado quando criança, Kay continua ruim e egoísta ao crescer — mas, no fundo, conserva uma decência essencial.

O **Rei Pellinore** é um acréscimo literário original de White ao cast arturiano. É o primeiro cavaleiro que Arthur vem a encontrar. Um simpático inútil, cuja missão na vida é caçar a Besta Gemente, Pellinore acaba por se tornar um grande cavaleiro depois de seu casamento. Sua herança de bondade e carinho sobrevive em seus filhos.

Sir Grummore é o confidente e melhor amigo de Sir Ector.

Uther Pendragon é o rei da Inglaterra durante a infância de Arthur — e seu verdadeiro pai. Quando Pendragon morre, o novo rei é decidido em uma prova pela qual só Arthur têm condições de passar: a da espada na pedra.

A Fada Morgana é uma bruxa que Kay e Arthur derrotam temporariamente na Floresta Sauvage. Ela é a filha do Conde da Cornualha e de Igraine — portanto, meia-irmã de Arthur.

Robin Wood, um personagem resultante dos anacronismos de White em *O único e eterno rei*; é o Robin Hood da outra lenda famosa e não contemporânea à do rei Arthur. Aqui ele é um rebelde saxão que vive na floresta e proporciona a Kay e Arthur a grande aventura de combater a Fada Morgana.

Marian é a mulher de Robin, cuja força e determinação Wart admira intensamente.

Twyti é o caçador de javali enviado à Floresta Sauvage pelo rei Uther Pendragon.

Lyo-Lyok é um ganso; aliás, uma gansa que ensina a Arthur o sentido da paz e expõe a ele a crueldade da guerra. Merlin transforma Arthur em um ganso e Lyo-Lyok torna-se seu professor durante o tempo da transformação.

PLANO DA OBRA

As cinco etapas da eternidade

Esta primeira edição brasileira de *O único e eterno rei* terá cinco volumes, conforme a primeira edição original inglesa. Seus títulos e sinopses são os seguintes:

PRIMEIRO VOLUME

A espada na pedra

Apresenta a educação do jovem Arthur, aqui apelidado Wart, sob o teto de seu tutor, Sir Ector, e introduz a figura de seu grande guia da vida inteira, o mago Merlin. O livro de maior apelo de toda a saga entre jovens.

SEGUNDO VOLUME

A rainha do ar e das sombras

Introduz a rainha má Morgause e seus filhos Gawaine, Agravaine, Gaheris e Gareth. A bruxa é filha do Conde da Cornualha e de sua esposa Igraine, com quem o Rei Uther Pendragon tem um filho — que será o rei Arthur. Morgause é, portanto, meia-irmã de Arthur — a quem enfeitiçará, seduzirá e de quem terá um filho, Mordred.

TERCEIRO VOLUME

O cavaleiro imperfeito

Apresenta o segundo grande protagonista da saga, Lancelot, o cavaleiro feio, sério e religioso que ainda muito jovem treina na França na esperança de ser introduzido à corte de Arthur. O rei manda chamá-lo à Inglaterra, e Lancelot apaixona-se à primeira vista pela mulher de Arthur, a Rainha Guenevere, a terceira grande protagonista da saga. O caso de amor entre os dois é o cerne do ciclo arturiano. Aqui também começa a procura do Santo Graal, em que Arthur empenha todos os seus cavaleiros.

QUARTO VOLUME

A chama ao vento

O livro da vingança de Morgause e seus filhos — Mordred, especialmente — contra Arthur, Lancelot e Guenevere. O rei estabelece no reino um sistema de justiça que Mordred usará contra o próprio Arthur: ao flagrar Lancelot e Guenevere no ato do amor, ele estabelece sem qualquer dúvida a traição da rainha. O livro se encerra na guerra desesperada de pai contra filho e apresenta as ideias de Bem e Mal segundo a moral arturiana.

QUINTO VOLUME

O livro de Merlin

Merlin retorna, volta a estar ao lado de Arthur e o reconduz aos dias mais felizes, quando ele visitava as formigas e os pássaros pela magia do tutor. Mergulhado nessa paz que lhe dá a volta à inocência, Arthur propõe uma trégua a Mordred — mas o destino intervém, e vemos o fim de Arthur, Lancelot, Guenevere e de uma era. Vemos também o futuro, e este está cheio de esperança. Esse livro é, além de uma obra-prima literária, um poderoso apelo contra as guerras.

O AUTOR

O falcoeiro solitário

Terence Hanbury White nasceu em 1906 em Mumbai (ex-Bombaim), Índia, de pais britânicos. Foi educado no Cheltenham College, na Inglaterra, e no Queen's College, em Cambridge, onde se formou como primeiro da classe. White viveu uma vida solitária, e fora um ou outro dos poucos amigos no mundo literário e acadêmico, seus únicos companheiros foram seus animais. White ficou especialmente abalado quando seu cão Brownie, um *setter* vermelho, morreu depois de 14 anos de fiel amizade. White fez uma única tentativa de se casar, mas sem real afeição por sua noiva — que acabou por romper com ele antes do casamento.

Depois de formado, White passaria a lecionar em várias escolas preparatórias inglesas. Escreveu poesias, livros sobre caça e outros esportes e inclusive histórias de detetive, mas seu primeiro livro de algum sucesso foi uma autobiografia precoce chamada *England have my bones,* lançada em 1936. Depois de 1950 ele viria a viver tranquilamente da renda de seus livros, particularmente dos quatro que compunham inicialmente a saga *O único e eterno rei* (*O livro de Merlin* só seria descoberto e agregado aos outros quatro depois de sua morte), e dedicou-se inteiramente a escrever. Quando não trabalhava, White exercia apaixonadamente a falcoaria; foi ainda piloto de aviões, marinheiro, pescador e um *scholar* dedicado aos textos medievais. Foi nesta competência que ele começou a estudar a legenda arturiana. Ele faria em *O único e eterno rei* sua própria interpretação dos muitos e esparsos relatos de que tomou conhecimento nesses estudos.

A espada na pedra apareceria em 1938; *A bruxa da floresta,* depois re-intitulado *A rainha do ar e das sombras,* em 1939; e O *cavaleiro imperfeito* em 1940. O quarto livro, *A chama ao vento,* só seria agregado aos três primeiros em 1958, e então num único volume denominado *O único e eterno rei.* O quinto volume, *O livro de Merlin,* no qual Merlin e Arthur discutem sobre o tema da guerra usando como pretexto os animais que Arthur conheceu quando criança, foi rejeitado por seu editor, e só viria a ser publicado em 1977. Nos anos que se sucederam à sua publicação, todos os volumes de *O único e eterno rei* gozaram de uma popularidade que foi muito além das livrarias. White morreu em Atenas aos 57 anos, em 1964, quando estreava em todo o mundo a versão em desenho animado de Disney para *A espada na pedra*, no Brasil intitulada *A espada era a lei.*

A espada na pedra
foi impresso em São Paulo/SP pela Araguaia,
para a Editora Lafonte Ltda., em fevereiro de 2013.